巧手回春

4

風文創 432

芳菲 著

目錄

第九十四章

吃完飯，劉七巧和李氏帶著錢大妞和綠柳出門，留下青兒在家裡看門。

劉七巧一邊走，一邊對錢大妞介紹著王府裡的各處地方，小聲說道：「反正以後我們沒事也不要進府裡來，畢竟王府人多嘴雜，我帶著妳來認認路，免得以後妳不知道青蓮院怎麼走。難免有需要傳話什麼的，總要妳跑一趟。」

綠柳在前面打著燈籠，聽劉七巧這麼說，便開口道：「要傳話有我呢，何必讓大妞姊姊跑腿？我這人最是閒不住的，跑腿正好。」

劉七巧噗哧一笑。「妳瞧瞧，我正指望妳是王府出來的規矩丫鬟，以後要跟在我身旁給我充門面呢，妳就光想著跑腿了？」

綠柳聽她這麼說，也笑著道：「七巧，原來妳這麼看得起我，那我可得爭氣一點了。」

李氏見綠柳這直爽性子，也很是喜歡，笑著道：「綠柳姑娘，我們七巧不懂規矩，妳在她身邊，也好指點她一下。」

綠柳急忙道：「夫人快別這麼說，我是來服侍七巧的，教她我可不敢當了。」

說話間，一行人已經到了青蓮院的門口。小丫鬟們見了劉七巧過來，早就提著燈籠迎了出來。「方才青梅姊姊還唸著七巧姊姊呢，可巧就來了。太太今兒起身用了晚膳，這會兒正在外頭榻上歪著呢，今天精氣神正好。」

劉七巧點了點頭，跟著丫鬟進去。裡面的紫雲和玉蘭早已沏了茶。青梅坐在矮墩子上，正在為王妃捶腿，見了人進來便起身道：「總算是來了，今兒可忙壞了？」

劉七巧領著李氏進來，向王妃行過了禮數，王妃請了李氏上座，這才開口和李氏說起了話來。

「我這一次還能留下一條命也不容易，心裡就想著，要不是七巧這孩子，我也不知死了多少回了，回回都是她救我，這大概就是命中注定的緣分。如今王爺也回來了，我打算趁著後天給瑞哥兒做滿月酒的日子，一併擺了儀式，認了七巧這個乾女兒。」

李氏上回聽王妃提過了一回，心裡也有數了，點頭道：「一切就按太太的意思吧，太太能看得起七巧，是她的福分。」

屋裡四周點著落地的燈籠，襯得整個廳裡柔光一片，劉七巧低著頭，臉上帶著淡淡的笑意，王妃看在眼裡是說不出的喜歡，伸手拍了拍她的手背道：「原想著，我這一胎若是個姑娘，也算全了我的心願，誰知還是一個小子。如今有了七巧，也算是我得償所願了。」

李氏原本心裡是有些捨不得的，可一想再過不了多久，劉七巧也是要出閣的，如今多一個人疼七巧，讓她多一分體面，且又是王府這樣的人家，多少人燒八輩子的高香也求不來的好事，偏生就落到了他們劉家，以後劉八順就算是考不上科舉，有了這層關係，在京城總能有立足的地方了。

「太太是最寬大溫和的人了，七巧每次回家都同我這麼說。」李氏說著，看著劉七巧道：「妳快喊一聲乾娘，也讓太太高興高興。」

劉七巧臉頰一紅，抬起頭來，看著靠在軟榻上的王妃，道：「乾娘。」

王妃更是喜出望外，揉著劉七巧的髮頂，對青梅道：「快去把裡面的東西都拿出來。」

青梅點了點頭，領著幾個小丫鬟從裡頭端著托盤出來，三個盤子各放著一套紅寶石鑲金頭面、一套翡翠攢銀絲頭面，還有一套赤金鑲羊脂玉頭面。另外兩個盤子是兩套新做的衣裳，一套是桃紅色嵌明松綠團福紋樣的繡袍，另一套是玫瑰紫壓正紅邊幅錦緞長袍。另外還有幾盤，裡面各放了幾套衣服，看著也都是用料考究、做工精細。

「這幾樣是我額外給七巧的認親禮，其他的添妝就先不給了，省得有心人又要說我偏心了。」王妃說著，又開口道：「這兩套衣服是之前才預備做的，眼下正往冬天走，也是時候添新衣服了，過幾日正好穿。還有那邊幾件，上回看著姊姊穿我穿過的衣裳倒也合適，如今我孩子生了，也用不著了，正巧都留給妳了。」

李氏從來沒見過這些東西，這首飾都是一套一套的，從手鐲到耳墜到步搖，一樣不少，這一套下來要值多少錢，她連想都不敢想。

劉七巧一看這些東西並不是時興的款式，知道這些都是王妃出嫁時的嫁妝，如今給了自己，自然也是不好意思的，開口道：「太太，這些東西都太貴重了，我雖然喜歡，但還是不能要啊！這些肯定都是親家太太親自挑選的，我怎麼能拿呢？」

王妃就是喜歡劉七巧這樣，坦坦蕩蕩，從不有半點隱瞞，就連喜歡也直接說出來，比起那些揣著心思不肯說的小丫鬟強多了。

「妳喜歡就好，有什麼不好意思拿的？親家太太當初為我挑這些，和我現在把這些給妳，是一個心思的。做母親的，都想要自己的閨女嫁得體體面面，我說著，這不過就是認閨女的禮，後面還有。」王妃說著，指著那套玫瑰紫壓正紅邊幅錦緞長袍道：「滿月宴那天，妳就穿這套，妳皮膚白，穿這個顏色最襯膚色了。」

李氏這會兒是徹底被滔天的富貴給震住了，完全不知道自己應該說什麼好，總覺得有幾分像在作夢一樣。她看了一眼這些東西，想像著它們穿在劉七巧身上的模樣，那樣的她還是自己的閨女嗎？

王妃又跟她們聊了幾句，便覺得有些乏了。劉七巧知道王妃大病初癒，還需好好休息，便起身告退了。幾個小丫鬟們端著東西，一路送往薔薇閣去。

這會兒天色已經黑了，路上也沒有幾個小丫鬟，這一路上都走得頗妥當，唯獨經過方姨娘住的錦繡院時，有小丫鬟正巧從門裡出來，正對著人群走過來，見衝撞了人，急忙低下頭去，眼珠子卻一眨不眨地看著小丫鬟們手裡端著的東西。

過了片刻，見人都走過了，這才又原路返回錦繡院，跑到方姨娘的房裡道：「姨娘姨娘，都看見了，裡頭有三套頭面，依稀是紅寶石的、翡翠的，還有一套是羊脂白玉的。還有幾套衣服，天太黑也沒看清楚什麼顏色，不過看著都是用料不凡的。」

這會兒方姨娘正在為周蕙繡嫁妝，聽了這話，立時就從凳子上站了起來。「太太竟這麼闊氣，這樣的東西，就連二姑娘也沒有幾樣的，當真都給了那劉七巧？」

小丫鬟想了想這些年二姑娘得的賞賜，說了一句實話，道：「太太每年也都給二姑娘添很多東西的，大房有兩位姑娘，太太的東西還是給得足的。出了公中，各位姑娘都有，太太也常賞一些小東西的。」

方姨娘氣鼓鼓地道：「是啊，妳也說那是小東西了，如今這可不是小東西了！」她說著，抬頭問道：「二姑娘去哪兒了？怎麼這麼晚還沒回來？」

那小丫鬟嚇了一跳，怯生生道：「今兒老太太請了各位姑娘一起去壽康居用晚膳，這會兒怕是快要散了，也快回來了。」

正說著，外面的小丫鬟已經引了周蕙進來，笑著說：「二姑娘，老太太又賞了那麼多首飾還有衣服，這次還真是託了小少爺的福了。」

周蕙笑著道：「可不是？父親老來得子，這是天大的喜事，就宮裡賞的東西，這一個月間來來回回也不知走了多少趟了。聽說還有不少好東西呢，是我沒見著。」

方姨娘聽說周蕙也得了東西，急急忙忙從屋裡頭跑出來看了幾眼，見身後兩個丫鬟跟著，一人手裡一個托盤，一邊是一套新做的衣服，另一邊放著幾樣時興的首飾，一看就是珍寶閣最新的款式。方姨娘見了這些東西，冷笑了一聲道：「我還當是什麼好東西，原來妳也不過是眼皮子淺的姑娘。妳可知道方才劉七巧在太太那裡，太太賞了她一些什麼東西？」

方姨娘說著，拿手指著那盤中的幾樣首飾，大聲道：「妳瞧瞧，不過就是幾樣破簪子，也值得妳在這邊當個寶貝一樣，好東西一早被別人給拿去了，論親屬，她是妳的嫡母，怎麼好東西不給妳呢？偏要便宜了一個外頭來的。」

周蕙聽方姨娘說得實在不堪，哭著道：「妳有臉妳去要啊！我不過就是個庶女，她待我好，我自然是福氣；她若是待我不好，我又能說什麼？她的東西又和我有什麼關係？我問妳，妳倒是有什麼東西能留給我的呢？妳這樣逼著我，要是讓外頭人知道我一個庶出的姑娘，整日裡問嫡母要東西，外頭人怎麼想？我一個姑娘家，清清靜靜地活著，不少這個、不短那個就好了，何必非要去爭別人的東西？母親是沒親生閨女的，如果這次小少爺是個姑娘家，這些東西也少不得就是那姑娘的，由得我去爭嗎？」

方姨娘恨恨道：「我就是看不過眼，妳不爭也無妨，橫豎妳是拉不下這臉的，索性就在這錦繡院哭一場，也讓外頭人聽聽，原來妳這個正經王府的閨女，還不如他們在外頭亂認的閨女呢！」

周蕙聽方姨娘越說越不像樣，哭著道：「要哭妳哭，這錦繡院我也不住了，我這就搬去三妹妹那邊住去。」周蕙說完，摀著臉哭著跑了出去。

錦繡院的門吱一聲關上，方姨娘見周蕙出去沒帶著丫鬟，心裡又著急，急忙道：「還不快出去攔著姑娘！這外面風大，仔細凍著了。」

周蕙出了錦繡院，也不好意思在路上哭，擦了擦眼淚就往二房那邊去了。

周菁這會兒也剛回了自己院中，聽小丫鬟說周蕙來了，疑惑道：「怎麼三更半夜的，妳跑我這邊來了？」

周蕙跟周菁年紀相仿，兩人也略聊得來，便嘆了一口氣不說話。周菁已猜到了幾分，笑著道：「一定又是妳那多事的姨娘。」

周蕙自認為自己容貌品性都不比旁人差，不過就因為自己是庶出的，總覺得自己矮了別人一頭，已是非常不爽了，如今方姨娘又跟她鬧這些，自己的臉面都被她丟盡了。

「今兒太太賞了劉七巧幾樣東西，也不知道怎麼被我姨娘給撞見了，非要讓我也去問太太要，說我也是正兒八經的王府姑娘，為什麼劉七巧有，我卻沒有？」

這話乍聽上去還真像有幾分道理，可再往深處想，就忍不住讓人覺得好笑了起來。周菁笑了笑道：「這倒確實不好去問了要。平常公中的東西，我們姊妹幾個不論嫡庶都是一樣的。其他的東西，太太願意多給誰，那就多給一些，她都不怕別人說她偏心了，妳還去要，這怎麼好開得了口？」周菁說著，蹙眉道：「再說，太太也確實不偏心什麼，就說我們二房，每次賞東西她也不單給我一個，那兩個小的也是從來不少的。聽說我們幾個出嫁，太太都是要給添妝的，何苦現在去要，倒是丟人了。」

周蕙噘嘴道：「我哪裡想去要？我也不是沒見過世面的人，就為了那幾樣東西鬧得太太面上不好看，豈不是更讓人笑話了？」

周蕙在周菁的院子裡住了一晚上，第二天一早同往常一樣去給老王妃請安，並沒有半點不開心的樣子。方姨娘見閨女都不理自己了，也沒別的法子，讓小丫鬟來傳話認了錯，讓周蕙中午的時候過去錦繡院吃飯，別再自己生氣了。

不過畢竟昨晚錦繡院的哭聲，外頭人都聽見了，且這哭聲就發生在劉七巧回了薔薇閣之後，劉七巧就算再後知後覺，大概也知道這是為了什麼了；況且小丫鬟說了，昨兒周蕙是睡在了三姑娘那邊的，這麼看來，肯定是母女吵了起來。

劉七巧服侍完王妃喝了藥，外面的小丫鬟說王爺回來了。

最近王爺賦閒在家，一半的時間都是在前院處理事務，中午還會抽空回青蓮院看看王妃。王妃雖然足不出戶，可也是耳聰目明的，昨晚錦繡院的事情她早已經聽小丫鬟們說了個明白。

玉蘭送了茶盞進來，紫雲則端著臉盆進來服侍王爺擦臉洗手。劉七巧正欲坐在墩子上給王妃敲腿，王妃卻喊了紫雲道：「紫雲，妳過來敲腿。七巧，妳和玉蘭下去吧。」

劉七巧低頭下去，還轉身關上門，心道：完了，我這才幾天沒服侍太太，太太就不信任我了，都不讓我聽他們夫妻倆的悄悄話了。

青梅見劉七巧一臉頹然的表情，拉著她到一旁的房間裡坐著道：「妳這一臉鬱悶的是做什麼呢？」

劉七巧嘟嘴道：「青梅姊姊，太太居然把紫雲留了下來，把我攆出了房間，妳說她會和王爺說些什麼是我不能聽、紫雲卻能聽的？」

青梅噗哧笑了一聲，偷偷湊到劉七巧的耳邊道：「太太若是把妳也留下了，那就大事不好了！太太看中了紫雲給王爺做妾，難不成……唉呀，這樣的話，杜太醫可要傷心死了！」

劉七巧瞪大了雙眼，一臉不可置信。王妃這是做什麼呢？自己身子沒好，居然張羅起這個了，這賢妻良母未免也做得太稱職了點。

青梅繼續道：「起先太太還想再等幾天的，可昨兒聽說方姨娘又鬧了一場，方姨娘敢這樣不要臉地鬧，無非就是因為太太最近身子不好，沒工夫服侍王爺，王爺去她那邊的日子多了點，才這樣無法無天了起來。太太這身子，這幾個月怕是都服侍不了王爺，總不能讓方姨娘一個人占著王爺？徐側妃如今年紀也大了，這樣一來，倒是委屈王爺了。」

劉七巧吐了吐舌頭。這都一妻二妾了，還叫委屈？這麼說，劉老二和杜老爺可不是委屈死了？唯一在青梅心裡不委屈的人，大概也只有杜二老爺了。

「紫雲靠得住嗎？」

「紫雲是家生子，她爹在王府的莊子上當莊頭，進王府也有四、五年工夫了。因為是莊上來的，之前一直在太太的院子做粗活，太太最近才瞧上她，估摸著就是因為她太老實了。」青梅說著，蹙眉道：「說起來，這院子裡換過的丫鬟不少了，太太提拔過的丫鬟也不少，可她這不聲不響地在外院待了四年，愣是沒提拔過，說起來我都覺得自己罪過了，要不是這回妳看上她，讓她進房裡服侍，怕是等她爹娘來求她，她還在外院呢。」

第九十五章

劉七巧仔細回想一下，其實紫雲長得還挺好看的，就是大眾美女的相貌，大眼睛、白皮膚，可所有的美人都有這兩項。況且她又是莊上來的，平常難免粗氣一些，更沒什麼吸引人的地方了。

「太太前幾天已經派了婆子去莊上問了她爹娘，她爹娘一聽當場就願意了，只差磕頭燒高香了。」

劉七巧正和青梅聊著，見王爺從王妃的房裡出來了，臉上看不出是開心還是不開心，彷彿有點漫不經心。

王爺面不改色地走了，裡頭傳出王妃淡淡的聲音。「紫雲，從今兒開始，妳不用在我跟前服侍了，一會兒讓青梅領了妳去海棠院住，二太太會給妳配丫鬟的，等妳給王爺開枝散葉了，再抬了姨娘。從今往後，妳要好好服侍王爺，知道嗎？」

紫雲跪在大廳中間，臉上帶著淡淡的紅暈，道：「可是太太，王爺方才似乎不大高興，奴婢……奴婢有點怕。」前兩日，爹娘給她捎過話，其實她心裡頭也有些知道這事情了。她是個老實性子，從沒想過這些，雖然年紀已經到了，可爹娘沒來求她出去，她也不著急，誰知道竟然有了這樣的造化。

「妳不用怕，王爺不是不高興，是不大習慣而已。妳早些回去，先換一身衣服去老太太那邊請安，今兒我讓王爺去妳那邊。」

紫雲跪在地上，兩隻手在袖子裡握成拳頭，臉上的神色都快嚇壞了。王妃看見她這樣的神色，反倒越發放心了。這樣的姑娘才是實心腸的好姑娘。

這會兒青梅進去，把紫雲扶了起來道：「好姨娘，妳還不快點起來，還要我請妳不成？」

紫雲嚇了一跳，臉紅道：「好姊姊，快別這麼叫我，這是要羞死我了。」

劉七巧見紫雲滿臉通紅的樣子，也笑著道：「怕什麼羞啊，難道王爺不好嗎？非要妳爹娘給妳配個鄉下耕田的大老粗妳才喜歡嗎？哪有人這樣的？我們王爺英武挺拔，正是一個男人最繁盛的年華，這樣的男人哪裡找去？」

劉七巧這邊說，王妃已經忍不住清嗓子，搖頭道：「七巧，妳少貧嘴。王爺如今可是妳乾爹，妳這樣像做女兒的樣子嗎？」

劉七巧低下頭，嘟嘴道：「乾娘，誰讓我的新姨娘不知我乾爹的好，我這心裡不著急嗎？所以就口不擇言了，乾娘您可饒了我這一回。」

紫雲就在渾渾噩噩中成了王爺的通房，下午去壽康居見過了老王妃之後，連老王妃都誇了她幾句，又聽她說她家世代是給王府管莊子的，老王妃更是多親近了她幾分，又賞了好些東西，囑咐她好好服侍王爺。

卻說杜家那邊，這一日也是忙得不可開交的。先是姜家人那邊派人給梁府通報退親，再是姜姨奶奶親自跟著杜二太太，一起往齊家提親去。

齊家的老太爺是杜二太太的親爹，聽了小輩如此行徑，當場就請了家法出來，恨不得就打死在堂上，最後還是姜姨奶奶生怕好不容易訛來的孫女婿又沒了，挺起了胸膛擋在面前，這才阻攔了一次人命官司。

齊老爺子畢竟是朝廷命官，既然事情屬實，也沒有不負責的道理，一邊破口罵小子不爭氣，一邊許了婚約給姜姨奶奶，兩家總算也是渣男配賤女，皆大歡喜了。

唯一最鬱悶的就是杜二太太，看著自己的女婿變成別人的，她是哭也哭不出來了。

再說梁夫人那邊，聽說這個消息之後倒也笑了一回，直誇這姜家人也是聰明腦子，才一天的工夫就找了備胎，理由還讓人難以拒絕。梁夫人心道：反正妳也不進宮禍害我姪女了，隨便妳愛嫁給誰就嫁給誰吧……

到了小少爺辦滿月酒的這一天，劉七一早就被李氏拉了起來。外面，王妃派了葉嬤嬤過來，專門給劉七巧梳頭上妝。葉嬤嬤的梳頭手藝是一絕，如今全數教給了自己的準媳婦青梅，所以王妃那邊現在倒也用不著她了，如今正服侍著小少爺呢，怕也忙得很，今兒鐵定是受王妃所託，特意來給她梳頭的。

可憐劉七巧還睡得迷迷瞪瞪，身上穿著中衣，就被綠柳和錢大妞兩人從被窩中拔了出來，李氏拿了厚袍子給她披上，生怕她著涼了。這會兒還沒入冬，房裡沒燒暖爐，早上起來卻也是陰冷得厲害。

葉嬤嬤見劉七巧一副沒睡醒的樣子，笑著道：「七巧姑娘可快點醒一醒，今兒還不算早，等出嫁那日，妳五更天就要起來梳妝打扮了，到時候還有好些個要講究的地方，可不比今天省心。」

劉七巧打了個呵欠，綠柳已經打了熱水進來供她洗臉漱口。錢大妞跟在綠柳的後面一樣樣地學，見綠柳樣樣準備得面面俱到，也端了盤子送上面巾去給劉七巧擦臉。劉七巧平日都是自己往淨房做這些的，總覺得這樣怪怪的，便站起來道：「不如妳們先出去，等我洗完了臉、自己穿好衣服，妳們再進來吧。」

綠柳笑著道：「我的好姑奶奶，妳今兒坐著讓我們好好服侍妳。太太說了，妳嫁去的是杜家，那也是一個富貴溫柔鄉，雖說杜大夫看著不是那麼嬌生慣養，可杜家那幾位姑娘妳總是瞧見過的吧？有哪一個看著不是嬌養出來的，妳去了就是她們的長嫂，首先要在派頭上壓過她們幾個才行。」

劉七巧被綠柳的話說得一愣一愣的，那邊葉嬤嬤笑著道：「小丫頭片子，太太交代妳的話倒是記得清楚。動作快些吧，一會兒外面可要來客人了。」

原來王妃派綠柳過來之前，早已想好了把綠柳一家給了劉七巧做陪房，所以在二太太那邊打過了招呼，並喊了綠柳過去，把該交代的事情都交代了一番。綠柳在世子爺的房裡服侍了不少日子，又和劉七巧感情好，王妃派了她來心裡也放心，私下還賞了她不少東西。

王府辦酒宴，派頭自然是做足的，男賓們在外院，由兩位老爺招待；女賓們進了院子，酒宴就擺在離青蓮院不遠的一處湖邊別院裡。這會兒剛入了深秋，天氣將將開始冷，臨湖一側的窗子都用軟煙羅給糊了起來，透過綠色的窗格，瞧著湖裡枯荷殘破，頗有幾分詩意。

而別院的另一邊，幾株高大的喬木落葉蕭蕭，把地面鋪成了金黃色的一片，幸好前幾日讓老媽子們清掃過了，這會兒滿院子裡放著供人觀賞的菊花盆栽，聽說很多都是皇帝從御花園的花房中親自挑選賞了過來的。

劉七巧梳妝穿戴完畢，葉嬤嬤給她戴上了王妃賞的那套赤金鑲羊脂玉頭面，和她今天穿的玫瑰紫壓正紅邊幅錦緞長袍配得相得益彰。

李氏頭一次看見女兒這種模樣，激動得話也說不出來。她怎麼也沒有想到，十幾年前從她身上掉下來的這塊肉，如今卻是這樣出眾的姑娘。

「真真好看極了，七巧快自己照照鏡子。」葉嬤嬤也不由看呆了，這哪裡是個小丫鬟，分明是公侯府邸嬌養出來的千金小姐。

就連一旁看著的錢喜兒也忍不住道：「七巧姊姊，妳太好看了，簡直比新娘子還好看。」在小姑娘們的心中，新娘子永遠是最好看的人。

劉八順站在一旁，也上上下下地打量了一番劉七巧，最後道：「等我姊當新娘子那一天，肯定更好看，喜兒等著瞧吧。」

劉七巧沒照鏡子前，心裡已經有了準備，知道必定是個連自己也認不出來的模樣，連臉上的脂粉都感覺抹了厚厚一層，果然一照鏡子，簡直嚇了自己一跳。除了那雙大眼睛還算純天然以外，其他地方當真看不出和平常的她有什麼相似。

劉七巧覺得這樣的自己怪異得不得了，也不知道杜若今天能不能在人群中認出自己。李氏上前扶著劉七巧道：「七巧，妳先跟著葉嬤嬤去太太那邊請安，今兒就不用管這邊的事情。太太身子不好，妳要好好幫她招呼客人，知道嗎？」

劉七巧點了點頭，起身向李氏恭恭敬敬行了一個萬福禮，李氏不知怎地就紅了眼圈，連忙低頭壓了壓眼角，道：「快去吧，好閨女。」

綠柳扶著劉七巧出門，一行人走在前往青蓮院的通道上。遠處的花園裡已經有了早到的客人們，三五成群地在那邊聊天說話，時不時也往這邊瞧上一、兩眼。

前世她畢竟是個三十歲的女人，如今穿了正式服裝、化了濃妝，臉上的神色也帶著幾分冷然，屬於成熟女性的氣派就在舉手投足間透了出來，就連跟在她身後的綠柳和錢大妞，都覺得七巧彷彿在一夕之間就長大了一樣。

劉七巧進了青蓮院拜見王妃，這邊已經有幾個客人在了，蕭夫人、陳家少奶奶，還有大姑奶奶周芸都在裡頭說話。

周芸見了劉七巧進來，起先一眼沒認出來，多看了幾眼才開口道：「我當是哪家的姑娘又來了，沒承想是七巧。怎麼換了一件衣裳，跟我平常見的都不一樣了呢？」

「俗話說：人靠衣裝，佛靠金裝。」王妃見劉七巧給幾位行過了禮數，便把她拉到了自己的面前，笑著道：「妳們看看，我這閨女如何？」

「母親真是好福氣，才生了個弟弟，又給我們添了這樣一個好妹妹。」周芸說著，讓一旁站著的丫鬟上前，從她一直端著的托盤裡拿了一個錦盒，打開了遞到劉七巧的面前，道：「這一副赤金翡翠龍鳳鐲是我相公舊年去江南處理公務的時候，在金陵的玉寶齋瞧見的，如今我懷著孩子，也戴不得這樣重的東西，就拿過來給了妹妹吧。」

劉七巧低頭一看，簡直嚇得張大了嘴巴。這手筆也太大了吧！祖母綠的一對翡翠鐲子，上面盤旋著一對金龍金鳳，就算金子不值錢吧，這玉鐲也是不得了的。

周芸說著，正想給劉七巧戴上，卻見她的手腕上戴著一只冰種紫羅蘭玉鐲，一看就是價值連城的樣子。

劉七巧紅著臉小聲道：「這鐲子是杜大太太送的。」

眾人一聽便心知肚明。周芸笑著道：「那是該戴著、該戴著的。」

這邊，蕭夫人和陳少奶奶都各自給了幾樣東西，其中陳家少奶奶送的是一套鑲金藍寶石頭面；蕭夫人送的是御賜的南海珍珠手鏈並項鏈，外加幾樣做工精巧的珍珠頭花、兩串紅麝香珠。

劉七巧陪著她們又聊了幾句，外面便有小丫鬟們來傳話說，老王妃那邊已經從壽康居出來，正準備去荷風別院上席了。王妃身子雖是復原良好，但要出去走動卻還是不能，只能略微起身送了送幾位，留在青蓮院休息。

第九十六章

劉七巧和周芸到達荷風別院的時候，老王妃那邊也剛剛過來，見了劉七巧這身打扮，點頭稱讚道：「這還有點像樣，像是王府的姑娘了。」

劉七巧故作鬱悶，皺了皺眉，道：「就為了做一日王府的姑娘，一大早就起來了，整整在梳妝檯前坐了一個時辰，這王府的姑娘果然不是好當的。」

那些貴婦們有些都是見過劉七巧的，知道她慣是會這樣說話給人添樂子，都跟著笑了起來。老王妃戳了她腦門一把，嗔怪道：「以往妳每日五更就起來給太太張羅早膳，在廚房裡瞌睡得眉毛都燒掉了，怎麼就沒見妳說丫鬟不好當呢？如今讓妳當小姐了，還出來拿喬，不像話！」

劉七巧想起那些日子，忽然覺得遙不可及。「我這人就是忘性大，如今卻是想不起來了，好像那時候我也是天天喊苦的吧？我還記得青梅姊姊常說，我上輩子大抵是豬投胎來的。」

老王妃聽了，哈哈大笑道：「快別在這邊胡說這些，平白教太太、奶奶們笑話了。」這時候，外面小丫鬟進來道：「回老祖宗，杜老太太和杜大太太來了。」

老王妃一聽，急忙推了一把劉七巧道：「吶，快出去迎一下，以後過了門，可就輪到妳來迎我了。」

梁夫人一早就到了，聽老王妃這麼說，笑著道：「快去快去，等到了門口再迎出去可就不誠心了。」

劉七巧紅著臉，低頭轉身迎了出去。

因為杜二太太最近心情不好，所以杜家二房的幾位姑娘也沒趕上這趟熱鬧，自家的嫡母不想去，自己也不好意思爭著出門。雖然杜大太太派人去問過幾次，無奈她們都是孝順的乖乖女，都不敢造次。

杜大太太見劉七巧從門口迎了出來，她今日穿得極為喜慶，玫瑰紫的顏色襯托得她的肌膚如玉一般白膩，一雙大眼睛炯炯有神，偏生站著的姿態亭亭玉立，雖然頭上的髮飾繁複，可脖頸卻筆直筆直，露出一截修長白淨的脖子，柔弱中帶著幾分不容人置喙的果敢。

這樣的劉七巧太過引人注目，她微微福身向兩位見禮，禮數周全得挑不出一點錯處。就連杜老太太也忍不住多打量了一眼劉七巧，心裡還納悶著是不是自己認錯了人。

「老太太、太太，快裡面請，老祖宗已經在裡面候著了。」劉七巧一說話，這種疑問就徹底打破了，這不就是自己的孫媳婦劉七巧嗎？杜大太太低頭瞧見她手腕上戴著那只紫羅蘭的手鐲，心裡也是暖融融的，拉著她的手，一起往大廳裡頭去了。

梁夫人見杜大太太對劉七巧這般熱絡的樣子，上前笑著道：「那日宮裡的重陽宴妳不在，如今我倒是問問妳，這個兒媳婦妳是滿意不滿意？」

杜大太太原本也不是一個特別善於言辭的人，對劉七巧的喜歡自然是發自內心的，可婆婆還在這邊，若是說自己特別喜歡劉七巧，怕杜老太太會不高興。故而想了想道：「我原本心裡也是忐忑的，如今瞧著卻實在是好，怪不得連大長公主也說這是佛祖的意思。」言下之意，我一個婦道人家，如何能說佛祖的意思不好呢？

杜老太太聽了這話，倒也是認同了，又扭頭看了一眼劉七巧，開口道：「這丫頭，我以前是看輕了她，如今倒是越看越喜歡起來了。先不說別的，就她那手藝，倒是不辱沒了杜家寶善堂的名號。」

「正是正是。」陳夫人上前恭喜道：「這樣的孫媳婦去哪兒找？可憐我那兒媳婦，最是膽小的，在七巧的幫助下，也為我們陳家添了一個孫子了。」

說來也奇怪，劉七巧這幾次出手，幾乎每一次生的都是兒子。

富安侯夫人想了片刻，抬起頭，表情疑惑道：「莫非七巧是送子觀音轉世？所以她的姻緣要佛祖才能定下來，不然妳們想想，緣何七巧手底下竟沒生一個閨女出來？」

劉七巧聽富安侯夫人扯得越來越遠了，連忙擺手道：「我沒來京城之前也接生過不少閨女，是太太們不知道而已。我就普普通通一個姑娘家，太太可別太抬舉我了。」什麼送子觀音轉世，真是要嚇死人了⋯⋯

富安侯夫人卻是一個信佛的人，想了想道：「不對，這冥冥中自有安排，我兒媳婦落了兩次孩子，我求了多少名醫良藥都不見用處，去了一次法華寺，遇上了七巧，我兒媳婦如今已經大好了，打算再好好將養一段日子，便預備起來了。」說著，又繼續道：「再後來，又是去水月庵為大長公主治病，這樁樁件件的，哪一件沒有跟佛祖扯上關係的？依我看，妳就是送子觀音轉世，妳別不信！」

劉七巧心裡暗暗道：老太太我不是不信啊，是我知道自己是誰轉世的，我這不是穿越來的嗎……

被富安侯夫人這麼一說，眾人看劉七巧的眼神中忽然多出了幾分敬畏的表情，甚至安靖侯老夫人已經忍不住雙手合十，要對劉七巧拜一拜了，嚇得劉七巧連忙給自己解圍道：「太太奶奶們，七巧我不管是什麼人或者什麼佛轉世的，如今也不過就是一個普通人，還請太太奶奶們饒了我吧！大長公主一心向佛，拿了自家的別院建了水月庵，可這地方老祖宗和太太還住著呢，暫且還不能建那送子觀音廟啊！」

眾人聞言，哈哈哈笑了起來。那邊老王妃捏了捏劉七巧的嘴，笑道：「哪天妳打算建送子觀音廟了，咱把這地讓給妳，我搬到別處去。」

建送子觀音廟，劉七巧從沒想過，但建一個可以讓孕婦們優生優育的寶育堂，最近倒是一直浮起這念頭。不過以她如今的身分，這件事情還不能辦起來。這件事要辦成，首先要得到杜老爺和杜二老爺的支援，有了強大的技術和經濟支持，她才能放手去幹自己的事業。

「老太太瞧您說的，怪不得人家都說養閨女是虧本的，我若真連累得妳們都沒地方住了，我這閨女，太太認得也就太虧了。」

大家夥兒聊得差不多了，笑得也差不多了，席面也就開始了。老人家腿腳不便，在一樓的雅室裡面開戲，二樓的大廳裡頭才是姑娘家們熱鬧的地方。劉七巧方才在下面張羅了好長時間，上面都早已經開席了。因為今天主要是辦滿月酒和認親，所以王府的姑娘們特意給她留了一個主位。

老王妃怕姑娘們太鬧騰，又讓幾個年輕媳婦上來陪著，劉七巧被安坐在主位，一圈的姑娘圍著她，有見過的，也有沒見過的。

周蕙原本對劉七巧就沒有什麼不待見的，又過了幾天，這會兒已經能坦然面對這個忽然多出來的妹妹了。周菁是二房的，本就和劉七巧沒什麼利益關係，自然也是以禮相待。至於梁家的幾個姑娘，對劉七巧還是很有好感的。

劉七巧以前從不喝酒，但今兒高興，便跟著她們一起喝起了果子酒。沒想到這果子酒還有幾分力道，喝了幾杯下去，她就覺得有些暈乎乎的。

那日，宣武侯府二姑娘掉進水裡的事情還歷歷在目。劉七巧連忙讓丫鬟去廚房煮醒酒茶，人還沒走出去呢，那邊綠柳悄悄過來，遞了一個小瓷瓶給劉七巧，湊到她耳邊道：「這是方才大妞給我的，說是杜太醫悄悄讓他小廝送進來的，吃一顆就能解酒。」

劉七巧不知道原來這世上還有如此聖藥，急忙吃了一顆下去，過了片刻之後，果然覺得頭腦清醒了很多。

筵席過後，一眾人便各自散去，姑娘們大多跟著周菁和周蕙各自玩去了。劉七巧還沒有融入京城閨秀的圈子，且她本身對那些姑娘討論的事情完全沒興趣，所以一個人在下面的院子裡賞菊花，打算等人再少一點的時候，就悄悄回薔薇閣換下這一身沈重的行頭。

劉七巧正微微感嘆，後面卻傳來梁夫人帶著幾分關愛的嗓音。「七巧姑娘不常穿這麼長的裙子，走路可得小心著點，別讓什麼樹枝給勾著了，或是讓什麼人踩上一腳。」

這時候，劉七巧發現自己的衣裙勾在一旁的枯枝上，她提著裙子上前一步，枯枝喀嚓一聲，就折斷了……

外面錦繡年華、一片金秋的大好時光，徐側妃剛剛搬去的新居海棠院裡，卻傳出了一聲聲嬌滴滴的哭聲。仔細一聽，是難得往徐側妃這邊串門子的方姨娘正在房裡哭呢。

「……那丫鬟，也不知道是個什麼來路，不聲不響的，怎麼就進房了呢？王爺也不問就喜歡上了？這兩日都在那邊，哪裡還把我們放在心上？」方姨娘說著，用帕子壓了壓眼角道：「我今兒一早就見她又去了青蓮院獻殷勤，太太都說了，每逢三才用去晨省的，她每日每夜地去，豈不是把我和姊姊比得這麼懶散了？」

方姨娘知道王妃給王爺提了通房的那一日，就又在錦繡院發了一通火，後來連著兩日，王爺都沒去她那邊，她這才沈不住氣了。可她一個人畢竟勢單力薄，便想著把徐側妃一起給拉上了，好歹給那紫雲一點顏色瞧瞧。

徐側妃多年清心寡慾，王爺每個月來她房裡的日子是屈指可數，她的心思早已經不在爭寵上面。如今因為林姨娘的事情，她在老王妃面前也算抬了一點頭，已經是謝天謝地的了，哪還有什麼爭寵的心思。

方姨娘見自己在這邊賣力演了一場戲，怎麼徐側妃就沒個動靜？便開口問道：「姊姊，妳到底心裡是個什麼意思呢？」

徐側妃撥了撥手裡的菩提唸珠，抬眸道：「我有一個女兒，如今也嫁出去了，也沒什麼心思爭什麼了。依我看，太太待我們都是不薄的，妳如今也是有兒有女的人了，難免有時候脫不開身，有個新妹妹幫著照應王爺，那是好事。妳如今在這邊哭哭啼啼的，倒是不像話了。」徐側妃說著，起身對身旁的丫頭道：「翠兒，送方姨娘出去吧，到我唸經的時候了。」

方姨娘吃了一頓軟釘子，氣呼呼地帶著丫鬟往門外去。

去往薔薇閣的路上，正巧要經過海棠院的門口。

劉七巧原本身邊是跟著丫鬟的，但是主子們吃完了，丫鬟卻還沒用飯，所以她就留了綠柳跟著丫鬟們一起吃飯，自己一個人先回了薔薇閣。

方姨娘從海棠院橫衝直撞地出來，哪裡知道外面正有人過來，她一邊往裡頭瞧了一眼，一邊罵道：「自己沒用，就當起了縮頭烏龜，我可不是那麼好欺負的人！」方姨娘沒回頭看人，後面的丫鬟也還沒來得及拉住她，她便一頭撞在了劉七巧的身上。

劉七巧畢竟還是一個姑娘家的身量，又是心不在焉的時候，被她撞得踉蹌地跌坐在地上。方姨娘也退後了兩步，轉身定睛一瞧，正好是劉七巧，便假作沒認出來一樣，上前一巴掌往她的臉上打過去。

劉七巧方才跌倒，愣了一下，這會兒覺得臉頰旁一股掌風颳過來，她順勢往後退了退，倒是沒被打到，而是被方姨娘長長的指甲刮了一道紅印，襯在她白皙的臉頰上，讓人看一眼就觸目驚心。

那方姨娘的丫鬟一看方姨娘打的是劉七巧，急忙跪下來賠罪道：「好姊姊，姨娘這是看錯了，以為姑娘是哪個不長眼的丫鬟呢！才會衝撞了姑娘。」

劉七巧方才猛地被撞倒之時，扭到了腳踝，看著腳上穿著的繡花鞋，忽然想通了梁夫人提點的事情是什麼意思。這會兒她才回過神來，覺得臉頰邊有些熱辣辣的疼，正想起來，身後幾個丫鬟迎了上來，見了劉七巧臉上也傷了，頭上的珠花也歪了，急著道：「姑娘這是怎麼了？老太太那邊還說，幾個太太奶奶的想和姑娘聊聊天，讓姑娘過去呢。」

來的人正巧是老太太身邊的冬雪和劉七巧身邊的綠柳，方姨娘這會兒見自己被抓了個正著，忙開口道：「唉呀，這是七巧姑娘啊？我還以為是哪家迷路了的小姐。方才我從裡面出來，撞了一下，本想伸手拉她一把的，結果人沒拉到，反倒傷了她的臉頰，可真是對不住啊，我也不是故意的。」

這時，冬雪和綠柳已經把劉七巧扶了起來。劉七巧想了想，今天各家的太太奶奶都在，無論如何也不能給王府丟這個臉面，若是讓王妃知道了，這樣的日子有這種不識相的人出來給人添堵，怕還要生氣。於是便笑著道：「方姨娘走路看著點腳底下，仔細別走錯了路，連累了二姑娘和四少爺。」

「妳說的這是什麼話？」方姨娘如何聽不出劉七巧的言外之意，指著她罵道：「平素太太是怎麼疼二姑娘的，哪個人不知道，如今就因為有了妳，太太把自己正經女兒丟著不管了，反倒疼妳一個外人，妳還在這邊貓哭耗子假慈悲？我是二姑娘的親姨娘，我如何就能連累了二姑娘了？」

劉七巧聽她越說越不像話，急忙轉身對冬雪道：「冬雪姊姊，妳去老太太那邊回話，就說我先回去換一件衣服，一會兒再過去。」說著，她便拂手要走，方姨娘卻扯住了她的衣服不放，大聲道：「穿這麼好看的衣服又能怎麼樣，不過就是一個丫鬟，我們二姑娘才是王爺的種，真正的金枝玉葉！」

海棠院的門口並不是開闊之地，不遠處就有幾個拐彎口通到花園去。正巧杜大太太用過了午膳，想著去薔薇閣看看自己的未來親家，就讓王府的丫鬟帶著自己往這邊走了。

她原本見劉七巧跌倒，正要過去扶上一把，卻見一旁另外的兩個丫鬟來了，怕劉七巧在自己面前傷了面子，只得往後躲了兩步，在一旁的樹叢中站著。

第九十七章

方才她聽劉七巧話語之中已有了息事寧人的念頭，心裡正默默讚嘆，這樣的姑娘，懂進退、知禮節、顧大局，倒實在是不容易得很。一般嬌養的姑娘家，有幾個能受這氣的？但杜大太太哪裡能容忍別人作踐自己的兒媳婦，越聽越心疼，忍不住上前，讓丫鬟們拉了方姨娘道：「七巧好不好，還由不得王府的一個奴婢來管。她如今是王爺的義女，是王府正經的主子，妳是什麼人，也好意思在這裡大呼小叫，難道王府素來是沒有規矩的地方？還是因為太太這幾日身子不好，所以下人們就都蹬鼻子上臉了？」

冬雪正是預備要去給老王妃回話的，見杜大太太都站了出來，這事驚動了客人，自然只能如實稟報了老王妃。

「杜大太太千萬別動氣，還請去老太太那邊坐一會兒，杜老太太也在老太太的壽康居呢。」

杜大太太也不回話，上前看了一眼劉七巧臉上被劃破的地方，依舊紅腫，上面還帶著一道紅血絲。杜大太太本就是愛美的人，見了她白玉般的臉頰變成這樣，一下子心疼得眼眶都紅了，拿帕子輕輕擦了擦道：「還疼嗎？家裡有藥沒有，我陪妳回去先上一點藥吧。」

劉七巧對自己的這張臉確實也不大重視，雖說天生麗質難自棄，可她鮮少在臉上做工夫。一來，她覺得古代用的這些化妝品都不夠健康，什麼滑石粉什麼鉛粉的，一聽就不是能往臉上抹的東西。二來，她本就不重視這些，所以平常臉上多個青春痘或者被咬了個蚊子包，也是常有的事情。

「太太我沒事，也不疼了，一會兒就好了。」劉七巧說著，便笑著道：「太太不如去我的薔薇閣坐一會兒，我們一家人都在，順便也讓太太見見我娘，只是我娘不常見外人的，太太可不要見外。」

「我若見外，就不去了。本是已經定下了日子要登門拜訪的，想著到時候互相陌生，反而唐突了，就借了今天先去見一面。」杜大太太說著，拉著劉七巧的手一同往前走，並抬眸厭惡地看了一眼方姨娘，搖了搖頭。

冬雪見劉七巧勸了杜大太太走了，也放心回去回話了。那邊方姨娘這會兒才算是回過神來，拉住了冬雪的手道：「好姑娘，今兒這事情可千萬不能對老太太說啊，不然我就完了！」

冬雪瞧了一眼方姨娘，冷笑了一聲，挑釁道：「姨娘有膽子做，怎麼就沒膽子認呢？這事就算我不說，難道七巧那邊也不說嗎？只怕我去說還公道些，姨娘妳說是不是？」

這會兒方姨娘也慌了。打人一時爽，後果不堪想啊！她看著冬雪理了理鬢角，慢悠悠地往壽康居回話，彷彿看見了自己的人生末日一般。

劉七巧扶著杜大太太往薔薇閣的方向去，杜大太太側首，又掃過她臉頰上的那一條紅印子，蹙眉道：「好好的一張臉，這樣可如何是好？要是讓大郎瞧見了，豈不是又要心疼？」

劉七巧低著頭，臉頰燒得通紅，心道：杜若才不會這般小心謹慎呢，不過就是指甲刮破了一點皮，也不是什麼大事。那邊杜大太太接著道：「看方才那人的模樣，大抵是這府裡的姨娘吧？竟是如此張狂，一定是看妳在太太面前體面了，所以才故意給妳找不痛快，妳這丫頭，虧妳忍得住，她偏要挑這樣的日子找妳的晦氣。」

劉七巧想了想道：「她不過就是一個糊塗人，將心比心，我也多少能體諒她一點。不過今兒是小少爺的好日子，這事鬧出去了也不好，何必讓太太心裡添了不痛快？」

杜大太太越發覺得劉七巧懂事，也就越發心疼人了，笑著道：「好姑娘，妳未來的公爹是沒這些的。妳二叔有幾個姨娘，卻也是頂頂知書達禮，比起妳二嬸也不差的。等到了我們家，自然不會有人給妳氣受的。」

兩人正說著，已是到了薔薇閣的門口，後面跟著的小丫鬟上前叩了門，不一會兒，青兒就過來開門，見了劉七巧便道：「七巧姑娘，妳也回來了呀。」青兒是王府的丫鬟，自然也懂幾分眼色，見了生人進來，恭恭敬敬地行禮，往裡頭通報道：「夫人，七巧姑娘回來了，還帶了一位太太過來，大概是來瞧夫人的吧。」

李氏深居簡出的，哪會有什麼人是專程來看她的呢？李氏急忙起身迎出去，便見劉七巧扶著一位身上穿丁香色仙鶴紋刻絲褙子的貴婦從外面走了進來。

李氏並不笨，見劉七巧這樣恭順小心的模樣，便已經猜出了一、兩分來，不敢開口迎上去，只聽劉七巧先開口道：「娘，這是杜大夫的母親，杜大太太。」

李氏這會兒再也不用藏著掖著，急忙回身吩咐。「青兒，快去茶房沏茶，用上好的茶葉。」又連忙對錢大妞道：「大妞，快去廚房取幾樣吃食過來，用乾淨的盤子裝著。」

錢大妞也是第一次見杜大太太，果然覺得杜若的眉宇和她生得有幾分相似。

李氏上前，兩人相互見過了禮，劉七巧扶著杜大太太坐下。青兒端了茶盞上來，劉七巧親自接了茶盞送到杜大太太跟前。杜大太太伸手接過了，開口道：「妳先進去換一身衣服吧，還有臉上，好歹搽一些藥膏。」

這時候，李氏才將目光從杜大太太的身上轉移到女兒的臉上，連忙起身問道：「七巧，妳的臉是怎麼了？」

劉七巧笑著道：「方才不小心給樹枝刮到的，這會兒可破相了。」

李氏聽劉七巧這麼說，也放了心。「一會兒洗臉，小心別沾了水，可疼了。」李氏站起來，又對著劉七巧的傷口瞧了兩眼，確認沒什麼大問題了，才道：「妳以後走路小心些，我這幾天瞧著，這府裡每一個姑娘走路都比妳看上去穩重，妳如今是大姑娘了，也要學著端莊起來。」在七巧的未來婆婆面前，李氏覺得自己應該塑造成一個潛心教女的形象。

劉七巧帶著綠柳回了自己房中，將把脖子壓得快吃不消的一頭東西解了下來，打散了頭髮披在一旁。綠柳端了臉盆過來讓劉七巧洗臉，在一旁道：「七巧，妳臉上的傷分明是方姨娘打的，方才她那麼說妳，妳怎麼也不反駁幾句？」

「今兒院子裡人多，我要是跟她在那邊吵了起來，引了人來，讓外面人看了王府的笑話，我也於心不忍啊。如今太太身子還不索利，怎能讓她因為我這事情又心煩呢？」劉七巧低頭把臉洗乾淨，伸手接了帕子擦乾臉，道：「雖然我對這方姨娘確實不待見，可是二姑娘倒也對我不差，我總不能一點不給二姑娘面子吧？這事鬧出去，最沒臉的就是二姑娘了。今兒安靖侯老夫人也在，可不能讓她們這些人聽了去，那事情就鬧大了。」

綠柳撇撇嘴道：「我就說妳心裡還是一個好人，有人還不信，非說妳厲害。」

劉七巧想了想，能和綠柳說這種話的，估摸著也就只有知書了，便笑著道：「厲害和好心又不矛盾，我厲害我的，只要我不害人就好。至於好心嘛……我一般對好人好心些。」

劉七巧換了一身輕便的家常衣裳，綠柳為她梳了一個稍微輕鬆些的髮髻，用一支翠綠的髮簪固定，臉頰上洗去了脂粉，露出她本來就滑嫩白皙的皮膚，那一條淺淺的紅印子反而越發明顯了。她對著銅鏡照了照，估摸著也就兩、三天便消下去了，便起身到外頭跟李氏她們說話。

李氏從劉七巧小時候一直開始說，說當時她是怎麼救了自己，又救了劉八順；又說到小時候她得了瘧疾，差一點就死在了求醫的路上。李氏每每說到這裡就忍不住落下淚來，擦著眼淚道：「那時候我懷著她弟弟，大著肚子走了多少里路，大夫們都說沒救了，我在雪地裡哭了半晌，最後總算是救了回來了。」

劉七巧也記得那一場雪，真是徹頭徹尾的冷。她張開眼睛的時候，只看見李氏抱著自己，眼睛眉毛上都染了雪花，見她睜開眼睛，李氏就痛哭了一場。

從那天起，她知道自己有了一個土得掉渣的名字，叫劉七巧。

「大難不死，必有後福，七巧和大郎都是一樣的。說起大郎，我也沒少操心，從小到大，再沒有一天是不讓人操心的，就說今年年初那一次，整整昏迷了三天三夜，老太太急得連沖喜這種事都想了出來，我當時就想，我就一個兒子，若是大郎沒了，我也不想活了……」

兩個人談起了慘痛的育兒史，頓時有了無數的共同話語。杜大太太一邊說，一邊擦著眼淚道：「我當時又後悔，怎麼不早想著給他爹納個妾？萬一大郎真的沒了，我也跟著去了，他爹也不至於成了孤家寡人。」

李氏見杜大太太哭得傷心，急忙安慰道：「孩子們有得是後福呢，太太快別難過。我給七巧算過命的，都說是旺夫旺子的好命，有七巧在，大郎的身子準能好起來。」

杜大太太破涕為笑，點頭道：「前幾天我也拿著他們的八字去合了，還真是天造地設的一對，把我們家老太太樂得直拍手叫好。」

劉七巧一邊聽，一邊覺得臉上熱辣辣的。中午才有一齣說她是送子觀音轉世的戲碼，這會兒又被李氏套上了旺子旺夫的屬性，劉七巧覺得自己越活越像吉祥物了。

裡頭一群人正熱熱鬧鬧地笑著呢，那邊壽康居派了丫鬟來傳話道：「老祖宗想請七巧姑娘和杜大太太往壽康居那邊說會兒話。」

原來冬雪回了壽康居，把方才在海棠院門口的事情一五一十悄悄說給了老王妃聽，方才壽康居人多，老王妃不好發落，這會兒人總算是散了，便讓丫鬟們喊了人過去。

老王妃這些年也極少插手管王爺後院的事情，一來是因為王妃寬厚，後院裡也算和樂；二來是如今也覺得自己年紀大了，懶得管這些，不過經過了林姨娘的事情，老王妃覺得後院還是不得不管一下的。

「妳確實瞧見了那方姨娘打了七巧？」

「奴婢沒瞧真切，方姨娘自己說是她想去拉七巧姑娘，不小心傷到了她的臉，可奴婢看著不像，扶人有往人臉上扶的嗎？」

老王妃雖然鮮少出壽康居，可八卦也沒少聽，二姑娘前兩日從錦繡院哭著出來的事情，她也是知道的。她雖然平常看著一視同仁，私下裡對二姑娘卻也好過二房的那幾個庶女，自然知道二姑娘這一番是為了什麼。

不過王府的姑娘是該有幾分氣派的，所以她從沒當面說她，今兒見她和劉七巧也和和氣氣的，心裡便知道肯定是方姨娘又在二姑娘面前說了什麼不該說的話。

老王妃想了想，直接開口道：「妳去錦繡院跟方姨娘說一句，這二姑娘眼看著就要出嫁了，我有些捨不得她，讓她出嫁之前都搬到壽康居來住著吧。」冬雪點了頭要出去，又被老王妃給叫住了道：「二姑娘那邊，妳什麼都不用說了，直接領了丫鬟婆子去搬家就得了。」

冬雪回去之後，方姨娘就魂不守舍的，總覺得心裡七上八下的。她原先敢壯著膽量給劉七巧一巴掌，無非就是因為那邊沒人，就算劉七巧去太太面前告狀也沒什麼證據。如今她的所作所為都被別人看了去，如意算盤自然就落空了，且冬雪最近很得老王妃的喜歡，常說她的嘴跟劉七巧的一樣巧……

方姨娘才回了錦繡院，就讓小丫頭出去壽康居那邊打聽事情，可巧壽康居裡頭都是客人，小丫鬟一時無功而返。誰知道小丫鬟回來沒多久，冬雪就親自帶了幾個老嬤嬤到錦繡院給二姑娘搬家。

方姨娘見冬雪一群人氣勢洶洶地過來，一顆心涼了一半，還當是老王妃要拖了自己去問話，當下就嚇得癱軟在地上。誰知道那些人竟理都沒有理她，逕自去了二姑娘的閨房，將鋪蓋衣物全部都打包了起來。這下方姨娘著急了，拉著冬雪跪下來哭道：「好姑娘，這是怎麼了？二姑娘在這兒住著有什麼不妥嗎？」

冬雪方才見了方姨娘那副踩低捧高的德行，心裡也厭惡得不得了，掙開了她的手道：「好姨娘，二姑娘大喜啊！老太太說，這離她大婚的時日也近了，要親自教養二姑娘，免得外頭人嫌棄二姑娘庶出的身分。在老太太跟前養著，總比在姨娘身邊來得好。」

方姨娘聞言，身子震了震，忍不住大哭了起來，大聲道：「老太太何必做得那麼絕呢……不過為了一個鄉下丫鬟，如何就要這樣待我？我服侍了王爺十幾年，難道還不如一個丫鬟體面？」

冬雪見她又說起了胡話，冷笑道：「方姨娘可別這麼說，本來這事也沒什麼，只是七巧如今雖然是王府的姑娘，更是杜家的準兒媳，姨娘今天當著杜大太太的面打了七巧，丟的可是整個王府的面子。」她想了想，忽然低下頭，湊到方姨娘的耳邊道：「這會兒老太太已經派人去薔薇閣請人了，也不知道杜大太太是不是個寬宏大量的人，我倒是勸姨娘不如省省力氣，也替自己收拾收拾東西吧。」

「妳……妳說這話什麼意思？」方姨娘原本癱軟在地上，忽然間又抬起頭來，淚眼朦朧地看著冬雪道：「冬雪姑娘，我知道妳在老太太身邊如今最得體面，不如妳幫我在老太太面前美言幾句？」方姨娘說著，從腕上褪了一只絞絲鐲子下來，想要塞給冬雪。冬雪往後退了兩步，笑著道：「姨娘這些東西還是留著貼己吧，以後也不知道還有沒有了。」

眾丫鬟婆子們都是做事的能手，冬雪往周蕙的房裡看了一眼，見打包得差不多了，開口道：「妳們先把東西帶過去，薰兒在這邊待著，一會兒二姑娘回來了，讓她自己瞧瞧有什麼東西落下了沒有。可別少了什麼東西，便宜了不相干的人。」

方姨娘看著眾人把周蕙的東西一箱箱地搬走了，氣得連捶地板的力氣也沒有了。

第九十八章

劉七巧陪著杜大太太去了老王妃的壽康居，這會兒老太太們被老王妃身邊的嬤嬤領著去外面院子裡賞花，壽康居裡面並沒有別的人，就連杜老太太也不在。

杜大太太見了老王妃，急忙上前行禮，老王妃在榻上擺了擺手道：「讓杜夫人給見笑了，府上竟然出了這樣的人，請了杜夫人過來，便是問夫人一個主意，夫人想怎麼處置她，老身絕無異議。」老王妃說著，抬起頭往劉七巧的臉上瞧了一眼。她畢竟年紀大了，眼睛不大好，伸手讓劉七巧走到面前，湊上去看清楚了，才開口道：「還疼嗎？妳這丫頭，平時看妳厲害得很，怎麼也忘了躲一躲。」

劉七巧並非沒有躲避，是當時正在想事情，所以躲得不大及時，不然這會兒她臉上鐵定是結結實實的五個手指印了。

杜大太太聽老王妃這麼說，心裡自然是高興的，可她一個外人如何管王府的家事？只笑著道：「老太太快別這麼說，我也不過就是路上正好遇見了。原本我是不想開口的，可實在捨不得這丫頭受委屈，才略略說了幾句，我正想著要找老太太和太太請罪的，倒是我逾越了。」

杜大太太不愧是書香門第出來的人，說話間禮數周全，實在是讓老王妃嘆服。又想著劉七巧有這樣一個婆婆，倒是前世修來的福氣了。

「杜夫人這麼說就見外了，今日本來這麼好的日子，因為一個賤婢掃了杜夫人的興致，實在是我們王府的不是。」老王妃正說完，外面小丫鬟挽了簾子起來，冬雪從外頭進來，見了杜大太太和劉七巧，先是行了禮數，才開口道：「回老太太，二姑娘的東西已經搬到了後面的抱廈裡。這會兒二姑娘許是在三姑娘那邊玩，人還沒回來，奴婢喊了薰兒在那邊等著二姑娘，若是有什麼遺漏的，一會兒奴婢再派人去搬過來。」

杜大太太知道王府有幾個庶出的姑娘，這二姑娘應該就是王妃庶出的閨女，見老太太這樣雷厲風行的做派，怕方才打劉七巧的人應當就是這二姑娘的親姨娘。

「二姑娘倒是有福了，聽說已經許了人家，能在老太太跟前教養，是她的福分。」

「我年紀大了，懶怠帶孩子，以前小時候她們都在我跟前住過一陣子，後來各自大了就散了。如今各自又要出嫁，以後也不知道還有多少日子能陪著我，我是越發捨不得了。」老王妃說著，抬頭看了一眼劉七巧道：「七巧，妳以後也要多往這壽康居走動走動，知道不？」

劉七巧笑著道：「老祖宗快放心吧！七巧除了嘴快，腳也很快的，一天不讓我走幾步路，渾身憋著不舒服，我以後天天都來給老祖宗請安。」

老王妃拍了拍她的手背，心疼道：「今兒客人還沒散呢，暫且就這樣吧。等過兩日，我一定給方姨娘尋個好去處，走之前還得好好賞她一回。」老王妃這話雖然說得雲淡風輕，可是聽起來不容小覷。劉七巧也越來越明白，其實有時候看起來慈祥的老王妃，才是手段真正老辣的那一位。

送走杜老太太和杜大太太之後，劉七巧原本是想去王妃那邊瞧一瞧的，可想起臉上的刮痕，還是罷了，畢竟這大喜的日子，她也不想給王妃添堵。

方姨娘見老王妃派人搬走了二姑娘的東西之後，居然沒有了下文，當是這事情已經過去了，便悄悄躲在佛堂裡，也唸了幾遍經文。

周蕙從外頭回來就被薰兒給拉住了，將今天的事情說了一遍，又讓周蕙回房裡去瞧一瞧有什麼漏掉的東西。周蕙聽了方姨娘的糊塗事情，急得哭都哭不出來，咬著牙齒道：「姨娘這下可闖了大禍了，這可如何是好呢？」

那方姨娘卻是個頭腦簡單的，聽周蕙這麼說，笑著道：「打就打了，老祖宗也發落過了，不過就是讓妳搬過去她那邊住了。我剛開始還想不明白，如今想想對妳卻是一件好事，外頭的人家聽說庶出的閨女是在老太太跟前養著的，還能高看幾分呢！」

周蕙心裡卻不這麼想。她一個快出嫁的姑娘，也不在乎這幾日跟著誰了，想來安靖侯府一早就把自己給打聽清楚了，就怕事情還沒那麼容易完呢！

「姨娘也太糊塗了，論身分，如今七巧是正經的王府主子，妳雖然是個姨娘，卻只是半個主子。論輩分，妳是做姨娘的，大了七巧一輩，眾人都對她疼著愛著，唯獨妳在這邊欺負她，這不是明擺著不給老祖宗和太太臉面嗎？如今妳竟打了她，也不知道背地裡有多少人會說，妳這一巴掌打的不是七巧，而是她背後的老祖宗和太太。」周蕙說著，又嗚咽了起來，嗔怪道：「姨娘也不看看今天是什麼日子，這事情若是被外面人瞧了去，又要笑話王府的人不懂規矩。父親最是重臉面的人，若是知道了，還不知要怎麼生氣呢！」

方姨娘原本都勸服自己了，這會兒聽周蕙說那麼多的不是，心裡又七上八下了起來，悻悻然道：「哪有妳說得這樣嚴重，不過就是一個鄉下丫頭……」方姨娘正說著，從外面闖了幾個年輕力壯的媳婦進來，見了方姨娘道：「方姨娘，這會兒夜深人靜了，賓客也散了。老太太說了，該辦的事情，還是要辦齊全的。」

方姨娘一聽，嚇得頓時從靠背椅上滑了下來，覺得手腳冰冷，話都說不出來。

劉七巧第二日去給太太請安，才知道方姨娘被送到莊子上的事情。她進青蓮院時，就見冬雪正在大廳裡給王妃說昨兒的事情，見她進來，也沒特意停下來，向她點了點頭，繼續道：「……老祖宗如今讓瑋哥兒給徐側妃養著，一來，大姑娘出嫁後，徐側妃一個人也寂寞。二來，太太這邊如今有瑞哥兒要忙，怕也是分身乏術，況且嫡庶終究有別，所以老祖宗讓瑋哥兒跟著徐側妃了。」

原來老王妃是個雷厲風行的人，昨晚賓客一散，就讓婆子們去錦繡院裡面收拾了一通，賞了方姨娘掌嘴二十，拖著就往外頭走。方姨娘自然是不肯的，婆子也是厲害，笑著傳達了老太太的意思，道：「那個春月姑娘如今在莊子上也快生了，老太太的意思，這孩子還是要自家人才能料理好，別人她也不放心，便勞煩方姨娘去住一陣子，等孩子平安出世了，再回來也不遲的。」

方姨娘哪裡不知道這不過就是個藉口而已，老王妃如今還能給她個藉口，也算是體面了，不然直接讓婆子們捆了出去，也不是不能。

王妃見劉七巧進來，伸手拉了她到身邊，看了一下她臉上的傷口，今兒已經不紅腫了，結了一道痂，看著也不明顯，大抵也不會留下什麼疤痕，便也嘆息道：「如今我身子沒好，難為妳倒要為我受這份委屈。我知道妳並不是個會忍氣吞聲的，想必是因為昨日人多，要保全王府的名聲罷了。」

劉七巧見王妃說中了自己的心思，難免有些不好意思了。她難得這樣受一次委屈，這一個、兩個、三個的跑出來為她作主，倒讓自己好像越發矜貴起來了。

「太太這麼說，我倒不好意思了，原本想著這也不是什麼大事，方姨娘是一個糊塗人，可畢竟二姑娘不像她，我們關係也一直不錯，原本也是因為這個才想給方姨娘幾分面子的，沒承想還是讓老祖宗和太太知道了。」

「傻孩子，妳給人面子，也要看人家懂不懂這道理才行。」王妃輕飄飄地嘆了一口氣，端了茶盞低頭喝了一口，繼續道：「方姨娘這個人，我平常也是知道的，這些年她在王府也確實拿大了點，除了我和老祖宗，從不把其他人放在眼底。我念在她為老爺生了一子一女的分上，也確實從不曾治過她，大概也是因此，她太得意忘形了一點。這次的事情，老祖宗雖然沒知會我，可我心裡覺得老祖宗罰得還不夠重，少說也得讓她在妳跟前親自致個歉才好。」

劉七巧從來沒指望過這些，自然也覺得無所謂，反倒勸慰起了王妃。「太太快別為這些煩心事操心了，正正經經養病較好。」她的話還沒說完，外面的小丫鬟興高采烈地飛奔了進來道：「太太大喜，世子爺回來了。」

王妃聽了，高興得從軟榻上坐了起來，劉七巧急忙上前扶著她。王妃忙問道：「世子爺這會兒人在哪兒？」

「剛進了玉荷院，說是換一套衣服就來見太太。」

「讓他先去老祖宗那邊，一會兒過來瞧我也不遲。」王妃雖然心切，卻還是不忘禮數，吩咐外面的小丫鬟道：「妳快過去跟世子爺說一聲，別壞了規矩。」

小丫鬟開開心心地應了一聲，一溜煙轉身就出了青蓮院的大門。

原來朝中已經派了人去邊關議和，雖然大軍還駐紮在邊境，但已經沒有了戰事。周珅知道家中有喜事，就向蕭將軍告了假，帶著恭王府的家將們回來。誰知道在路上竟然遇上了一夥山賊，周珅正是年少氣盛的年紀，就幫著當地的縣衙把那一夥山賊給剿滅了。不過這會兒沒上次剿匪收穫大，並沒有一個像春月一樣如花似玉的姑娘跟在身邊回來。

周珅解決了山賊的事情，再回京，正好錯過了王府的滿月宴。不過這次他也是機緣巧合，居然立下了一個大功。

周珅從壽康居出來，便往青蓮院拜見王妃。幾個月不見，他越發沈穩內斂，臉上依然是嚴肅的表情，見劉七巧正穿著丫鬟的衣服站在王妃的身邊，視線往劉七巧的身上掃了掃，最終向王妃請安道：「兒子給母親請安，母親可一切安好？」

「安好、安好，你在外頭可好？你這是第一次上陣打仗，有沒有傷到了哪裡？」王妃最近臥病在床，所以王爺並沒有將周珅涉險、險些全軍覆沒的事情告訴她。她見周珅如今好端端地站在自己面前，雖然口中還是這麼問，心裡卻早已放心了下來。

「兒子吉人自有天相，倒是不曾出什麼意外。」周珅說著，視線再次落到了劉七巧的身上，見她比自己走的時候似乎又高出了寸許，那原本毫無可取之處的身材，如今也越發有了少女的風韻。周珅低著頭，壓抑著嗓子道：「母親倒是辛苦了，不光為兒子添了一個弟弟，還多了一個妹子。」他聽說王妃認了劉七巧做乾女兒的時候，便知道自己的如意算盤落空了。他和劉七巧既已成了兄妹，如何還能成為夫妻？這麼做分明就是堵了他最後一條能得到劉七巧的路。

劉七巧聽周珅這麼說，低下頭，微微向周珅福了福身子，小聲道：「妹妹給兄長請安。兄長一路歸來，風塵僕僕，大抵也累了，還是早些回去休息吧。」

周珅臉上閃過一絲澀意，點了點頭道：「七巧說得對，兒子確實有點累了，這就告退了。」他說著，放下手中的茶盞起身離去，走到門口的時候，忽然轉過頭來，看了一眼劉七巧。「不知妹妹可否願意送愚兄一程。」

劉七巧心裡咯噔一下，卻也沒有推託。在王府之中，光天化日之下，她也不怕周珅做出些什麼，便點了點頭道：「妹妹自當送兄長一程。」

她和周珅出了青蓮院。深秋的陽光雖不毒辣，卻也曬得晃眼，一路上，幾棵梧桐樹已經落下了葉，鋪了一地。

「妳就當真那麼討厭我，不願意和我在一起嗎？」周珅依舊冷著臉，側眸看了劉七巧一眼，見她低著頭，纖長的睫毛一顫一顫的，心裡越發生出幾分不捨。

「世子爺人中龍鳳，府中的丫鬟們人人趨之若鶩，又何必在乎七巧一個呢？」這種話說出口雖然有點空洞，可是劉七巧搜腸刮肚的，也只有這麼一句話好說。

「妳說得不錯。」周珅點了點頭，臉上似笑非笑，繼續道：「但那些丫鬟，我一個都不喜歡，我只喜歡妳而已。」

劉七巧並沒有因為這表白而高興得沖昏了頭腦，淡笑道：「世子爺說喜歡我，可是世子爺從沒考慮過我並不喜歡世子爺這個問題，對不對？那麼世子爺，七巧再問一句，你是打算讓七巧做世子妃，還是做你眾多女人中的一個？也許我問出這個問題的時候，你心裡也在笑，劉七巧真是一個不知天高地厚的姑娘，居然說出這種話來。可是世子爺，我可以告訴你，七巧這輩子只做正房，七巧的男人也絕不會納一個通房或者妾室。在七巧的心裡，永遠堅持一生一世一雙人，即便大多數人覺得這很可笑。」

周珅聽劉七巧說完這些話，從一開始的平靜到後來的冷笑，再到最後的震驚。劉七巧站在他的面前，身量雖然不高眺，可脊背挺得很直，周珅第一次覺得，眼前這個姑娘和自己是平等的，她說出的話雖然聽來如此大逆不道，自己卻拿不出任何理由駁斥她。

過了良久，周珅緩緩停下了腳步，抬起頭看著天邊一處火燒雲，怔了半刻，才回頭道：「七巧，祝妳幸福。」

劉七巧勾起嘴角，笑容在陽光下更顯得燦爛無瑕，重重地點了點頭。

第九十九章

劉七巧回到薔薇閣的時候，心情特別好，恰逢杜若正好從太醫院下值回家，便往這邊繞了一圈，帶了一些祛腐生肌的玉膚膏來給劉七巧。

杜若昨天聽杜大太太說劉七巧在王府被人打了，鬱悶得一宿沒睡好覺，恨不得一早就過來瞧瞧，這會兒見她臉上傷痕已經淺得快看不出來了，便知道昨晚杜大太太是誇大其詞。

杜若將玉膚膏交給了錢大妞收好，開口道：「過幾天是十月二十八，母親便會正式上門納采。按照禮數，是需要讓媒人先來一趟的，不過妳我的媒人是大長公主，她是佛門清靜之人，實在不敢再去勞煩，只好省了這一步。」杜若看著劉七巧，嚴肅道：「六禮的步驟，杜家一步也不會少。」

劉七巧是在廚房混過好一陣子的人，光聽廚房裡的那些婆子嘮叨，也差不多明白所謂的「六禮」是哪些步驟，反正當這「六禮」正式完成的時候，她也就真正成為了杜若的妻子。

這會兒杜若和劉七巧坐在薔薇閣後院的一處小涼亭裡，一汪清泉通往王府的後院，泉上有小橋，這涼亭就建在小橋中間。杜若伸手挑起劉七巧鬢邊的一縷秀髮，指腹輕輕摩挲過她臉頰上的那一抹傷痕，眉眼中含著溫柔，道：「昨兒聽我娘說，還以為妳破相了，害我急得一晚上沒好好睡覺，今日一早就去了太醫院，求方太醫把平日裡給娘娘們配的玉膚膏勻了我一盒，等下值了就給妳送過來。」

劉七巧聽杜若這麼說，噗哧笑了一聲，扭頭道：「怎麼，我這傷口沒達到你的想像，失望了嗎？非要我破了相你才開心嗎？」

杜若被劉七巧這一句頂了回來，頓時覺得無言以對，搖頭嘆息，見綠柳遠遠從前院走過來，道：「七巧，二姑娘帶著禮物來看夫人了，這會兒正在前面廳裡坐著。」

劉七巧聽了，知道是周蕙過來了。其實劉家剛搬來那幾日，陸陸續續也有府裡的管家媳婦及婆子們上來串門的，姑娘們倒是一個沒來，她也知道，周蕙這次來怕是為了方姨娘的事情。

杜若見劉七巧有客人，便起身道：「我也該走了，妳這裡有客人，便去招待客人吧。明兒一早我去水月庵為大長公主複診，晚些再來給妳消息。」

劉七巧送走杜若，來到廳中，見周蕙正坐在李氏的對面，眼圈還有些紅，似乎剛剛又哭過。她見劉七巧進來，便起身和劉七巧見禮，劉七巧上前，將她按坐了下來，周蕙低著頭不說話，李氏卻是一個心善的，方才聽了周蕙的來意，便開口道：「七巧，聽說方姨娘因為昨兒的事情被趕到莊子上去了，二姑娘正為了這事傷心，想——」

李氏的話沒說完，便被劉七巧給攔住了。「娘，這是王府的家務事，我也管不著。昨天是王府的好日子，賓客滿座，我也是為了王府的體面才忍了下來。可如今事情已經驚動了老太太和太太，她們也有了處置，女兒自然不會去多這個事情。」

周蕙聽劉七巧這麼說，心裡也是一冷。她原是不肯來的，縱使心裡有救方姨娘的心思，卻也知道這一趟必定是要碰一鼻子灰。無奈方姨娘娘家還有幾個嫂子，聽說了這事，一早就悄悄喊了小丫鬟，非要自己想個辦法出來，說周蕙好歹也是方姨娘養的，自己的姨娘落了難，總也是要拉一把的。

周蕙向來對老祖宗有幾分敬畏，自然不敢自己去求。而王妃那邊，這事情原本就不是她處理的，她若是去說，怕也沒有多少作用。想來想去，覺得唯有往劉七巧這邊走一趟，讓劉七巧求老祖宗收回成命，或許還可以救方姨娘一次，於是也只好厚著臉皮來了。

李氏聽劉七巧這麼說，也不好再多言什麼，見周蕙又紅了眼圈，便開口道：「二姑娘快別傷心，我這女兒，但凡她打定了主意，我也是改不了的。或許等過一陣子，老祖宗那邊忘了這件事情，妳再找個由頭，請太太把妳娘接回來，那也是一個辦法。」

周蕙擦了擦眼淚，站起身來，看了一眼劉七巧，道：「我原本也沒指望妳真能幫我，我也不是糊塗人，是奈不過下面那些人的口角，說我一味拍太太的馬屁，自己的親姨娘落難了也不管。可是那些人哪裡能知道我姨娘的糊塗，從我懂事起，姨娘在府裡就過得風光得意的，她是得意過頭了，以為老太太和太太都由著她呢！落到了今天這個地步，也是她活該要受的！」

劉七巧倒是沒看出來周蕙能說出這一番話，心下還真覺得有些可惜，這樣的姑娘若是投生在了太太的腹中，那倒也不辜負了她深明大義的性子。

方姨娘的事情最終還是沒翻出什麼大浪來，王爺最近得了新的侍妾，一時間對方姨娘也沒什麼留戀的，加上平常方姨娘就不是寬厚的主子，也沒什麼人替她求情，這事就這樣結束了。

十月二十八日，正是一個宜嫁娶的黃道吉日，一早，王妃那邊便喊了丫鬟將劉七巧和李氏都請去了青蓮院。

王妃已經足足休養了有一個半月，身子已經好了很多，如今已經可以在院子裡稍微走動。李氏這會兒也開始顯懷了，甚少出薔薇閣，只有王妃請她過去聊天的時候才會往青蓮院裡走動走動。

一大早，杜家的下人就已經陸陸續續開始往王府裡送納采禮來了。禮物雖然是經王府前門進來，東西卻是無一不漏地送往薔薇閣。之前杜大太太一時心急，早就偷偷打聽了劉七巧的生辰八字去廟裡問過，所以問名這一步，不過也就是做做樣子，將劉七巧的生辰八字寫在了紅帖裡面給了杜大太太。

既然八字也合過了，結果自然是「吉，則不敢辭」，杜大太太也不含糊，當即就請了下人回家傳話，把她這準備了整整幾個月的聘禮給搬了過來，送聘禮的隊伍都占了王府外的半條大街。

外面的小丫鬟如何見過這等世面，進來傳話道：「青梅姊姊，外頭洪嬤嬤說東西太多了，怕薔薇閣的小庫房放不下，請姊姊喊上幾個人過去，把薔薇閣另外兩間廂房給清理一下，好放東西。」

劉七巧坐在青蓮院裡，也不知道外面是個什麼光景，想出去瞧瞧又不好意思。李氏也不知道杜家都準備了些什麼，薔薇閣的庫房本來就寬大，跟劉七巧家在牛家莊的中廳那麼大了，如今聽說放不下，還不知道是多少東西呢。

杜大太太把貼身丫鬟喊了過來，將她手裡一本厚厚的本子接過來，遞給了李氏道：「這是聘禮的禮單，一會兒親家太太回去後再慢慢清點。」

李氏覺得自己手裡捧著千斤重的東西，一時間不知如何是好。她是個不識字的，如何做得了這些？平常她看得最多的文字，也不過就是老劉家的那幾份地契和房契。

「親家太太，實不相瞞，我是個不識字的，這些東西都是妳給七巧的，等七巧嫁過去杜家的時候，定然原封不動地陪嫁回去，這會兒我便當著妳的面，把這些都給了七巧。」李氏說著，又趕緊把燙手山芋丟給了劉七巧。

杜大太太心裡是前所未有地鬆了一口氣，起初她見到李氏的時候，覺得她人不錯，不過似乎也尤為溺愛小兒子。杜大太太生怕李氏會偏袒小兒子，雖然杜家不怕結交這門窮親戚，可若是虧待了自己的媳婦，杜大太太心裡也是不樂意的。所以今兒她故意把這禮單給了李氏，就是想看看李氏究竟會怎麼處理，如今見李氏竟然毫不動心地就給了劉七巧，也暗自笑自己杞人憂天了。

眾人在青蓮院裡頭散了，劉七巧又陪著杜大太太去壽康居給老王妃請安。那邊老王妃笑著道：「當初重陽宴上，妳家老太太還說要自己過來，怎麼如今還是妳來了，可見她對我們家七巧定然還是不滿意的。」老王妃說話向來不留什麼情面，倒教杜大太太一陣臉紅，笑著道：「最近家裡事情多，老太太也不閒著。」

杜大太太說著，便把姜梓歆和齊昀的事情也說了說，自然是省去了裡面曲折離奇的過程。前幾日梁夫人來找老王妃，早就把姜梓歆的事情說了七七八八的，如今聽杜大太太這麼說，老王妃皮笑肉不笑道：「這姜姑娘倒是好本事，這麼快就能給自己找到一個如意郎君，可惜我們七巧倒是白白摔了那一跤，竟沒幫上什麼忙了。」

劉七巧聽老王妃說起那一跤，也恍然大悟，見杜大太太臉上疑惑的神色，便小聲道：「那日重陽宴我進宮，在御花園的花房裡摔了一跤，原本以為是自己不小心絆到了樹枝，後來才知道是姜姊姊在後面踩了我的衣裙。」

杜大太太平素是有涵養的人，聽到這裡也不由覺得心跳加速。老王妃聽劉七巧這麼說，笑道：「妳這丫頭，我還以為妳不知道呢，原來妳也知道了。」

劉七巧笑著道：「我是個笨的，要不是梁夫人提點，我這輩子都想不出來呢。」

這會兒杜大太太才算是恍然大悟。「我說她自從來了京城，深居簡出，如何得罪了梁家，竟讓她去給一個傻子當媳婦？如今看來，這姑娘倒是一個心大的。」杜大太太再想了想那齊家少爺，十七歲的大人了連個舉人都還沒中，也不是什麼好的，這兩人在一起，也算齊全了。

劉七巧送走杜大太太，回到薔薇閣中，看見大院裡還放著幾十箱的東西，卻是綠柳正在和錢大妞一起幫忙清點杜家的聘禮。李氏雖然一向謹慎，可劉家那些東西哪裡需要用本子記錄，用腦子便可以記得清清楚楚的，而杜家送來的東西太多，離劉七巧出嫁卻還有一段日子，這段日子中她自然是要更加謹慎的，於是就請了識字的綠柳和錢大妞一起清點再入庫。

李氏見劉七巧回來，急忙拉了她的手道：「這些東西我看著都怕，怎麼這麼大的手筆，倒像是我們要賣兒賣女一樣的。」李氏指著放在几案上的幾個黑漆托盤，裡面各放著金元寶十六錠、銀元寶十六錠、珍珠鏈子六條、各色金飾頭面十二套、各色戒指一盒、手釧一盒。外面的十幾個箱子裡放的是綾羅綢緞，都是上等的面料。

劉七巧一邊看，一邊也暗暗感嘆，杜大太太是知道他們劉家家底薄弱，有意拿了這些東西給自己添妝呢。

「娘可太瞧得起我了，就算把我賣了也不值這些錢的。」劉七巧說著，把李氏給拉進了房裡，安撫道：「娘，我們家有多大的能耐就辦多少事情，您可千萬別為了我傷了根本，杜家不差我們家這一些東西，娘也是知道。」她從妝奩下頭把上回杜若悄悄塞給自己的一千兩銀票掏了出來，遞到李氏手中道：「爹的腿如今也好得差不多了，又跟著王爺到處跑，我這事情少不了要讓娘操心。這銀子是大郎悄悄給我的，他家裡人也不知道，我今兒就給娘了，不用花在我身上，眼看著就要過年了，這還是我們家進城過的第一個新年，可得好好熱鬧下。」

李氏雖然不識字，銀票卻也是認識的，看了一下面額，下巴差點就掉了下來，開口問道：「妳怎麼好意思拿他的錢呢？妳這孩子，這還沒過門呢！」

劉七巧撇撇嘴，道：「他人都是我的，花他點錢算什麼呢？」

李氏搖了搖頭，將銀票拿在了手中，想了想道：「他給妳的銀子，自然還是要花在妳身上。家裡頭不像以前那樣艱難，妳是我和妳爹唯一的女兒，無論如何都要讓妳體體面面地出嫁的。」

劉七巧笑著，伸手摸了摸李氏凸起的小腹道：「娘怎麼知道肚子裡這個就不是個小妹妹呢？」

李氏見劉七巧和自己開起了玩笑，也搖著頭笑了起來。

劉七巧走到院子裡，見綠柳正指揮婆子搬東西，小院的一個角落裡，青兒和喜兒兩個小姑娘正在看什麼東西，兩顆小腦袋湊在一塊兒，有說有笑的。

「青兒姊姊，妳看這東西還是活的呢！妳說牠會飛嗎？」

「牠本來就是天上飛的，要是放了牠，肯定會飛走的。」

「妳看牠翅膀上流血了，肯定是受傷了，青兒姊姊，不然我們給牠包紮一下吧。」

兩個小姑娘妳一言我一語的，完全沒注意身後站著的劉七巧。青兒回過頭來，見劉七巧站在後面，嚇得趕緊行禮道：「姑娘，我陪著喜兒在這邊看大雁呢。」

劉七巧這會兒才看清角落裡放著的東西，原來是兩隻被綁住了翅膀的大雁。古人也不知道為什麼，提親要用大雁，不過這會兒已經是深秋了，北邊早就找不到大雁了，而從這兩隻大雁身上的傷口來看，大概也是傷了有些時日，從南邊運過來的。可見為了上門提親，杜家確實花了不少心血。

劉七巧鬆開了大雁的翅膀，讓青兒去房裡拿了小藥箱出來，又讓錢喜兒到廚房拿了一些酒過來，給兩隻大雁消毒傷口、上藥，在牠們的腿上綁了繩子，把牠們養在後院的柴房裡頭。

錢喜兒是小孩子，最好奇這些事情，便信誓旦旦地說要承擔起照顧大雁的事情。劉七巧笑著道：「行啊，妳們得好好養著這兩隻大雁，不過千萬別養得太肥了，不然的話到時候就算放了牠們飛走，怕也飛不起來的。」

錢喜兒聽得認真，高高興興點了點頭，轉身對青兒道：「那我們兩個就輪流來給雁子餵食，妳可千萬別忘了提醒我，不然我鐵定會忘了的。」

綠柳和錢大妞把東西都清點完了，才讓老嬤嬤們都封箱裝好，還正兒八經地貼上了封條。

到了晚上，劉老二終於回來了，原來今日杜大太太帶著下人來王府提親，杜老爺卻也是早已經下了帖子，請了王爺和劉二老去朱雀大街的飄香樓見了一面。雙方就劉七巧和杜若的婚事確定了最後的迎親時間，定為來年的八月初八。

劉七巧是七月初七生的，到明年乞巧才真正地滿十五週歲，到達可以成婚的年紀。杜家人雖然著急，卻也沒辦法將這提前，便約定了七巧及笄之後一個月的八月初八，作為迎娶的黃道吉日。

晚上，劉七巧坐在被窩裡掰著手指頭數了數，離自己真正嫁給杜若的那一天，還有整整十個月的時間。

第一百章

杜大太太和杜老爺也是忙了一整天，回到家中疲憊不堪。

杜大太太剛回到了家中，便聽見院子裡有小丫頭在議論梨香院裡的事情。杜大太太把那小丫鬟喊進來問了一聲，才知道今兒齊家也來納采了，可是那些聘禮卻實在是看著寒酸。原來齊昀的母親知道姜家如今沒了依靠，不過是孤兒寡母的，且就這樣賴上了自己的兒子，心中正不痛快得很呢；老太爺雖然是答應了親事，可畢竟這些庶務他是不插手的，便由兒媳婦安排，所以就這樣疏忽怠慢了。

偏生梨香院的那幾個知道杜家今兒要去王府提親，一早就讓下人們看著，更是看見了杜大太太準備的聘禮排場，如今已是把腸子都悔青了。

姜梓歆這會兒心裡也是又惱又恨，坐在窗前哭個不停，可她仔細想想，她當日踩了劉七巧那一腳，分明就沒有人看見，如何就倒了這樣的大楣？她之前頭一次瞧見杜若，雖然心裡也有些意思，可畢竟女孩子是要貞靜嫻淑的，她也不想嚇壞了這位表哥，一味矜持著。她不是一個甘於命運的人，且在江南的時候愛慕自己的少年公子也不少，何嘗知道進了京城，自己便一下子受到了冷遇。

沈氏是一個沒主意的，見了齊家的聘禮，便開口道：「我看二太太平常也是一個體面人，如何娘家竟然已經這樣不中用了嗎？」

姜姨奶奶看了那兩箱子不新不舊的面料，氣得捶胸頓足道：「簡直欺人太甚！我倒是要去讓二太太瞧瞧，讓她給咱們評評理！」

姜梓歆聽見外面祖母和母親囉囉嗦嗦，擦了擦眼淚跑出來，道：「如今我也沒別的法子，只能先嫁進去，等我進了門，看她還這般作踐我不成？齊家也是書香門第，家裡還有人在朝中當差呢，女兒不信他們會不要這個臉面。」

姜姨奶奶哭著道：「妳若不著急，那咱們就把日子定後頭一點，等妳弟弟考完了科舉，若是他高中了，到時候妳再出嫁，興許還能多收些彩金呢。」

姜家原來在金陵的時候也沒這麼潦倒，是男人死後，兩個女人不懂經營，偏生姜姨奶奶又是一個謹慎人，便把鋪子都兌成了銀兩，捧著一大筆錢不敢花，是專門等著姜梓丞考上科舉後為他鋪路用的，當然這些銀子，自然是一個子兒也不會花在姜梓歆的身上。

姜梓歆想了想，開口道：「不必等開春了，找個日子嫁過去便好了。若是哥哥明年高中，我也能在他家掙些臉面；若是沒高中，也不至於被人笑話。否則真等到了那一天，卻是空歡喜一場，那才下不了臺了。」

不知不覺就到了亥時，杜大太太替杜老爺寬了衣服，兩人並肩躺下了，丫鬟們吹熄了蠟燭，也是時候歇一歇了。

杜大太太翻了個身，借著窗外的月光看著杜老爺的側臉，長長嘆了一口氣道：「大郎的婚事總算是談成了，我和老爺也可以安枕無憂了。」

杜老爺伸手將杜大太太攬入懷中，看了一眼杜大太太溫柔細緻的眉眼，開口道：「七巧的年紀還小，等過門了妳別太著急，若是姑娘生頭胎傷了身子，後面就不好生養了。妳是過來人自然知道，別急了。」

杜大太太嬌嗔地往杜老爺的胸口擠了擠，開口道：「沒見你這麼疼我，倒是疼起媳婦來了，我有說了要讓七巧趕緊給大郎開枝散葉嗎？」

杜老爺瞧了杜大太太一眼，笑著道：「怎麼沒有？我看妳每日瞧蘅哥兒家孩子的時候，那眉眼裡可透著歡喜呢。」杜老爺說著，半側身抱著杜大太太，湊到她耳邊道：「其實，七巧的接生技術那麼好，妳若真心想孩子，不如我們自己添一個？」

杜大太太聽杜老爺說得這樣直白，一下子臉羞得通紅，一把推開了杜老爺獨自睡去。

一眨眼已是過去八、九個月，這段時間，王府倒是不曾清閒過。年前的時候二姑娘的婚事就定了下來，趕在正月裡的黃道吉日就過門了。接著又是三姑娘，二姑娘過門不過兩個月，那邊誠國公府的老爺子身子不好，怕萬一遇上了白事要耽誤日子，就也早早嫁了過去。二房的二少爺周琰中了舉人，老王妃高興，就也許了他和二太太娘家表妹的婚事，六月初六的時候嫁了過來，如今眼看著劉七巧和杜若的婚期也就到了。

比起現代來，這古代的結婚更要繁瑣許多。劉七巧忘了自己是幾更起來的，錢大妞急忙把剛剛梳好頭的她扶了起來道：「七巧當心點，這一頭的東西，我看著都覺得沈。」

劉七巧這會兒只能直著脖子說話，因為若是稍微晃動一下，待會兒要支起脖子可不是一件容易事情。

「大妞，明兒妳可要早點來給我揉脖子，我覺得我的脖子快斷了。」劉七巧稍稍挪了挪身子，看了一眼銅鏡中自己頭上戴的鳳冠，整個有一個頭那麼高，怪不得覺得極度不能平衡。

葉嬤嬤站在一旁笑著道：「姑娘這算什麼？當年太太出嫁時候那個鳳冠，可比這還要高上兩寸呢，太太愣是都沒晃過脖子的。」這時候，李氏和王妃都在房裡坐著，聽葉嬤嬤這麼說，王妃忍不住擦了擦眼淚道：「我的三個閨女如今都出嫁了，這王府也不知道要多冷清了。」

李氏心裡也說不出的難過，可是聽王妃這麼說，好歹也是要安慰幾句的，便強笑著道：「太太，我們這不還有小的嗎？好歹也算是有個安慰了，女大不中留啊。」

王妃聽李氏這麼說，也點了點頭道：「是啊，總算也不閒著。」

裡面的人正閒聊著，喜娘從外頭迎了進來道：「新郎官到了，如今正在門外面等著，咱家的小舅爺擋著呢！」

李氏聞言，笑著道：「他懂什麼？大妞，妳去把八順領回來，別讓人看笑話了。」

劉七巧急忙攔住了錢大妞。「大妞別去，就讓八順在那邊玩玩吧，范師傅說八順功課進步得很快，明年還要推舉他去考童生，我們且看看他能不能難得住大郎吧。」

外面，杜若是騎著馬來迎親的，隊伍早已堵在了王府的門口。劉七巧只有八順一個兄弟，所以王府的幾個兄弟也都齊齊出動為她壯聲勢，除了被派去滇緬一帶剿匪的周珅不在，就連二房的周琰都出來湊這個熱鬧了。

劉八順搬著一把椅子坐在門口，大有一夫當關、萬夫莫敵的架勢。杜若向自己這個小舅子作揖行禮道：「好八順，你乖乖放我進去，改明兒我再送你幾套好書。」

可惜這個時候都不中用，劉八順雙手抱胸，假模假樣地道：「杜大夫要是能對出我這個對子，那我就放杜大夫進去。」

杜若哪裡知道劉八順會有這麼一著，心想怕肯定是有人教過他了，笑著上前道：「還請小舅子賜教。」

劉八順清了清嗓子。他一個小孩子家家的，自然也是懂得不多，劉七巧怎麼教他，他就怎麼說，便大聲地說出了上聯。「洞房花燭女兒紅。」

杜若一聽，一張白淨的臉一下子紅透半邊，那些在門口看熱鬧的丫鬟婆子們聽了，笑著打趣道：「這文章倒是簡單，作得老婆子我也聽得懂。」

小丫鬟笑得前俯後仰的，摀著帕子道：「這哪裡是什麼文章，這是小舅子在刁難大姑爺呢！」

杜若知道定然是劉七巧故意喊了劉八順在門口難為自己，想著自己一個大男人的，難為娶個媳婦還這樣過五關斬六將，但是到了最後一刻了，也顧不得那許多，便拋下了讀書人的矜持，笑著說出了下聯。「春宵一刻萬兩金。」

劉八順默唸了一遍杜若對的對子，問一旁的周琰道：「二少爺，這對子可貼切？還能湊合嗎？」

周琰默唸了一遍，點了點頭道：「若是尋常日子，這可欠了點貼切，不過今兒也就算了，沒看你姊夫這一早來迎親，就想著要進洞房了嗎？」

杜若見玩笑總算是開完了，劉八順從靠背椅上下來了，眾人這時候才一併從王府的正門進去，往劉七巧住的薔薇閣而去。

劉七巧在房裡等了一會兒，聽見外面喜娘迎了進來道：「新郎官馬上就要到門口了，請姑娘蓋上紅蓋頭，從此紅紅火火。」

李氏聽見喜娘這麼說，起身從錢大妞手中拿著的托盤裡面，將紅蓋頭打開，遮在了戴著鳳冠的劉七巧的頭上，握著她的手道：「七巧，從今日起妳就是新婦了，以後要孝順公婆、相夫教子、疼愛弟妹，知道嗎？」

雖然劉七巧的頭上頂著幾斤重的東西，可這幾句話她卻不得不點了點頭。

王妃也起身道：「七巧，過幾日就是中秋，老祖宗去了法華寺齋戒趕不回來，不能來給妳送行了，可有幾句話她還是託我告訴妳。妳是個有福的姑娘家，如今能嫁得好人家也是自己的福祉，盼妳不要忘了王府，以後有空多回來看看我們。」

劉七巧聽王妃這麼說，吸了吸鼻子，一時有些傷感了起來，隔著紅蓋頭握住了王妃的手道：「乾娘，恭王府是我的娘家，我自然時時記掛著。我父母如今承蒙王府的庇佑才能衣食無憂，七巧怎會忘了你們的恩情呢？就算是三日後歸寧，太太若是不嫌棄七巧，七巧自然也是從王府的正門口進來的，絕不走這薔薇閣的偏門。」

王妃也忍不住落了淚，嘆息道：「說什麼得王府庇佑這樣的話，當年妳爺爺救過老王爺的命；妳父親又救過世子爺的命；而妳救過我的命，我們恭王府欠你們家的，幾輩子也還不清，妳這麼說倒是見外了。」

裡頭還正聊著，喜娘又進來了道：「太太、夫人，這姑爺都在外頭等急了，妳們怎麼還聊著呢？大喜的日子，快把眼淚擦乾了。」

杜若正要進門，卻又被周琰攔住了。「外面是你的親小舅子擋著，裡面可還有我這個乾二舅子。這催妝詩也不來一首就往姑娘家閨房去了，有辱斯文、有辱斯文。」

周琰是今年新晉的舉子，他原本就出落得手神俊秀，且又剛剛娶親，臉上帶著春風得意的笑容，在杜若面前一站，丫鬟婆子們見了，覺得這兩人簡直就是畫上面下來的美男子一樣。

杜若心中叫苦不迭，內心鬱悶道：美男子何苦為難美男子！

周琰卻是不為所動，攔住了閨房的去路，等著杜若在門口作催妝詩。

眾人這時候也都一起起鬨道：「新娘子，催出來！」

杜若耐不住這群人的折騰，想了半天，終於吟了出來。「三更乍醒五更起，明鏡檯前理羅衣，紅唇已是最嬌豔，且留雙眉待人描。」

周琰見杜若已做出了催妝詩，也不為難他，將閨房的門讓開了，杜若親自迎了進去，見劉七巧端然坐在鋪著紅緞的床榻上，雖然紅蓋頭遮住了她的容貌，可杜若卻高興地幾步上前，恨不得親自將她扶起來，還是兩位喜娘攔住了，道：「新郎官還不出去等著，哪有自己來扶新娘的道理？」

杜若這會兒已經高興得糊塗了，也只能照著喜娘說的做。

送親的隊伍一路跟著來到了王府的儀門前，劉七巧沒有年長的兄弟，便讓喜娘一路揹上了花轎。大雍還有一個哭嫁的習俗，就是母親送女兒出門，要在門口一路哭著出去。劉七巧原本的心情很好，可是李氏一開始哭，她也心情鬱悶了起來，頓時眼淚就止不住地落下來，把臉上的妝都哭花了，又不敢用手去擦，覺得臉上黏黏的。

劉七巧剛上了花轎，綠柳就給她手裡塞了一顆蘋果，聽說新嫁娘去了婆家是沒東西吃的，要等到晚上筵席結束，新郎官來房裡揭紅蓋頭的時候才有東西吃。劉七巧一想到這蘋果是一天的口糧，便覺得異常珍貴了起來。

杜家離恭王府不遠，可是花轎走得比馬車慢了很多。劉七巧的嫁妝原本都是李氏預備的，後來因為當了王妃的義女，王府就在公中拿出了一筆銀子專門給劉七巧添妝用，又有太后娘娘賞的東西、小梁妃賞的東西，再加上劉老爺從牛家莊送來的幾十抬嶄新的家具，她的嫁妝最後竟然也湊足了一百二十抬。

李氏看著這一抬抬的嫁妝抬出去，心裡一下子空落落的，原本是假哭也一下子變成了真哭，想起自己從小疼到大的姑娘，終究成了別人家的兒媳婦，李氏一時間覺得傷心欲絕，抱著一旁的熊大嬸痛哭了起來。

第一百零一章

在轎子裡搖搖晃晃的不知過了多久，劉七巧覺得全身都要散了，忽然間，轎子就停了下來。

鞭炮嗩吶聲聲入耳，劉七巧被喜娘扶著下了轎子，手裡又是拿著一個蘋果，又是牽著一個紅繡球。紅繡球的另一頭拉在杜若的手裡，他牽一下，劉七巧就往前走一步。踏過了火盆，進了大廳之後，接下去就是三拜天地。

之後的事情用不著新娘子上場，劉七巧很快就被送入了洞房。

錢大妞一路跟著劉七巧進來，見她終於坐定了下來，才上前替她捏了捏脖子道：「七巧，我剛才在外面看見好多賓客，前院裡面的酒席擺得到處都是，我都數不清有多少桌。方才喜娘一路領著我們往裡面走，我怎麼覺得這杜家的花園比起王府的也小不了多少呢！」

劉七巧扭了扭脖子，恨不得伸手把頭上那些傢伙拿下來，卻被錢大妞攔住了道：「千萬別動，這一輩子也就這麼一天，再苦再累妳也得忍著。」

劉七巧不情願地點了點頭，稍微撩起了一點紅蓋頭道：「妳去打盆水來，我洗一把臉。」

錢大妞正要出去，外面就有丫鬟迎了進來。「姑娘是跟著少奶奶新過來的，怎麼好意思勞動姑娘？姑娘且坐著，奴婢這就去給少奶奶打水。」錢大妞瞧著這丫鬟的舉止動作，竟然比起王府的丫鬟也不差到哪兒，頓時就有些自卑。「綠柳去了哪兒？這會兒不在姑娘身邊伺候著，跑去哪裡了？」

劉七巧鬆了鬆筋骨，開口道：「她能識幾個字，這會兒只怕正在外頭跟著府裡的婆子整理嫁妝單子呢。等過幾日空了，我也教妳識字，雖然女孩子家識不識字不打緊，可是若會幾樣算術、學個珠算，以後也好當管家媳婦呀。」

錢大妞聽劉七巧這麼說，頓時就紅了臉。「奴婢才不會當什麼管家媳婦，奴婢要服侍少奶奶就好了。」

劉七巧見錢大妞說得規矩，便笑道：「妳這是哪兒學的，一口一個奴婢的，說得我都不好意思了，我們是一同長大的姊妹，我和妳的情分自然是和別人不同的。」

錢大妞卻搖了搖頭道：「規矩不可廢，奴婢知道少奶奶對我好，我們雖然是從小長大的姊妹，可從今往後身分卻是不一樣的。您是杜家的少奶奶，我是您的丫鬟，府裡的丫鬟都是這樣的，我更不能因為自己和您從小一起長大的情分就托大了自己，這樣別人會看輕您，以後我若是有什麼錯處，您也一樣罰我，我絕不會有半點怨言。」

劉七巧聽在耳中，心裡感激得很，想了想道：「妳既然這樣說，那頭一件事情我也就不客氣了，先給妳改個名字。雖說妳的名字是爹娘取的，可現下別人都有一個上口的好名字，我也不忍心闔府的人都一口一個大妞地喊妳了。」

錢大妞聽聞劉七巧要給自己改名，覺得自己總算是盼到了這一天，笑著連連點頭。

不一會兒，茯苓打了水過來，連翹跟在身旁，端著托盤遞了毛巾上來。劉七巧洗完了臉，抬頭問兩位道：「不知兩位姊姊是怎麼稱呼的。」

茯苓連忙向劉七巧行了半蹲的禮數，開口道：「少奶奶折殺我們了，我們算哪門子的姊姊？少奶奶管我叫茯苓、管她喊連翹便是了。」

劉七巧聽了，點了點頭道：「妳們家少爺倒是省事的，自己叫了杜若還嫌不夠，還給妳們起一個藥名。大妞，依我看，妳以後就叫紫蘇吧，正巧和綠柳也算是對上了。」

茯苓聽劉七巧這麼說，笑著道：「紫蘇……莫非這紫蘇也是一味藥嗎？少奶奶倒是好學問。」

劉七巧淺淺一笑，看了一下這房裡的擺設，竟是全部粉刷一新的，連同外面遊廊上的扶手，都是新刷的紅漆。

茯苓笑道：「少奶奶，這原本是大少爺住的百草院，老爺夫人從舊年開始就讓大少爺搬了出去，重新粉刷，今兒晚上也是大少爺喬遷新居的第一個晚上，正巧能跟少奶奶洞房花燭，是個好兆頭呢。」

劉七巧點了點頭，見房裡放著各色的水果、冷盤，大紅的喜被上面也早已撒滿了紅棗和花生。她看了一眼天色，就著床沿坐了下來，道：「妳們兩出去照應大少爺吧，他不能喝酒，可得幫我看著點，我可不想新婚之夜就照顧起病人來。」

連翹一早就知道劉七巧是個鄉下丫鬟，應當是平易近人的，聽劉七巧這麼說，笑著道：「少奶奶放心，外頭幾個小廝跟著給大少爺擋酒呢！莫說少奶奶不想照顧病人，奴婢和茯苓姊姊也是怕少爺犯病的，每次來一趟十天半個月的，人都脫了一層皮。」

劉七巧見她們說得上心，知道她們也是真的關心杜若，若不是杜若說他這兩位都是有了人家的丫鬟，沒準這會兒心裡還得冒酸水呢。

「妳們真是說中我的心思了，去年那會兒他犯了一場病，人整個就瘦了一圈，我當時就想，等我進門了，一定要好好養養他，誰知最近他還真胖了一點，少不得是妳們倆的功勞了。」劉七巧說著，便讓紫蘇賞了東西給她們。

兩人得了賞賜，便高高興興在門口候著了。

過了不知多久，外面來了一個提著食盒的婆子，到了門口才道：「大姑娘怕少奶奶餓著，讓奴婢先送些點心來給少奶奶吃一點。」原來杜若在外面招呼客人，正巧遇上了杜茵，便勞駕她以自己的名義送些點心過來，省得餓壞了寶貝媳婦。

那婆子接著說道：「一會兒差不多賓客也該散了，大少爺就要進來完禮了，姑娘們也都要過來呢，讓少奶奶好好準備準備。」

茯苓提著食盒進來，見劉七巧靠在床邊坐，便開口道：「少奶奶快來吃點點心，吃完了我讓小丫鬟們把這食盒給拿走，別藏在這邊給人看見倒是笑話了。」

劉七巧一聽有東西吃便來了精神，就著茶水吃了幾個玫瑰蓮蓉糕和奶油鬆瓤卷酥，剩下的讓紫蘇拿手帕包了起來，放在角落裡的攢盒裡面，等餓了再吃。

果然沒過了多久，外面就傳來了嘰嘰喳喳的聲音。杜若在外頭招呼了一會兒賓客，這會兒被喜娘們攙著往洞房裡頭走了進來，一行人一哄而入，把原本有些冷清的新房一下子變得熱熱鬧鬧的。

杜若雖然沒有親兄弟姊妹，可杜家二房的三個姑娘出落得都不錯，外人都誇讚是杜府三姝。杜茵比劉七巧小了一歲，明年也是及笄的年紀了，因為被姜梓歆截胡了，所以這會兒還沒開始議親，眼下倒是一件需要加快腳步的事情了。

喜娘端了秤盤過來，杜二太太將杜若推到了劉七巧的面前，笑嘻嘻道：「請新郎挑開新娘的紅蓋頭，從此稱心如意。」雖然杜二太太心裡還是很不爽的，但是這樣的大喜日子，她縱有不爽也沒辦法，這些面子總是要給的。況且這一年裡，杜蘅又給她添了一個孫子，杜二太太開始覺得自己老了，大房的杜大太太也傳出懷著身孕的消息，她一個杜大太太的同齡人，這會兒已經有了三個孫子孫女，真不知道是該高興還是鬱悶。

杜若拿起秤桿，挑開了劉七巧的紅蓋頭，見劉七巧膚如凝脂、一雙杏眼燦若星辰，低著頭盈盈一笑，讓周圍的太太奶奶們都忍不住讚嘆道：「多少年都沒見過這麼標緻的新娘子了，杜家大郎可真是好福氣啊！」

這時候的劉七巧也只能笑，嬌滴滴地低下頭。長几上，龍鳳紅燭高照，更映得她臉頰面若桃花，杜若的眸中似乎也蘊含著無盡的春色。

趙氏笑著道：「姑娘們，我們走吧，不然妳們大哥哥怕是要趕人了。」

杜若聽趙氏這麼說，臉越發紅了起來。他在外頭照應賓客，雖說是有人在前頭擋著，但多少還是喝了幾口酒應景的，這會兒臉頰也已經熱得快滴出血來了。

杜二太太見劉七巧這樣子，心裡頭這會兒也說不出是什麼感覺，覺得這劉七巧自從當了王府的義女，怎麼感覺真的一下子高貴了起來？

「走吧走吧，別擾了新人的洞房花燭，耽誤了妳們大伯大娘抱孫子。」杜二太太說著，起身帶著幾個姑娘便一起出去了。

趙氏上上個月才又生了一胎，當時還略有險情，幸好杜若問了劉七巧該怎麼做才能母子平安，趙氏對劉七巧很是感激，上前見過了劉七巧道：「嫂子，早些安歇吧。」

眾人出了房門，房裡幾個服侍的丫鬟也在門口候著，杜若在圓桌前的杌子上坐了下來，牽著劉七巧的手一起坐下，抬眸看著她道：「七巧，這會兒剩下妳我了。」

劉七巧聽見外頭腳步聲遠了，揉了揉脖子，將那沈甸甸的鳳冠取了下來，這才對坐在了杜若的面前。

桌上放著早已準備好的合巹酒，和闐白玉酒盞裡頭是淺淺的酒水，端在手中能倒映出彼此的容顏。劉七巧端起酒盞湊到杜若的面前，低頭小聲道：「在我前世生活的地方，新郎新娘在洞房花燭夜也是要喝一杯酒的，不過這酒叫做交杯酒，不知道跟你們的合巹酒是不是一樣的？」

杜若聽劉七巧這麼說，放下了酒盞問道：「怎麼喝，妳說，我陪妳用這一杯交杯酒。」

劉七巧放下酒盞，將酒杯送到了杜若的手中，又端起了自己的酒盞，繞過杜若的手臂，低著頭笑道：「就是這樣，勾著彼此的手臂，各自喝完杯中的酒，就算是飲過交杯酒了。」她低下頭抿了一口，見是普通的果子酒，便抬起頭一口喝了乾淨。杜若也連忙將杯中的酒飲盡了，放了酒杯，伸手撫在劉七巧的臉頰邊，低聲道：「七巧，妳好美。」

劉七巧朝外頭喊了人。「綠柳，去把床鋪整理一下。」床上的錦被撒滿了紅棗、花生、桂圓等乾果，一會兒若是睡上去，可真叫「滋味銷魂」了。

茯苓和連翹打了水進來，綠柳整理好了床鋪，也乖覺地就出去了。洞房裡靜悄悄的，劉七巧脫下了喜服，穿了一身鑲銀邊的滾雪細紗中衣，絞了汗巾遞給杜若。雖然她對於傳統習俗的女子非要服侍男人一說很是不同意，可是讓她服侍杜若，心裡卻是說不出的願意，這大概就是所謂的情之所鍾吧？

杜若接過劉七巧遞來的汗巾擦了一把臉，臉上的紅暈稍稍退了一點，他一把抓住了劉七巧的手道：「七巧，我等這一天等得太久了。」

劉七巧低頭靠在杜若的胸口，小聲道：「說得我好像沒有等一樣，就你一個人辛苦。」

杜若拉住她的手，丟開了汗巾，抱著劉七巧上了床前的腳踏，紅燭高照，佳人在懷，他緩緩放下劉七巧，伸手解開她中衣上的盤扣，指尖觸摸在那幼滑的肌膚之上。

劉七巧按住杜若不安分的手指，抬眸看他。「忙了一整天，你不累嗎？」

音。

「累，累得很。」杜若傾身壓在劉七巧的身上，抱著她。劉七巧幾乎能聽見他心跳的聲音。

杜若在劉七巧的身上停留了半刻，解開了她身上的中衣，指尖一挑，她身上的肚兜也悄然滑落了下去。

劉七巧稍稍調整了一下呼吸，顫顫巍巍道：「既然那麼累，不如早些安歇，來日方——」她的長字還沒說完，覺得胸口處陡然傳來酥麻的感覺，生生就變了調子，拖出一個帶著呻吟的尾音，越發勾得人慾望大動。

杜若愛撫了半晌，才抬起頭在劉七巧的唇瓣啄了一口。「有些事情，卻是不能躲懶的，非要今日做了才好。」

「做……做……什麼呢……」劉七巧雖然理論豐富，無奈實際經驗卻是欠缺得很。

「做想做的事情……」杜若拉著她的手，指引她一路為自己解開了喜服，將中衣上的腰帶解開，腳踏上丟了一地凌亂的衣物。

「嗯……相公。」到了箭在弦上、不得不發的時候，劉七巧也不知道為什麼，有些害怕了起來。她這個身子再怎麼說也只有十幾歲，總覺得這麼早進行性生活，有一種揠苗助長的感覺。

「嗯？怎麼？」杜若含著劉七巧的唇，用舌尖描摹著她的唇形。「七巧，妳已經準備好了，還猶豫什麼呢？」

劉七巧羞怯地埋入杜若的脖頸間，放開自己的身體，適應著杜若的進入。痠脹的感覺從腰下傳來，她忍不住抬起了雙腿環住杜若的腰身。忽然間，杜若一個挺身，她嗚咽一聲，還是疼出了一身冷汗。

杜若這一陣子養得極好，身上不光多了幾兩肉，連胳膊上的肌肉似乎也比之前勻稱了很多，這一番用力下來雖然出了一身汗，卻沒有偃旗息鼓的架勢。劉七巧伏在他的肩頭，一開始還能勉力支撐，過了片刻便覺得雙腿痠軟異常，已經招架不住了。每次杜若頂到敏感處，那種讓自己欲仙欲死的感覺，她幾乎要以為自己快撐不過去了。

劉七巧畢竟是初次，嬌嫩得很，杜若覺得那裡似乎紅腫了起來，偏生這紅腫發熱之後，越發覺得緊緻銷魂。他不想太累著了七巧，便想起方才她說的那句來日方長，親了親她的眼角，將自己釋放在她的體內。

劉七巧也覺得鬆了一口氣，兩條白嫩細長的大腿掛在杜若腰下兩側，動都動不了。杜若翻身坐起來，在她的身邊靠了一會兒，披了衣服起身去淨房打了熱水過來。

劉七巧這會兒卻是累極了，方才的體力勞動相當於爬了一座山，且她今兒一早四更就被抓了起來，到現在還沒合眼，自然已經是睏得很了。

杜若絞了乾淨帕子，把墊在兩人身下的白緞子給扯了，上面星星點點的殷紅是劉七巧的處子之血，明兒一早還要由王嬤嬤拿去呈給杜大太太，這是杜家的規矩。

杜若將那白緞子放在一旁，開始幫睡死了的劉七巧清理。仔細一瞧，那地方果然紅腫了，杜若一邊覺得自己孟浪了，一邊擦著擦著，竟有些口乾舌燥了起來。不過杜若看見劉七巧的睡顏後又覺得心疼，一腔慾火總算是給壓了下去。

新婚燕爾，閨房之樂嚐了一次之後便食髓知味了，杜若合眸睡了好半天，非但覺得慾火沒熄滅，反倒又熊熊燃燒了起來。

劉七巧瞇了一刻，睜開眼睛，見抱著自己的杜若身上滾燙，摸了摸他的額頭道：「杜若，你發燒了嗎？怎麼身上這麼燙呢？」

杜若見劉七巧睡眼矇矓的模樣，說不出的誘人，翻身將她壓在了下面，熟門熟路地又做了起來。劉七巧見他這個樣子，一邊勉力相就，一邊鬱悶地埋怨道：「明兒一早還要給公公婆婆敬……敬茶，我……我站不起來怎麼辦？」

杜若抱著劉七巧翻了一個身，讓她跨坐在自己的身上，扶著她的腰道：「站不起來，我扶著妳就是了。」

這個姿勢比方才那個更深入，劉七巧覺得自己五臟六腑都快要被頂穿了一樣，偏生杜若還在裡面一氣亂動，激得她顫著雙腿跪在杜若兩側，身子都抬不起，趴在杜若的胸口帶著哭腔輕哼了起來。

第一百零二章

小夫妻初嚐了魚水之歡，自然不易節制。好在杜若是醫藥世家，深知今日這樣已是不夠養生了，加之他為劉七巧清洗的時候，見她皺著眉頭求饒的模樣，也越發心疼幾分。所幸這一回杜若也算是吃飽饜足，覺得身上有些疲痛了。

劉七巧抱著被子，揉了揉眼睛問杜若道：「相公，外面幾更了？」

杜若方才顧著和劉七巧雲雨，自然沒聽見外頭的打更聲，想了想道：「大概也要有三更了。」

劉七巧掀開被子，露出一條腿在外頭，懶洋洋道：「快睡覺吧。」

杜若正想低頭吹熄蠟燭，她連忙攔住了道：「不能吹，聽說這個得讓它自己滅了才吉利。」

杜若於是將腳踏上的衣服都撿起來，掛在一旁的衣架後，才躺在劉七巧的邊上，伸手摟緊了她。劉七巧連連打了幾個哈欠，窩在杜若的胸口，淺嗅著他身上好聞的中藥氣息，伸手抱著他的腰，竟沒有半點不適的感覺，彷彿這兩個身體原本就應該這樣互相依偎在一起。

杜若翻了個身將劉七巧抱在懷中，很自然地用自己的手臂給她當枕頭。

無奈醞釀了半天，他還沒有睡著，腹中卻已經嘰哩咕嚕地叫了起來，鬱悶道：「餓了。」

劉七巧此時迷迷糊糊的，聽見這一聲餓了，翻了個身面朝床裡道：「不是剛才吃飽嗎？怎麼又餓了，恕我不奉陪了。」

杜若扳過她的腦袋，捏住她的鼻子讓她清醒一點，氣鼓鼓道：「我說的是肚子餓了。」這會兒劉七巧也醒了過來，坐了起來，用被子護住胸口的一片春光，指著角落裡那個攢盒道：「那裡有方才大姑娘送來的糕點，不如你拿過來，我們一起吃一點。我也餓了，這會兒三更半夜的，若是讓廚房忙宵夜，怕明早我要被口水淹死了。」

杜若點了點頭，穿上褲子去把攢盒打開，兩人就著手帕把裡面剩下的糕點吃得乾乾淨淨的。杜若拿了熏籠上溫著的茶倒了一杯，兩人一同喝了幾口，總算是填飽了肚子。

劉七巧滿足地躺了下來，看著床頂，握住杜若的手指，兩人十指相扣。

「相公，晚安，我愛你。」劉七巧閉上眼睛，嘴角帶著笑意入睡。

杜若覺得心口是說不出的激動，又覺得她這表白堪稱前無古人後無來者的言簡意賅，卻讓人感動。杜若側首在劉七巧的臉頰上親了一口，輕聲道：「娘子，晚安，我也愛妳。」說完，覺得自己臉上火辣辣的，急忙深呼吸了幾下，見睡在一旁的劉七巧已經傳出了均勻的呼吸，這才放鬆心情睡了。

屋外的天色已經大亮，院子裡的鳥嘰嘰喳喳叫了起來。紫蘇坐在杜若和劉七巧臥室外的抄手遊廊上，看著天空飛過一群群的鳥兒。劉七巧有賴床的毛病，這是她早就知道的，可她哪裡知道新婚頭一天，她還能這樣淡定地睡得天地失色。

綠柳端著洗漱的用具過來，伸著脖子看了看，和前來叫床的茯苓、連翹撞了一個對面。彼此結識了一番，互相商討了個辦法。

茯苓笑著道：「我家少爺平素五更天就會起的，今兒天已經大亮了還沒起來，估摸著是昨天太累了吧。」

畢竟大家都是沒出閣的姑娘家，話一出口，各人的表情都顯出一絲怪異。茯苓說完了，才紅著臉道：「罷了罷了，還是去喊一聲吧，不然大少奶奶若是錯過了時辰敬茶，怕老太太那邊也不好交代。」

其實這會兒杜若早已經醒了，他素來有早起晨讀的習慣，到了時辰就醒了，是劉七巧是個懶胚子，這會兒還抱著繡花枕頭睡得天昏地暗。杜若看了一下她眼下的烏青，搖了搖頭，心道七巧的身子畢竟還是弱了一點，昨晚那樣就已經顯示出了腎虛的症狀了。

杜若聽見外面丫鬟們的竊竊私語，捏了捏劉七巧的鼻頭，湊到她耳邊道：「娘子，要起床了。」

劉七巧翻了個身，滾到杜若的大腿邊上，抱著杜若的大腿蹭了蹭道：「相公，再睡一會兒吧。」

裡面兩個正在床上柔情密意，外面王嬤嬤卻已奉了杜大太太的命令，往這邊來收喜帕了。幾個丫鬟見王嬤嬤來了，個個點頭福身，故意大聲喊道：「王嬤嬤早，王嬤嬤這是來瞧少奶奶和少爺的嗎？」

杜若聽見外面王嬤嬤來了，直接把劉七巧從床上給扶了起來，拍了拍她的臉頰道：「七巧，王嬤嬤來了，快起來！」

劉七巧被拍了一下臉頰，吃痛得本要打回去，一聽說王嬤嬤來了，立刻睜大眼睛問道：「王嬤嬤？王嬤嬤在哪兒？」她低頭一看，卻見自己未著寸縷地坐在床上，嚇得叫出聲來。外面丫鬟們聽了聲音，也不知道發生了什麼事情，進去也不是，不進去也不是。杜若急忙擋著門口道：「王嬤嬤，我們正起身，一會兒就讓丫鬟們進來。」

杜若穿好了中衣，劉七巧挪了挪身子，覺得全身散了架一樣的疼，鬱悶地搥了杜若兩拳。杜若幫她繫好了肚兜的絲帶，扶著她起身，她才自己穿起了中衣。

杜若見劉七巧穿戴好了，便開門放了丫鬟們進來。

房裡做過那種事情，自然是有一股子男歡女愛的氣息。杜若紅著臉，一邊任由茯苓服侍著穿衣裳，一邊對連翹道：「妳先去點上蘇合香，讓這房裡的氣味散一散。」

說話間，綠柳和紫蘇打開了窗子，晨風吹進來，將劉七巧滿臉的困頓吹得七七八八，也瞧見了眼下的黑青。

「綠柳，去把太太送給我的珍珠粉拿出來，化開了給我用一些。」這時候的劉七巧簡直是想死的心都有了，不管有沒有用，好歹先遮一遮要緊。

杜若見劉七巧一副萎靡不振的樣子，心裡也心疼，不過沒辦法，這新婚之夜叫他怎麼忍嘛！

幸好綠柳將珍珠粉化開了，給劉七巧上了一個淡妝，將她眼下的烏青稍稍遮蓋了一下。王嬤嬤見一切就緒，就取了喜帕去跟杜大太太交差了。

新婚的第一天要給杜家的長輩敬茶，自然遲到不得。劉七巧沒過門之前，王妃就特意讓王府的繡娘為她做了幾件新衣裳。做媳婦跟姑娘家不一樣，穿衣打扮方面也要以端莊為主。綠柳是王府訓練過的奴婢，自然知道這些細節，所以就給劉七巧選了一套茜紅色繡百合忍冬花纏枝綜裙。她今日是新婦，原就應該穿得比往日更好看些。

劉七巧讓綠柳打扮妥當了，紫蘇正在選今日要戴的首飾，劉七巧瞧了瞧妝奩裡的東西，將杜若送給自己的那支春帶彩三色木蘭花玉簪拿了出來，道：「我喜歡這個，配這鐲子正好。」

綠柳瞧了幾眼，知道這簪子是杜若送的，想了想便道：「雖然是素雅了一些，不過戴著還是挺好看的，旁邊再添上兩副帶流蘇翡翠華勝就夠了。」她說著，又從妝奩中拿了兩副翡翠華勝，添在劉七巧的髮髻兩側，中間用這玉簪固定了，鏡中一瞧，竟是那樣明豔照人。

那邊，茯苓也已經給杜若梳好了頭。劉七巧站起來，見連翹拿了外袍過來，便親自上前接過，跟著連翹一起將外袍給他穿好了，又將那銀白底子寶藍繡金花卉紋樣腰帶給他配好了，這才鬆開了手，從上到下地打量了一眼杜若，眼底中透著幾分嬌羞，卻大言不慚道：

「我家相公真是越看越好看。」

杜若被劉七巧這句話弄得差點憋紅了臉，還是茯苓心疼主子，笑著解圍道：「少奶奶，平常只有男人這麼誇自己媳婦的，哪裡有女人這樣誇自己相公的？」

劉七巧愛極了杜若臉紅的樣子，翹著唇問道：「茯苓，那我問妳，方才我那話難道說錯了嗎？妳家主子難道當不起好看這兩個字？」

茯苓被劉七巧說得面紅耳赤的，忍著笑道：「少奶奶說好看，自然是好看的。不過依奴婢看，還是少奶奶更好看些，少爺說是不是？」

綠柳著急得上火道：「少奶奶和大少爺都好看，回來再慢慢看，這會兒還是趕緊去老太太的福壽堂請安去，方才小丫鬟說，太太和老爺都已經過去了。」

杜若勾唇一笑，上前幫劉七巧緊了緊鬢髮上的玉簪，開口道：「今日妳打扮得倒是素雅，幸好這身衣服還喜慶些。」

劉七巧也低頭打量了一下身上穿的衣服，笑著道：「我畢竟不是正兒八經的名門閨秀，沒必要把自己打扮得跟暴發戶一般，走出去不丟你的人便好了，省得讓丫鬟們在背後議論。」

杜若拉著劉七巧的手道：「倒是難為妳想得周全。娘子，若是都準備好了，可以啟程了嗎？」

杜大太太和杜老爺一早便已經去了福壽堂的正廳，杜老太太還沒起身，正在裡頭梳洗。丫鬟們送了暖胃的茶水上來，老太太由丫鬟們扶著出了裡間，在上首的位置坐了下來，不一會兒，杜二太太、杜二老爺，還有二少爺和二奶奶就都到了。

杜二老爺進門便笑道：「恭喜大哥娶得佳媳，從此就不用再為大郎的事情煩心了。」

杜老爺人逢喜事精神爽，笑著道：「同喜同喜。」杜大太太嘴上沒說話，心裡卻像抹了蜜一樣的高興。

裡面的人正閒聊著，外頭的小丫鬟進來道：「回老太太，大少爺和大少奶奶來了。」

劉七巧雖然身上說不出的痠痛，可姿態還是維持得很好，低著頭跟杜若進門。她正是十五、六歲如花一樣的年紀，又經了昨晚的事情，臉上便多了一抹少婦的嬌豔，讓杜大太太看在眼裡喜在心裡，見她走路輕慢，便知道昨夜定是勞累了。

一旁的王嬤嬤端著茶盤過來，笑著道：「給長輩上了茶，這禮數就算周全了，就是杜家的兒媳婦了。」

劉七巧抬起頭，伸手接過茶盞，走到杜老太太跟前跪了下來，雙手呈上茶盞道：「七巧給祖母請安。」

杜老太太雖然是個愛拿喬的人，可畢竟心裡疼杜若疼得緊，又瞧杜若那一臉魂不守舍的心疼模樣，暗暗搖頭，接了茶盞對身旁的丫鬟道：「百合，把紅包拿來。」

那叫百合的丫鬟將手中捧著的紅包遞上去，杜老太太嘆了一口氣，將紅包遞給劉七巧道：「從小到大我是最疼大郎的，如今他是妳男人了，盼妳也多疼著他一點。」

劉七巧雖然知道杜老太太對自己進門是不樂意的，可這句話中卻飽含了對杜若的疼愛，聽了不得不動容。她鄭重其事地給杜老太太磕了一個響頭，開口道：「七巧一定敬他、愛他、疼他、憐他，不辜負大郎對我的一片真心。」

杜老太太雖然覺得這話說得肉麻兮兮的，可耐不住她一本正經的模樣，笑著打趣道：「如今的孩子，嘴巴是更不得了了，我說一句，她弄出這麼一大堆，怪不得連太后娘娘也知道妳這張巧嘴。行了，去給妳公公婆婆敬茶吧。」

劉七巧聽杜老太太這麼說，想必是已經過關了，便又端著茶盞，向杜老爺和杜大太太敬茶。兩人都說了一通祝福的話，不外乎要舉案齊眉、白頭偕老之類的。

到了杜二老爺這邊，卻全部都是早生貴子、三年抱兩、子孫滿堂之類的，弄得劉七巧和杜若又羞又窘，最後杜若也沒辦法了，只好在眾人面前表態會努力奮鬥。

劉七巧敬完了長輩茶，便是小輩們來見這個新嫂子。她是知道杜家三姊妹的，人人都長得不錯，見面禮也是給足了分頭，不過她是規矩人，之前就問過王妃，這嫡出和庶出之間給見面禮是不是也有講究？王妃道：「規矩人家的庶女一般都是和嫡女一樣教養的，不然傳出去不像話。」所以她也心中有數，三人備的東西都是差不多的。

趙氏是真正的三年抱兩，雖然比劉七巧年長三歲，但還是規規矩矩喊了劉七巧一聲嫂子。趙氏平常就是閨門小姐，脾氣是有一點的，不過自從沐姨娘再不三天兩頭地鬧之後，她和杜蘅的感情也好了很多，再加上又給杜家添丁，讓杜蘅出去在朋友面前賺足了臉面，所以對她也越發關心了起來。

兩位小哥兒還有沐姨娘的姑娘都由奶娘抱了過來，趙氏本就喜歡孩子，加之杜二太太要管家，所以這幾個孩子倒是她親力親為地帶著。劉七巧將打造得精緻可愛的小金鎖給小娃們戴上了，笑著跟趙氏道：「弟妹可真是了不起，一人帶三個孩子，還能將孩子養得這般好，真正是了不得的。」

第一百零三章

杜老太太也是過來人，自然知道帶孩子不容易，笑著道：「對，二少奶奶這一點確實是好的，如今的新媳婦有幾個是自己帶孩子的？還不都指望著婆婆。」

杜大太太聽杜老太太這麼說，點頭笑了笑，才開口道：「老太太，有一件事，兒媳婦想跟老太太商量一下。」

杜老太太也了解這大兒媳，雖然平常是頂頂好說話的人，可一旦打定了主意，那也是九頭牛都拉不回來的。所以這會兒她雖說是商量，怕心裡早已經打定了主意了。

「妳說吧，正好今兒一家人都在。」

杜大太太看了一眼劉七巧，笑著道：「說起來也是羞愧，我如今老樹開花有了身子，想著大郎沒有一個親兄弟姊妹的，也實在捨不得這孩子，所以就留了。可這管家的事情，卻是再沒有心力了；如今七巧也進門了，我是想著把我手上的事情交給了她，慢慢教她一些時日。她是個聰明的孩子，只怕過不了多久便都會了。」

杜二太太原本正坐得好好地喝茶，一聽這話，頓時就嚇得茶盞都端不穩了。杜大太太手上的事情可不少呢，雖說她們平常各有分工，可如今她有了身子，好多事情都是交給自己辦的，她一隻手正慢慢伸進去，這會兒猛地又要被人趕出來，滋味確實不大好受。

杜老太太想了片刻，終究點了點頭。「既然妳已經有這個想法，那就照妳的意思辦吧，年輕人總要歷練的，當了杜家的媳婦，這些事情都是應該做的，妳如今確實也不能勞煩那些事情，就讓她試試看吧。」

這會兒責任猛然落在了肩頭，劉七巧還是覺得一時有些適應不了，連忙福了福身道：「媳婦愚笨，還請母親不要嫌棄得好。」

杜大太太倒是對劉七巧信任得很，她覺得聰明人不管做什麼事情，上手自然也是快的。只是劉七巧心裡卻還有別的煩憂，她一心想開寶育堂的事情，只怕又要放一放了。後宅裡面沒擺平，如何才能解脫自己，跑到外頭做生意呢？

杜二太太見杜老太太都應下了，也只能皮笑肉不笑道：「那姪媳婦可是有得忙了，這杜家的雜事說多不多，說少也是不少的，大嫂如今倒是找了好幫手了。」

杜大太太哪裡不知道杜二太太酸葡萄的心情，笑著道：「弟妹其實也可以歇一歇的，年紀大了，管那些瑣事實是累得慌，不如侍弄一下兒孫，才是我們這個年紀的人應該做的。」

杜二太太聽出了言外之意，挑了挑眉梢，酸溜溜地道：「我又沒有大嫂這麼好的福分，還能老來得子，簡直是杜家祖上積德了。」

杜大太太也不生氣，淺淺一笑道：「我這是沒辦法，妳大伯房裡就我一個人，若是我跟妳一樣，有幾位妹妹幫襯著，何必苦了自己呢？聽說阮姨娘有了身孕，她進門時那一胎沒保住，如今過去了十來年才有這一胎，倒是要好好照顧了。」

阮姨娘進門時的那一胎究竟是怎麼沒的，雖然沒有什麼細節，可人好好的卻莫名其妙流產了，且事情發生在醫藥世家，是怎麼也說不過去的。

杜二太太被杜大太太幾句軟綿綿的話說得全無招架之力。劉七巧倒是越發喜歡起了自己這個婆婆，看著溫婉賢慧的，說起話也是軟綿綿的，偏偏能擊中對方的要害，這種四兩撥千斤的感覺真是太棒了。

請安敬茶的步驟就算這麼完成了，福壽堂擺了早膳，按著慣例是兩位老爺和兩個孫子一起陪著老太太用早膳，杜大太太和杜二太太是一旁服侍完了，再各自回房用膳的。這規矩也有了好幾年，為的就是怕杜老太太一個人用早膳，吃不香，平常杜老爺事情也忙，不能天天回來陪老人家用晚膳，所以挑了早上的時候大家一起聊一聊，也權當是對老人家的孝順了。

老太太見劉七巧和趙氏都在，便轉身跟兩位太太說：「從今往後妳們也不用在我跟前服侍早膳了，反正我這裡有丫鬟，帶著兒媳婦回去用早膳吧，一會兒還要去議事廳見過家裡的僕婦們，別讓下人們等急了。」

劉七巧靠著昨晚的那幾塊糕點，熬到這時候已是很不容易了，聽杜老太太這麼說便起身謝過，跟著杜大太太走了。

她知道杜大太太如今有了身孕，上前扶著人慢慢走，倒是一派婆媳和睦的樣子。杜大太太拍了拍她的手背道：「我們家的規矩就是這樣，他們幾個平素在家都是陪著老太太用飯的，我們吃我們的，不用理會他們。」

杜大太太住的地方叫如意居，是跟福壽堂一樣格局的小院，繞過垂花門前的影壁便到了正廳裡，早已經有人在偏廳擺好了早膳，見杜大太太和劉七巧一起來了，笑著迎了出來道：「果然清荷姊姊說得對，說今兒少奶奶要過來，讓我多預備一份早膳，以後太太用早膳就不會覺得太冷清了。」

劉七巧扶著杜大太太往裡頭去，見桌上放著四碟各式的糕點，有素菜包子、肉丁燒麥、蝦仁蒸餃、煎餅果子，還有兩碟小粥的小菜，邊上放著熬得綠油油的薺菜粥，看著也可口。

杜大太太落坐，對一旁的丫鬟道：「還不快上來給少奶奶布菜。」

丫鬟們布完了菜，劉七巧舀了口粥，略略嚐了一口，心道：這杜家的廚子可不錯，口味把握得剛剛好，和王府的許婆子不相上下了。

大戶人家講究食不言寢不語，所以這一頓飯也是吃得安安靜靜，就連勺子觸碗的聲音也沒有半分，倒是讓屋裡的丫鬟們對劉七巧刮目相看了。她沒進門之前，人人都知道她雖然是恭王府認的乾女兒，卻是一個道地的鄉下姑娘，怕這禮數上並不是很周全，以至於杜大太太在她沒過門之前特意提點了她們，讓她們在劉七巧面前不能有半點輕慢，這個兒媳婦她很滿意，自然是要給足面子的。

不過如今看來，杜大太太的提點倒是沒有派上用場。恭王府在過去的一年裡嫁出了兩個閨女，宮裡的教習嬤嬤自然是沒有少請的，雖然劉七巧平日裡三天打魚兩天曬網地去聽一聽，倒也是受益匪淺。

杜大太太用完了早膳、漱過口，又問了丫鬟時辰，見時候還早，便攜著劉七巧在廳中聊了幾句。沒過多久，外面小丫鬟便進來稟報道：「回大太太，二太太那邊已經去議事廳了，今兒府裡的管家媳婦婆子等都到齊了，一起要來拜見大少奶奶呢。」

「既然人都到齊了，那就去吧。」杜大太太說著便起身要走，劉七巧連忙過來扶著，身後又跟了兩個丫鬟，往外院的議事廳去。

兩人在議事廳待到了午時，該見的人總算是見完了。昨日杜若大喜，今日自然沒有去太醫院應卯，杜大太太知道新婚的辛苦，便疼惜道：「今兒中午妳就回百草院去用午膳吧，不用到我那邊去了。」

劉七巧知道，新媳婦進門若是遇上了不好說話的婆婆，是要站規矩的，不但要服侍著吃飯，還要一刻不停地跟丫鬟一樣在身邊守著。杜大太太讓她回百草院，這可是天大的恩典了。

劉七巧笑著道：「太太待我這麼好，媳婦感激不盡，今日大郎在家，我就唐突了。明日起，媳婦一定侍奉在太太身邊，左右都不離開的。」杜大太太聽劉七巧這麼說，心裡也高興，揮了揮手道：「妳去吧，成家後是要以自己男人為重的。」

劉七巧回到百草院的時候，渾身跟累得散了架一樣，連走路的姿勢都怪異了起來，脖子也有抬不起來的感覺。杜若敬完了茶就回了百草院看書，他昨兒沒睡好，還在書房靠了一會兒，這會兒精神奕奕。

杜若見劉七巧皺著臉回來，放下了書迎了出去，作揖道：「娘子辛苦了，裡面請。」劉七巧撇了撇嘴，跟老佛爺一樣把手搭到了杜若的手臂上，讓他扶自己進門。紫蘇和綠柳見了，摀嘴笑著離去了。

劉七巧坐了下來，耷拉著眼皮，伸手揉著胳膊道：「我的脖子都要斷了，腰也要斷了，眼皮也睜不開。」

杜若遞了茶盞給她，轉身對茯苓道：「妳去書房把我藥箱裡的針囊取過來，少奶奶的脖子僵了，我給她針一針。」

杜若伸手捏了捏劉七巧的後頸，果然是不靈活了，大抵是昨天的鳳冠實在太重。杜若給她捏了片刻，讓劉七巧再抬頭試試，她勉強稍微能抬一抬頭。

杜若和劉七巧一同用了午膳，兩人吃飯的時候還忍不住眉來眼去，杜若更比平時多吃了半碗飯，嚇得茯苓連忙提醒他不能再多吃了。劉七巧把杜若飯碗裡剩下的撥到自己碗中，高高興興地吃了起來，哪裡有半點嫌棄的樣子？讓幾個丫鬟都覺得不可思議。

劉七巧卻滿不在乎，心滿意足道：「夫妻本就是要同甘共苦的，如今我們有好日子過，才能各吃各碗裡的飯。換了窮人家，一家子的口糧也不過那一碗飯的，還有什麼好講究的？再說，誰知盤中飧，粒粒皆辛苦，我是農民的孩子，要珍惜農民的勞動成果。」

這番話把丫鬟們說得都笑了起來，對劉七巧是又敬佩又嘆服。當然更開心的人是杜若，七巧對他的那份心，早已超出了彼此的期許。

下午，劉七巧又去了議事廳見家裡的下人，杜若在家裡無事，就往寶善堂走了一趟，順便去杏花樓買了一些糕點，過來慰勞一下店裡的大夫、掌櫃、夥計們。難為他們這幾天也沒有得歇息，照樣忙活生意。

掌櫃的見杜若過來，笑著迎了出來道：「少東家怎麼來了？這大好的日子，不在家陪著少奶奶，跑到店裡來做什麼？」

杜若讓春生把買的東西給了掌櫃的，笑著道：「待在家裡閒著也是閒著，就出來瞧一瞧。老爺可在上頭？」

陳掌櫃道：「老爺出去巡店了，只怕今兒不回來，幾位大夫也出診去了，這會兒有沈大夫人在樓上，還有幾個病人等著看病。」杜若提著褂子往樓上走了幾步，果然見走廊裡頭還有幾個病人等著，便開口對那幾個病人道：「你往裡頭來，我替你們幾個瞧瞧。」

那幾個病人見杜若年紀輕輕、面白無鬚，還有幾分猶豫，下面跟著上來的陳掌櫃笑著道：「幾位，這可是我們寶善堂的少東家，是宮裡頭的太醫呢，昨兒他剛新婚，今天就來給你們瞧病了，你們可真是燒了高香了。」

杜若進了平常杜二老爺給人看病的房間，放了人進來，那病人對著杜若磕頭道：「杜大夫，救救我家娃兒吧！也不知道得了什麼病，這幾日高燒不退，每天晚上都來一場，身上又起疹子，我不敢帶他出來，都說寶善堂的大夫醫術最高明，我沒銀子付出診的診金，只能在這邊等著大夫來，幫我瞧瞧我家娃兒到底是個什麼病症？」

能摸到寶善堂總店來看病的病人，大多數也是慕名而來，杜若見這位大哥兩個眼睛都哭腫了，便知道他家孩子的病定然很是厲害。聽他的形容，倒是有點像小兒痲疹，只是沒有看見病患，終歸不能確定。

杜若出門的時候沒帶藥箱，這會兒也只能讓陳掌櫃準備了一個臨時藥箱。「陳掌櫃，我跟這位大哥出一趟診，興許一會兒就不回來了，你把點心跟大家夥兒分了。」

陳掌櫃攔著道：「少東家，不如讓沈大夫去吧，你這新婚燕爾的，出什麼診呢？」

其實陳掌櫃的心裡也清楚，少東家是個心善的人，但凡這樣穿著的人來問診的，有一大半是給不起出診費的，不然也不會在門口巴巴地等這麼長的時間。如今倒好了，賠了車馬錢不算，也不知道賠不賠了藥錢？得了，反正這寶善堂是杜家的生意，他就一個記帳的掌櫃，少操這份心了。

杜若讓春生牽了馬車過來，讓那男子在前面帶路。馬車越走越偏遠，竟然來到了京城有名的貧困一條街。這條街本叫世康路，後來因為這裡住的人太窮了，「世康」兩個字也不知道被哪個人給改成了「食糠」路了。不過京城的老百姓也給它取了一個別名，叫討飯街，因為這裡住的有一大半都是以討飯為生的。

這邊除了一些原本就住在京城的窮苦百姓之外，大多數人都是外來的，不少人聽說京城好混飯吃，一路討飯都要來京城，結果進了京城才知道，京城也不是個容易混日子的地方，所以在沒找到活路之前，只能接著繼續討飯。

馬車往裡頭又走了小半里路，前頭的巷子太窄，就進不去了。杜若讓春生看著馬車，自己揹著藥箱跟那男子進去看病。

這時正是八月的伏暑天氣，巷子裡又窄又臭的，環境實在惡劣。杜若跟著這男子走了約莫有兩、三百米的距離，來到一戶人家面前，推開門，瞧見裡頭堆放著四、五個大木盆，裡面放著一大堆衣服，一個肚子有七、八個月大的孕婦正在那邊艱難地挺著腰洗衣服。

男人進了院子，急忙開口道：「孩子她娘，我把給皇帝看病的太醫請來了，這回我們家大寶有救了！」那年輕媳婦聞言，兩隻浸泡得有點紅腫的手從水裡提出來，往身上的圍裙上擦了擦，起身走到杜若前頭，也不管地上的髒水，撲通一下就跪在了地上道：「大夫，救救我們家大寶！他是我大哥大嫂唯一的兒子，不能讓我大哥大嫂絕後了……」

杜若一聽，這孩子竟不是他們親生的，卻還這樣緊張，頓時也多了幾分動容，開口道：「你們別著急，我進去瞧瞧先。」

年輕媳婦連忙站了起來，將杜若引到門口，推開了門，裡頭黑漆漆的，幾縷陽光鑽進去，杜若才看清了裡頭的床榻上睡著一個小娃。一旁的墩子上還有一個四、五歲的小姑娘，見了人進來，眨巴了一下眼，道：「娘，哥哥一天都沒醒，還睡著呢。」

杜若聞言，順著那小丫頭的視線往床上看了一眼，聽那年輕媳婦道：「大妹真乖，等哥哥好了，娘給妳買好吃的，妳要好好照顧哥哥。」

杜若這會兒也顧不得房裡一股霉味，走了進去將藥箱放下，正要去看那病人，卻猛然發現他露在被子外的手臂上有著紅色斑丘疹。

杜若心裡一冷，急忙轉身對那小丫頭道：「小妹妹，妳今天碰妳哥哥了嗎？」

小丫頭見杜若長得好看，也不怕生了，開口道：「我就摸過哥哥的額頭，燙燙的，我娘讓我給哥哥敷冷汗巾。」小丫頭指著一旁放著的冷水盆，小聲道。

杜若這會兒可以預測小男孩得的是小兒痲疹，是一種傳染性極強的病症。他想了想，開口道：「大嫂，妳帶小妹妹出去洗洗手，以後不能讓她來照顧這孩子了。還有你們，自己都要注意，要勤洗手。」

那年輕媳婦聽杜若這麼說，嚇得一下子身子軟了一半，險些跌倒了，哭著道：「大妹她爹，大寶這不會是得了和他爹娘一樣的病吧？」

「你胡說什麼呢？大寶要是有那病，早兩年就病死了，這都跟著我們在京城這麼長日子了，怎麼可能有那種病呢？」

杜若聽他們的口音，知道他們不是京城本地人，原來他們從淮北而來，兩年前家鄉發大水遭了災，一場瘟疫讓鄉裡人死了一大半，他們是好不容易死裡逃生的那一批。

第一百零四章

杜若記得兩年前的那場瘟疫，當時朝廷派了太醫過去，無奈那病症太厲害了，傳染性又極強，最後得把染病的人都圈在了一起，看著他們一個個死去，一把火燒了整個村子。

當時聽杜二老爺說到這裡的時候，杜若心裡極難過，聽說有些人最後是能被治好的，可因為朝廷怕瘟疫蔓延，把能治好的人也燒死也是有的。

杜若瞧了一眼床上的孩子，眼下正是盛夏季節，比起春天倒是不易傳播，只是這討飯街人多又雜，衛生條件又差，如果傳播起來，整條街都要成為痲疹一條街了。到時候只怕朝廷又要採取什麼措施，這些好不容易在京城安家落戶的人，又要變得無家可歸了……

杜若想了想，轉身對方才那請他過來的大哥道：「大哥，你出去問問，這條街上有沒有哪家孩子，跟你們家孩子一樣高燒不退的？」

那男子正打算出去，被自己媳婦喊住了道：「我昨兒就問了，除了我們家大寶，別家的都好好的。我一開始以為是平常他們幾個一起玩的，是不是吃壞了東西才這樣，不然怎麼就他們好好的，我們家大寶就病了呢？」

杜若聽她這麼說，略略放下了心來，開口道：「大嫂子，這病我也沒把握能治好，只是從今日開始，不要讓這姑娘照顧娃了。這病最招孩子，別一個沒好，另一個又病著了。」

杜若說著，伸手為那男孩子把了脈，又看了舌苔、瞳仁，見他這會兒燒得不厲害，便起身走到院子裡，就著藥箱半蹲著寫了藥方。他斟酌了半天，總算把方子給開好了，遞給那男子道：「這位大哥，這方子上的藥都不貴，平沙路的分號離這邊最近，你就去那邊抓藥。別家的藥材，我倒不放心。」

等杜若回到杜府，時間已經不早了。劉七巧剛剛在前院把整個杜家的下人都認了一遍，總共大概有八十來人，這會兒腦子裡還亂糟糟的，覺得容貌和名字有很多都對不上，不過好在連翹是跟著她過去的，這會兒正跟著連翹一邊聊、一邊往百草院走。

進了院子，便看見幾個幹粗活的小丫鬟正擔著水往房裡去，她問道：「這會兒送水進去做什麼？大少爺在做什麼？」

那兩個小丫鬟連忙將水放下了道：「大少爺方才才回來，茯苓姊姊吩咐了要打水給大少爺洗澡。」

劉七巧點了點頭，道：「這水挺重的，妳們小心些，實在不行就叫外面的婆子幫忙好了。」進了中廳，見杜若正在那邊洗手，她正要接了丫鬟手裡的汗巾給他遞過去，杜若卻搖了搖手不讓她靠近。「我今兒看了一個病人，得的是小兒麻疹，雖然我是成年人，卻也要小心點，一會兒泡過了澡，妳再碰我吧。」

劉七巧知道什麼是小兒麻疹，之前劉子辰來京城看病的時候，她曾懷疑過他是不是得了這個病，幸好杜若診出不是，最後也妙手回春了。

「那家還有別的孩子嗎？」

杜若洗了手，接了茯苓遞上的茶盞喝了一口，開口道：「家裡還有一個三、四歲的小姑娘，也沒有隔離開，我去的時候就在病人邊上待著，看著也讓人擔心。」杜若正說著，裡頭的小丫鬟說水已經放好了，請他進去沐浴。

劉七巧跟著杜若進門，杜若不肯讓她待在裡頭，她一邊給他解開衣帶一邊道：「我就跟你聊聊，再說你方才也洗了手，我哪裡就那麼嬌貴了。」

她將杜若的衣服掛好，來到屏風後面，拿了汗巾給他搓背，想了想道：「不然明兒你再派人去問問，若是那小姑娘沒染病，倒是讓他們家人給她另找一個地方安置，若是也病了，可就麻煩了。」

杜若搖了搖頭道：「他們是窮苦人家，住在討飯街上，一家人只有兩間房，一間還是用來做飯的，我今兒進去，被那味道熏得不成了。」

「若是這樣，那明日你派人去瞧一瞧，要是那小姑娘沒病，不如就接了出來，讓她在哪邊店裡住上幾天。若是放在那邊，遲早也是要生病的。」劉七巧想了想，接回杜家肯定是不可行的，杜家小孩子多；接去王府也不行，劉八順、錢喜兒都還小，可是眼看著那孩子染病也於心不忍，所以想來想去，不如讓她到哪個店裡住上幾天。

杜若泡在水中，看著劉七巧亮晶晶的眼珠因為想事情而滴溜滴溜地轉，真是說不出的靈動，笑著道：「明兒我讓春生過去看看，我瞧著那家孕婦就快生了，不如讓她帶著孩子到平沙路上的店鋪住幾天，那邊倒是缺一個平常負責灑掃的人。」

洗好了澡，外面杜老太太的丫鬟已經來傳膳了，杜二老爺、杜老爺還有杜二少爺都已經回府，去了福壽堂。杜若換了衣服，跟劉七巧一起匆匆趕到福壽堂。

杜蘅見了杜若，便笑著道：「大哥好氣色，果然還是嫂子會養人。」

劉七巧對這位小叔子不大熟悉，雖然瞧著容貌，也確實有他風流的本錢，不過比起杜二老爺，還是差了那麼一點點。

眾人入座，劉七巧看著趙氏為老太太和老爺們布菜的動作。這些事情原本是杜二太太和杜大太太做的，不過大多數時候都是丫鬟們做的，如今孫媳婦都齊全了，杜老太太也難得享受一次孫媳婦的孝道。

飯用了一半，杜二老爺開口問道：「大郎，聽說你今兒去了朱雀大街，這新婚燕爾的，你不陪著姪媳婦，到處亂跑做什麼呢？」

杜若臉色一紅，低著頭道：「她也有事情要忙，我在家待著也無聊。」

杜蘅立馬發言道：「大哥大哥，昨天大理寺少卿家的二少爺、袁家的大少爺，還有那杏花樓的三少爺、安靖侯家的二少爺，都說沒找到你喝酒，記掛著要你作東大家再聚一聚呢！」

「聚你個頭！前年你闖的禍忘了嗎？還敢拉著你大哥出去喝酒。你如今都是三個孩子的爹了，怎麼就不懂得消停呢？」杜二太太一聽說杜蘅要出去喝酒，恨不得從椅子上站起來罵人。

杜老太太開口道：「喝酒是喝不成的，你告訴他們，讓他們去飄香樓點一桌，飯錢算我們寶善堂的。」

杜蘅笑道：「還是老太太闊氣，其實大哥去了也無妨，有酒我喝總行了吧？」杜蘅想了想又道：「就怕大嫂子心疼，捨不得。」

劉七巧雖然是新媳婦，按理說臉皮子應該薄一點，被小叔子這樣打趣，總也要來個臉紅嬌羞的，無奈她的內心強健，笑著道：「我倒是不心疼他，反正有你幫他擋著，怕是弟媳婦到時候又要心疼你了。」

趙氏平素是個再正經不過的人了，猛地聽見自己被人打趣了，一張臉頓時紅到了耳根，一邊給杜衡挾菜，一邊面紅耳赤地小聲嘟囔。「你們好好地怎麼說到我身上來了，我……我有什麼好心疼的呢！」

杜蘅以前對趙氏沒什麼好感，可如今見趙氏這般嬌羞模樣，竟比他去過的煙花之地的姑娘家更讓人心動幾分，多看了她幾眼，越發覺得自己這妻子其實是很不錯的。

飯後劉七巧回了如意居，用過了晚膳，便有小丫鬟來傳話，說是杜老爺請她去一趟書房。

進入書房，她就看見坐在一旁黃花梨交椅上的杜若和杜二老爺、杜老爺。

杜老爺見劉七巧進來，便吩咐道：「朱砂，給大少奶奶沏一杯茶來。」

劉七巧在杜若身旁的椅子上坐下，不過片刻，丫鬟便送了茶上來，恭恭敬敬擺在一旁，悄無聲息地出去了。

杜二老爺坐在劉七巧的對面，端起茶盞抿了口，放到了一旁的茶几上，開口道：「七巧，梁妃娘娘的日子近了，前些天，她的宮女悄悄給我透露了消息，想讓妳進宮為她接生，不過因為知道妳和大郎好事將近，所以沒開這個口。」杜二老爺頓了頓，繼續說道：「我已經舉薦了寶善堂最好的穩婆，如今已經在宮裡等著了，只是梁妃既然有這個心思，我們做臣子的自然不能怠慢，七巧這幾日就在家裡候著，也以防個萬一。」

「二叔儘管放心，反正我如今也待在家裡不能出門，到時若是梁妃娘娘有動靜了，二叔只管派人來接我就是。」劉七巧說著，又瞧了瞧杜若，開口道：「大郎說他今日看了一個得小兒麻疹的病人，在討飯街上。」

她不知道杜若有沒有把這件事情告訴杜二老爺，在古代，一旦發現這種傳染性極強的病，如果蔓延起來的話，朝廷多半都要採取措施，只是這些措施比起現代的隔離治療，恐怕手段要殘忍得多。

杜若急忙補充道：「我讓那戶人家問過了，那條街只有他家一個孩子如今有這樣的症狀。只是那討飯街上人多，孩子更多，且又流竄於京城的大街小巷行乞，若是病源蔓延，恐怕會禍及整個京城。」

太醫院自從前年水患後的瘟疫氾濫之後，一直都在研究瘟疫的藥方。不過那年瘟疫控制之後，病患也少了，所以杜太醫手中雖然有幾個方子，卻也不知道能不能救人。這小兒痲疹和瘟疫，倒是有很多相同之處。

杜若將今日自己寫下的藥方默出來給杜二老爺看過了，杜二老爺擰眉道：「怎麼不開太子參和川貝？」

「那戶人家貧寒，恐怕用不起，所以就改了改方子。」杜若老實回答。

杜老爺接過杜若的方子看了看，捋了捋山羊鬍子道：「將方子改一改，明日讓平沙路的夥計給那戶人家送去，免了藥錢，也算是善事一樁了。你如今還在新婚之期，多做一些積福的好事，也是好的。」

劉七巧聽杜老爺這麼說，心裡更是感激不盡。這天底下的善事，本來就是做不完的，可是有實力的人做起善事來，總比沒實力的人有氣魄。杜家做的是救死扶傷的藥鋪醫館生意，本就是積德行善的行當，如今杜老爺還有這樣的心胸，真是讓人敬佩。

眾人商議完了事情，見時間不早了，就放了杜若和劉七回了自己的院中。劉七巧來的時候就沒跟著丫鬟，這會兒兩人牽著手慢慢往回走，偶爾欣賞一下天上的月色，覺得人間無限愜意的事情都讓兩人享盡了。

「七巧，我今兒沒送藥給那病家，妳是不是覺得我小氣了？」杜若想起方才劉七巧感激自己父親的神色，頓時覺得自己今日被比了下去，讓媳婦小看了，心裡略略有些不爽。

劉七巧側過頭，看著杜若堪稱完美的側臉，搖頭道：「才沒有，我相公救人於潛移默化之中，不光沒傷了病家的自尊心，還給人省了銀子。有時候這種做法，比老爺那直接施醫贈藥還要好。」

「真的？」杜若有些開心地看著劉七巧，不確定她是在拍馬屁還是說真話。

「當然是真的了，其實你別看人家窮，人家也都是很有志氣的，他能跑到寶善堂找大夫，那肯定是攢了銀子的，如果你不收人家銀子，人家固然高興，可是白費了他那麼多的辛苦。而且他得了這樣的好事，就會巴望著下次還能有這樣的好事，原本一個勤勤懇懇的人，就因為你的一片善心便懶惰了起來，豈不是反而害了他？」劉七巧也是服了自己的這張嘴了，絕對能把白的說成黑的，黑的說成白的了。

杜若想了想，果真是這個道理，鬱悶道：「那明日的藥到底還送不送？」

「送啊，為什麼不送？你就讓夥計告訴他，東家喜事，只此一次，下不為例。這樣他沒了盼頭，自然還是和以前一樣勤勤懇懇的。」劉七巧抿唇笑了笑，臉上的神色尤為生動。

第二日，杜若一早用過了早膳，記掛著那孩子的病，讓春生備了車，要過去瞧一趟。他一邊整理自己的藥箱一邊道：「昨天那病患家的事情，我去平沙路上的店裡跑一趟，順便把藥給他們送過去，省得耽誤了孩子的病情。」

劉七巧拉住他的衣袖道：「我也要去，帶我一起出去，好不好嘛？」

杜若開口道：「昨日二叔跟妳說了，這幾日梁妃娘娘產期已近，讓妳待在家裡等消息的，妳不能亂跑。」

「我算過了，梁妃還要有三、五天才生呢，況且明天你還要跟我一起回王府歸寧，不是一樣要出去的嗎？你帶我出去啦，就一會兒，一小會兒？」

杜若雖然百般不情願，最後還是受不住美人的撒嬌，點頭同意了。

平沙路的分店在京城的東南方，是京城當中下等百姓居住的地方，離這裡不遠的討飯街，就是外來窮苦百姓的聚居地。劉七巧來到京城這麼長時間，其實也都在京城西北角環繞恭王府到杜家的這一條路線上活動，最遠也只去過長樂巷，離這邊還遠。

東家辦喜事，掌櫃們自然是知道的，又見杜若扶著一個年輕小媳婦，便猜出她定然是如今寶善堂的大少奶奶了。

「小的給少爺、少奶奶請安。」掌櫃的說著，正要下跪行禮，被杜若攔住了道：「何掌櫃，不用多禮，我帶少奶奶過來瞧瞧，你忙你的。店裡的兩位大夫都在嗎？」

何掌櫃聽杜若問起，忙開口道：「許大夫和余大夫都不在，最近生意挺忙的，都外面跑著呢，這下午還有好幾家呢。」

這一會兒工夫，已經又有兩、三個人進來拿藥了。杜若將昨日的方子遞給何掌櫃看了，問道：「昨兒有沒有一個二十出頭一點的大哥過來你這邊拿藥的，是這張方子。」

何掌櫃在店裡當了幾十年的掌櫃，有些藥方都能背出來了，見了這藥方便道：「喲，這是治小兒痲疹的藥方。昨兒沒人來抓這個藥方，我們店裡的規矩，抓這種藥都要記錄在案的，二老爺那邊太醫院經常要問起這些事情，若是瞞報了疫情，可是要吃不了兜著走的。」

第一百零五章

杜若心一慌，連忙拿了昨夜他改過的那份藥方給了掌櫃的道：「你先幫我按這個方子抓幾帖藥，一會兒我帶走。」他擰眉想了片刻，自言自語道：「沒有來抓藥，那他怎麼給孩子治病呢？」又拍了拍腦門，問何掌櫃的道：「何掌櫃，你知道哪家藥鋪離討飯街最近？」

何掌櫃就是住在這邊的，想了想道：「這兒離討飯街最近的是安濟堂的分號，開在隔壁的成賢街上，比我們更近一些。這一帶的藥鋪本來就不多，都是窮人看不起病，倒是有幾個野郎中開的醫館，但是裡面藥材不齊全，怕還湊不滿這一帖藥。」

杜若聽何掌櫃這麼說，想那男子定然是去安濟堂買藥去了。安濟堂自前年落戶京城之後廣開分店，雖然去年因為催產湯「子滿堂」出了問題而染上官司，後來順天府判了不讓安濟堂再賣那藥，但是並沒有影響其他的生意；且聽說他家的藥材價格普遍低了寶善堂半分，一般窮人家更願意去他家買藥。

不過寶善堂是百年的老字號，也沒因此有什麼損失，就當多了一個競爭對手，時不時放在心上而已。

劉七巧見杜若擰眉，知道這其中出了什麼差錯，便問道：「怎麼，那家的大哥沒來配藥嗎？」

「嗯。」杜若蹙眉道：「那孩子病得很重，要是不及時醫治，後果不堪設想。」說著，他從何掌櫃手中接過配好的藥材，轉身道：「我去討飯街那邊看看，妳在這裡等我。」

「我跟你一起去吧。」劉七巧牽了牽杜若的袖子，湊到他耳邊道。

「那邊又髒又亂，連腳都不知道往哪裡放，妳今日穿得這麼好看，弄髒了多不好？」杜若其實是心疼她去那種地方，所以各種勸慰。

劉七巧笑著道：「你也太小看我了，我是那種怕髒怕亂的人嗎？」

杜若拗不過她，便答應了道：「那好吧，我帶妳一起去。」

劉七巧雖然做好了準備踏入這條街，可還是被沖天的臭味熏得快喘不過氣來。相比而言，杜若雖然擰著眉，卻沒有半點嫌棄的表情，這樣的敬業簡直堪稱是大夫中的典範了。劉七巧想了想，將摀著嘴的帕子拿了下來，儘量淡定地忽視周圍的氣味。

才走到那家人門口，忽然就聽見一陣乒乒聲響，好像是瓷器被碰碎了的聲音，裡頭忽然傳來一聲痛苦的尖叫，接著是小孩子的哭聲，然後是年輕女子忍痛的聲音。「大妹別哭，去把隔壁的趙阿婆請過來……」

「娘、娘怎麼了？妳怎麼流了好多血啊……」

又聽那年輕媳婦艱難道：「去……去借一個缽子，給妳哥熬藥，他不吃藥會死的……」

接著就是小孩子嗚嗚嗚的哭聲。

杜若連忙對劉七巧道：「他們家有個孕婦，七、八月的光景，不會是摔了吧？」
劉七巧連忙讓紫蘇前去叫門，喊了兩聲，裡頭沒人應，便用力推門進去了。
地上還跟昨天一樣，排著五、六個大木盆，滿地都是水漬，一旁的煤爐上還有爐火，藥卻灑了一地，沾了那孕婦滿身。
紫蘇原本急著跑過去，可這滿地的水都不知道怎麼落腳，只能踮著腳尖過去，見那孕婦下身已經流了很多血，忍得滿頭大汗。
「少奶奶、少爺，她摔了，流了好多血，只怕快要生了！」紫蘇連忙對著門外喊道。一旁的小姑娘哭了起來，結結巴巴地問紫蘇。「姊姊，我娘流血了，妳救救她好嗎？」
劉七巧和杜若也探頭進來，見了裡面這陣勢，她也終於知道為什麼杜若不肯讓她來了。不過劉七巧畢竟是醫生，毫不猶豫地從門外進來，蹲下來問那產婦道：「幾個月了？」
「八……八個月了……」那產婦見劉七巧穿得光鮮亮麗，跟著昨天來看病的太醫一起過來，心裡也約莫猜到了她的身分，顧不得自己身上一陣陣的陣痛，咬牙道：「大……大夫，快去裡頭看看大寶，他昨兒吃了你開的藥方，沒管用，晚上又燒了一回……啊……求你……救他。」
杜若聞言，低頭對劉七巧道：「七巧，妳看著她，我進去瞧瞧。」劉七巧點了點頭，跟紫蘇兩人合力將這孕婦給扶了起來，在院裡找了一圈，見那一旁的石板上晾著好多鹹菜，低頭對那小姑娘道：「小妹妹，妳娘要給妳生小弟弟了，妳去把那些鹹菜拿開，我們讓她睡上頭可好？」

那小姑娘急忙將那石板上的東西收了起來，但地上實在滑得很，她才走了兩步，被泥水一滑，抱著鹹菜就狗爬一樣地摔在地上，大哭了起來。

孕婦見了，又是心疼自己閨女，哭著道：「大妹走慢點，自己爬起來，別哭啊……」

紫蘇見了，想起自己和錢喜兒年幼就沒了爹娘，也是這樣可憐巴巴地長到這麼大，一時沒忍住，眼淚啪地就落了下來。

杜若進到屋裡，伸手探了一下那小男孩的額頭，依舊滾燙無比，而他身上的痲疹也越發多了，症狀不但沒有減退，還比昨日更嚴重。

杜若從藥箱中拿了銀針出來，為他放血降溫，若是高燒能退得下去，這病還有治好的可能。

劉七巧扶著那產婦，好不容易坐到了那石板上，轉身對紫蘇道：「妳去燒些熱水，順便去少爺的藥箱裡拿剪刀拿給我。」

紫蘇先去房裡取了剪刀，見床上躺著的孩子半死不活的，心裡就嚇了一跳，急忙把剪刀送了出來，正要去找柴火燒熱水，卻見隔壁的廚房裡已經冒出了煙來，原來是那個小姑娘聽了劉七巧的話，已經跑去燒水了。

「大嫂，妳這是第二胎吧？不著急，慢慢來啊，早產的孩子就是看上去小一些，並不會有什麼不好的地方。」劉七巧見這孕婦想來也是差不多快要到日子了，剛巧摔了這麼一跤，就早產了。

那孕婦顯然是有經驗的人，跟生頭一胎的人不一樣，懂得到痛的時候再用力。劉七巧接過紫蘇遞過來的剪刀，正要將孕婦的褲子剪開，可那孕婦卻攔住了道：「好奶奶，留我一條好褲子吧。」劉七巧頓時窘了，想了想道：「妳這會兒還擔心什麼褲子？等妳把孩子生了下來，我送妳十條好的。」她說著，拿剪子將那產婦染血的褲子給剪開了。

外面的婆子見劉七巧正在給孕婦接生，上前道：「這位少奶奶，這阿漢媳婦還沒到時間生，怎麼就疼起來了呢？」

紫蘇忙解釋道：「她在家裡摔了一跤就早產了。這一地的木盆到底是要做什麼的？」紫蘇因為住在劉七巧家，沒有在外面受過多大的苦，自然不知道討生活的不容易。正說著，外頭有一個穿著綾羅綢緞的中年婦女一路三搖地走過來，見門口圍著一群人，便開口道：「阿漢媳婦，我的衣服洗完了沒有啊？妳再這樣磨磨蹭蹭的，我樓裡的姑娘都要光著身子接客了。」

劉七巧低頭一看，果然見那木盆中泡著的衣服，雖然顏色鮮豔，可是質地實在不敢恭維。

外面人聽見老鴇來要衣服，開口道：「阿漢媳婦正生娃呢，妳也真是的，她肚子都那麼大了還讓她洗衣服，這要是出了什麼事情，誰負責啊？」

那老鴇立馬跟鬥雞一樣挺直了腰桿道：「唉喲冤枉，這條路上能幹活的人難道不多嗎？

是她自己求著我，說她大姪子生病了，再沒活幹就要病死了，我這雖然是做皮肉生意，也是有好生之德的，才把衣服給了她洗，不然我還不攤這事呢！」

劉七巧見那孕婦反覆用力，按了按孕婦的肚皮，估計了一下產程，擦了擦額頭上的汗，道：「大嫂別急，慢慢來，這生孩子再怎麼快，也沒母雞下蛋這麼快的。」

這時，外頭進來一個老嬤嬤，開口道：「妳是哪兒來的？妳會接生嗎？阿漢媳婦，妳怎麼樣啊？怎麼這會兒就生了呢？」

紫蘇聽那老婆子這麼說，開口道：「我們家少奶奶若是不會接生，這世上怕就沒有會接生的婆子了。我們家少奶奶——」她還想說下去，劉七巧急忙打斷了道：「這位婆婆，我看她快要生了，就上來幫了一把。她這也不是頭胎，胎位正得很，不然還是妳來吧。」

那孕婦見了那婆子，吸了一口氣道：「趙阿婆，妳來了啊……」

劉七巧好不容易空了手，去水井邊上打了水，洗了洗手往房裡去，見杜若還在為那孩子施針。

她絞了一塊濕帕子蓋在小孩子的腦袋上，問杜若道：「情況怎麼樣？還能救過來嗎？」

杜若搖了搖頭，不確定道：「不知道，聽說昨晚的藥吃了沒效果，沒道理啊？」

劉七巧聞言，轉身去了廚房，見那小姑娘正蹲在灶膛後面燒開水，她彎下腰道：「小妹妹，妳哥哥昨天吃了什麼藥，妳能拿過來給我看看嗎？」小姑娘懂事得讓人可憐，睜大了水汪汪的眼珠子，跑到另外一邊，就著凳子從窗臺上拿下一個紙包。劉七巧看了一眼那紙包，上面有安濟堂的字樣。不過她不懂中藥，便拿在手中轉身出去，將那藥包悄悄放到杜若的藥箱中。

「快了快了……阿漢媳婦，妳再用最後一次力氣，看見頭了、看見頭了！」一旁的老婆婆正在為產婦接生，劉七巧站在一邊也不說話，幾次見孩子的頭都已經出來了，結果還是縮了進去。要是按照她平常給人接生的法子，早就撲上去找準位置，幫著孕婦一起按出來，可是傳統的穩婆很少用外力幫助孕婦，多數工作其實就是指導和安撫。

劉七巧又在邊上看了一會兒，見那產婦漸漸沒了力氣，轉身進去，從杜若的藥箱中拿了參片出來，讓孕婦含在嘴裡，擦了擦她額際的汗，道：「妳這會兒別用力也別出聲，一會兒等疼的時候，我讓妳用力妳就用力，不要喊出聲，一定要把一股氣憋到底，我保證孩子一次就能出來。」

那孕婦點了點頭，過了片刻，果然陣痛來襲，劉七巧用手在她的肚皮上按了按，指揮道：「用力，憋著一股氣，不能漏，我壓一下，就算疼也不能喊，知道不？」

孕婦點了點頭，疼得咬住了唇，死活都不喊出聲。劉七巧按住了位置壓下去，站在孕婦兩腿前面的趙阿婆笑著道：「出來了出來了！孩子真的出來了，是個男孩子呢！」

劉七巧見孩子被趙阿婆給拉了出來，才鬆開了手，自己也累出一身汗。這時候趙阿婆打了一下嬰孩的腳底心，小孩子發出了第一聲啼哭。

同時，杜若抱著清醒過來的小男孩，也從房裡走了出來。那小男孩揉了揉眼睛道：「嬸娘，妳生了小弟弟了嗎？」

孕婦見男孩醒了過來，一下子忘了方才分娩的勞累，支起身子道：「大寶，你醒了啊？來讓嬸娘抱抱。」

杜若卻退後了兩步道：「孩子身體還沒好，妳不能抱他。」

這時候，外頭昨天請杜若看病的男人也回來了。他這才一走，就聽見有人說他媳婦要生了，便一路飛奔了回來，沒想到回來的時候，媳婦都已經生完了。

劉七巧瞧了一下這家的情況，整個就是髒亂衛生差，邊上的趙阿婆已經抱著小嬰兒去清洗了，可這滿院子的髒水到底要怎麼住人，真是一個問題。

她正覺得頭大呢，裡面的趙阿婆忽然尖叫道：「大妹、大妹，妳怎麼了？」

杜若把孩子遞給那男人，轉身進廚房瞧那小姑娘，探了探額頭，燙得滾手，便蹙眉道：「怕是被傳染到了。這邊太亂了，也不好養病，不然把他們帶回杜家吧。」

劉七巧知道杜若是慈悲心腸，可天下的可憐人是救不完的，要是都往杜家帶，杜老太太怕要發飆。她想了想，站起來道：「我們把他們兩個送到水月庵住一陣子吧。那邊有好多空著的廂房，平常也沒有人住，又清靜。大長公主是修佛的，定然慈悲為懷，一定會收留他們的。」

杜若想了想，也沒有別的辦法，況且這條街上還有沒有其他孩子得了這病也不知道，若是不隔離了好好醫治，疾病很快就會在京城傳播了。

劉七巧出門，見幾個圍觀的百姓還沒有離開，便轉身對靠在石臺上的產婦道：「大嫂子，我是寶善堂的大少奶奶劉七巧，妳的姪兒和妳女兒生了病，這病會傳染給別人，所以他們暫時不能住在這邊，我把他們送到水月庵去醫治，等好了自然給妳送回來。」說著，她指著裡頭的杜若道：「那是我相公，太醫院的杜太醫、寶善堂的少東家，如果妳不信可以出去問一問，京城有沒有這號人物。」

「劉七巧，妳是送子觀音劉七巧？」劉七巧的話音剛落，那邊看熱鬧的人裡面已經有人開口道：「妳真的就是那個劉七巧嗎？」

第一百零六章

劉七巧此時也無暇計較到底送子觀音的名號是誰給她傳出去的，怎麼就弄得街巷皆知了呢？「難道京城還有其他劉七巧不成？」

眾人見她這樣說，便認定了她就是傳聞中的那個劉七巧，提著褂子就要跪下來，劉七巧連忙攔住了道：「大娘、大嫂們，我不是什麼送子觀音，我就是一個接生婆。」

正說著，杜若已經將小姑娘從廚房裡面抱了出來。劉七巧看了一眼病倒的小姑娘，咬牙道：「行了，你們要是相信我，這兩個孩子我就先帶走了，等他們好了，我自然送他們回來。」

杜若點了點頭，抱著孩子出門，劉七巧轉身進屋揹了他的藥箱。杜若正要彎腰出門，見外頭還圍著一群老百姓，便開口道：「大娘、大嫂，誰家孩子要是也跟這兩個孩子一樣高熱不退，你們就去平沙路的寶善堂說一聲，那邊會有大夫來看病，這病耽誤不起。」

眾人見了這仗勢，便知道這家的孩子定然是得了什麼不得了的毛病，嚇得連連點頭，又不敢靠近。劉七巧轉身，對那抱著男孩子的男人道：「大哥，麻煩你把孩子送到我們車上去。」

那男人愣了片刻，這才從杜若的身後走了出去。

劉七巧揹著藥箱往外走，轉身見紫蘇在那邊幫忙洗衣服，喊了她一聲道：「紫蘇，妳不走嗎？」

紫蘇是窮苦出身，又是一個心善的，見那產婦還在石板上躺著，擦了擦額頭上的汗道：「少奶奶，我洗完了這些衣服就回去，可以嗎？」

劉七巧知道她心善，道：「那行，我們先送孩子去水月庵。我讓春生在巷口等妳，妳記得跟春生說一聲，今兒馬車不准進府裡，讓他在外頭用水沖乾淨了才行，就連輪子都要洗。」

紫蘇點了點頭。她小時候也聽說過有的毛病是會傳染的，見劉七巧這麼吩咐，也知道了輕重，點頭道：「少奶奶放心，奴婢一定跟他一起洗乾淨了才敢進府。」

劉七巧揹著藥箱出去，杜若已經抱著孩子上了馬車，兩人一同坐進了馬車裡。杜若見紫蘇沒出來，正要問呢，那邊劉七巧便開口道：「紫蘇說要幫那產婦把院子裡的衣服都洗了，我讓春生在這邊等她了。」

杜若點點頭，見劉七巧忙得滿頭大汗的，拿帕子出來擦了擦她額際的細汗道：「春生也不知道是哪來的福分，能遇上大妞這樣的好姑娘。」

劉七巧拿了帕子，也為杜若擦了擦汗道：「人家現在叫紫蘇，別大妞大妞的叫了。」

杜若看了一眼躺在馬車角落裡的兩個小孩子，握著劉七巧的手道：「他們的病是會傳染的，妳何必跟著我一起來？」

「我當然知道，但是我也知道，這病小孩子容易得，大人卻不容易染上；而且大人就算得了，也不會跟孩子一樣不好治癒，所以我不怕。」她說著，往杜若的懷裡靠了靠，閉上眼睛道：「好懷念跟你坐一輛馬車的時光啊……」

因為杜若治癒了大長公主的病，且大長公主成全了杜若和劉七巧這一對佛祖指定的姻緣，最近水月庵的香火非常旺，很多月老祠的香客都跑到水月庵來求姻緣。

馬車到水月庵的時候已經是酉時二刻，天已經漸漸暗了下來，庵裡的小尼姑們正準備掌燈，聽說劉七巧來訪，急忙跑來開門。

劉七巧今日出門時雖然穿著得體，可是下面的裙子浸了髒水，衣袖上面還沾了血水，對於佛門淨地來說，顯然是有衝撞的。

她站在側門口，擺了擺手道：「小師父，麻煩妳去請了服侍了塵師太的兩位師姊出來，就說劉七巧求見。」

小師父見劉七巧沒進來，雖然心中不解，還是急忙進去通報了。不多時，大長公主聽說劉七巧拜見卻不進庵堂，便親自出來了。

劉七巧見大長公主親自出來，連忙向她行了一個佛禮。「師太，七巧有事情想要請師太幫忙。」

大長公主低眉算了算日子，前日就是劉七巧和杜若的好日子，便笑著道：「你們新婚燕爾的，不在家裡玩耍，跑到我這出家人的地方做什麼呢？」

劉七巧臉紅地笑了笑，然後收斂起笑容道：「師太，大郎在討飯街上遇上兩個病童，得了小兒痲疹，要有一個清靜的地方養病。那討飯街上人多有髒亂，在那邊怕是養不好病的，大郎怕這病傳染開了，會禍及京城其他的孩童，所以想到師太這裡借兩間禪房，讓那兩個孩子養病。」

大長公主修佛四十年，自是慈悲為懷，聞言便道：「莫說是兩間禪房，就算借了我整座水月庵給他們養病也無何不可。」

劉七巧聽大長公主這麼說，感激地向她行了一個佛禮，轉身到馬車上將杜若手中的小女孩接了下來。

大長公主見那小孩子長得粉嫩，甚是可愛，正想伸手摸一下，劉七巧卻往後退了一步道：「師太，她的病症會傳染，師太不要過於接近才好。」

大長公主搖了搖頭，伸手摸了摸那孩子燒得紅撲撲的臉蛋道：「七巧，救死扶傷是你們大夫的責任，但是我這老尼姑就不能出一分力嗎？我還等著修成活佛呢，妳這不是不給我機會嗎？」

劉七巧拗不過她，便一路抱著小女孩，一路問安道：「師太如今的身子可安康？」

「自然是安康，妳相公每半個月來請一次平安脈，沒有比我更安康的老人家了。」

說話間，大長公主已經將兩人引到了一處僻靜的禪房，是個單獨的院落，最適合養病。

劉七巧將那小女孩放了下來，杜若又把男孩放在另外的炕上，開口道：「一會兒我回府，指派一個丫鬟過來照顧他們兩個。」

大長公主連連擺手道：「我這裡上百個姑子，還不夠你們使喚嗎？還要去請什麼別的人？」大長公主說著，轉頭吩咐道：「明慧、明鏡，妳們找兩個師妹過來照顧這兩位小施主。」

兩個小尼姑應下了，杜若才鬆了一口氣，將方才的藥拿了出來，遞給那兩個尼姑道：「這藥三碗水熬成一碗，兩人生的是一樣的病，晚上會有高熱，到時候用溫水給他們擦身子，直到降溫了才行。」

小尼姑聽完杜若的吩咐，點了點頭後便拿了藥出去熬藥。大長公主看了一眼那睡在炕上的小姑娘，心疼得緊，摸著她的小臉問道：「小寶貝，妳哪裡不舒服？告訴奶奶。」

小孩子剛剛醒過來，精神萎靡，可是她看見杜若在這邊，心裡就沒那麼慌，又見大長公主這麼和善，便小聲回答道：「奶奶，我頭疼，沒有力氣。」

大長公主聽了這軟軟的聲音，心裡一下子就跟鋪了棉花一樣軟綿綿的。她從未生養過小孩子，從不知孩子能給自己帶來這麼大的寬慰。

「乖孩子，別怕，奶奶在這邊陪著妳。等吃了藥，頭就不疼了，就有力氣了，妳聽不聽奶奶的話呀？」

小姑娘賣力的點了點頭，眨著大眼睛道：「聽，我聽奶奶的話。我娘說我以前也有奶奶的，可是後來發大水，我奶奶被大水沖走了，妳是不是就是被大水沖走的奶奶呢？」
童言無忌的話勾起了大長公主心中陣陣柔軟，大長公主連連點頭道：「妳娘說得沒錯，我就是妳被大水沖走的奶奶，妳乖乖地在奶奶家住下，等身體好了再回家，好不好？」
劉七巧見大長公主這麼喜歡小孩子，也放下心來。杜若見大長公主對兩個孩子如此上心，感激道：「晚輩多謝大長公主一片仁慈之心。」
大長公主雙手合十，默唸了一句阿彌陀佛。「杜太醫不必言謝，這都是貧尼應當的。」
安頓好兩個小孩，杜若和劉七巧從水月庵離去。劉七巧身上的衣服弄得一團糟，杜若的長靴也都沾滿了水，兩個人都顯得狼狽不堪。「沒想到我們新婚第二天就遇上了這樣的事情，還連累妳把自己搞成這樣。」
劉七巧笑了笑，一本正經道：「上天有好生之德，我相公是救死扶傷的大夫，作為夫人，一定要做你的堅實後盾。」
兩人回到家中，早已經過了晚膳的時辰，杜大太太命清荷在門口等著兩人，見兩人渾身狼狽地回來，驚訝地用帕子摀著嘴，上前問道：「少爺、少奶奶，你們這是去哪兒了？老太太那邊問呢，怎麼出去看個店要花這麼長的時間？」
「不忙，妳去告訴老太太和太太，我們已經回來了。」杜若跟清荷打過招呼，茯苓也從百草院迎了出來，見杜若和劉七巧這模樣，探了探腦袋道：「紫蘇呢？她不是跟著少奶奶一起出去的嗎？怎麼就少爺和少奶奶兩個人回來了呢？」

劉七巧心道：那一院子的衣服，怕紫蘇洗完就已經不早了。

茯苓見兩人身上的衣服都已經髒透了，忙開口道：「少爺、少奶奶，奴婢先回去讓小丫鬟們給你們打水洗一洗吧。」

劉七巧連忙點點頭。「那就麻煩妳再讓廚房準備一些好消化的晚膳，我們稍微吃一點就好了。」

兩人回到房裡，丫鬟們已經架起了屏風，正往裡面送熱水。不一會兒，幾個年輕力壯的媳婦將裡頭的浴桶裝得滿滿的。

劉七巧脫了外衣，坐在燈火下隨意翻著書，茯苓就在一旁幫杜若脫下外衣。杜若見劉七巧在那邊坐著，便道：「茯苓，妳出去吧，這裡有少奶奶就好了。」

平常杜若就是一個極重私隱的人，劉七巧未過門之前，她們幾個也從不在跟前服侍杜若沐浴，不過在外頭候著、遞送幾件衣服罷了。

劉七巧見茯苓出去了，便放下了書，上前替杜若脫衣服。杜若伸手解開了劉七巧身上的衣服，看著她酥胸在梅紅色的肚兜裡若隱若現。

杜若一把抱起劉七巧，解開了她的腰帶，手順著劉七巧挺翹的臀瓣一路下滑，脫下她身上僅剩的褻褲。劉七巧嚇得差點尖叫出來，又想起茯苓和連翹還在外面候著，便生生咬住了唇，任由杜若把自己脫得一絲不掛地放進了浴桶。

熱氣氤氳，熏得人有點喘不過氣來，對於新婚的男女，雲雨之樂似乎永遠都不會膩。

杜若在浴桶中折騰了劉七巧半天之後，拿錦被將她包裹著抱上了床。劉七巧實在是累極了，最後連起身用晚膳的力氣也沒有，迷迷糊糊就睡著了。

杜若運動了一番，反而精神爽朗，又怕劉七巧一會兒醒了會餓，便命茯苓去廚房準備的宵夜，放在熏籠裡溫著，等劉七巧醒了再吃。

第一百零七章

劉七巧洗完澡就睡著了，這一覺睡了一個多時辰，等醒來的時候才發現肚子餓得厲害。還好杜若也有少食多餐的習慣，晚上總會喝上一碗安神的紫米粥。這會兒茯苓也送了進來，小夫妻兩人便一起喝了點，聽茯苓說紫蘇已經回來，料想她這一天也累了，便沒請她喊了人回來問話。

劉七巧用了宵夜，見杜若還在忙著，便披了衣服起身，見他在那邊琢磨一個方子，擰著眉頭，若有所思的樣子。

劉七巧伸手拿了袍子給他披上，小聲問道：「你這大半夜的，還在想什麼呢？明兒一早還要陪我三朝歸寧，可別起晚了。」

杜若拿了方子，遞給她道：「往年入夏之前，寶善堂總會發放一些香袋，供一些窮人家對抗時疫。今年一入夏天氣就熱得很，很多時疫沒有復發，誰知道到這會兒要入秋了反而出現了，我打算擬一個藥方，訂做一批香袋送給來抓藥的百姓。」

「這麼大方？白送？」劉七巧睜大了眼睛，頗有些難以理解地看了杜若一眼。以杜老爺和杜若的性格，寶善堂開到現在還沒倒閉，一定是祖宗保佑了。

杜若見她這樣，忍不住笑了笑，戳了戳她的腦門道：「這些都是一些尋常的藥材和香料，值不了幾個錢的。杜家是開藥鋪的，不是開善堂的，這個我當然知道。」

劉七巧有些不好意思地撓撓頭，從身後抱著杜若道：「人家是農民嘛，不懂這個，我這不是擔心我們家的家業嗎……萬一還沒到兒子手裡就被你這個爹給敗光了，那怎麼辦呢？」

杜若被劉七巧給逗樂了，順手攬了她的腰，將她抱在懷裡，從一旁的藥箱裡頭拿出幾味藥材來，排列組合之後，遞給劉七巧聞了聞道：「這個味道怎麼樣？」

劉七巧閉上眼睛嗅了下，開口道：「這裡面有霍香、丁香、木香、羌活、白芷、柴胡、菖蒲、蒼朮、細辛，對不對？」

她睜開眼睛，見杜若正睜大了眼睛看著自己，眸光中亮晶晶的，在她臉頰親了一口道：

「七巧，妳也是個醫藥天才啊！」

其實她哪裡是什麼醫藥天才，不過就是前世買過一個號稱可以預防感冒的香囊，裡面的成分好像還不止這麼多，不過她也只記得這幾樣而已。

杜若想了想道：「不過妳還沒說全，裡面還有冰片、艾葉、薄荷，但為了控制成本，若是分發給百姓的，幾味名貴的藥材是不放的，反正療效也不妨礙多少。」

劉七巧點了點頭，忽然想到一件事情，蹙眉問道：「我那日進百草院的時候，就覺得百草院裡頭有陣陣幽香，一早我也在院子裡瞧過了，倒不像是種的東西香，也不知道這香味是從哪兒來的。」

杜若見劉七巧說起了這個，帶著她起身來到窗邊。時辰不早，外面的丫鬟們已經不在了，杜若推開窗，幽靜的夜風帶著陣陣的馨香飄入房中，杜若湊過去聞了一下窗櫺上的格子，小聲道：「這百草院從去年開始重新修葺，我就不曾來過，只在重新粉刷的時候來了一次，命工匠們在油漆內加了花椒。」

那是什麼意思呢？劉七巧正想開口問，依稀想起漢代皇后住的宮殿叫椒房殿，似乎這椒房還有一些什麼典故在裡頭。

她想了想，為了避免讓杜若笑話自己文盲，試探道：「那這是不是代表杜若若很喜歡我的意思，想把最好的給我呢？」

杜若低頭笑了一下，在劉七巧的耳邊蹭了蹭。「不過就是取個好彩頭而已，妳到今日才發覺，也算是後知後覺的了。」

劉七巧剜了杜若一眼。「我平常都忙死了，好不容易休息的時候，你就拉著我做那種事情，人家這會兒身上還痠疼呢，鼻子都不靈了。」

杜若只覺得自己喉頭發緊，她的姿態太讓人遐想聯翩，杜若啞然開口道：「娘子，時辰不早了，我們還是早些安睡吧。」

這一覺自然是沒有一睡到天亮，中間那些有意無意的觸碰，免不了又勾起了燎原之火。劉七巧被杜若的熱情燒得剩下解甲投降的分，錦被亂成了一團，最後將兩個累極了的人裹在一起。

第二日一早，劉七巧醒來的時候，杜若早已經穿戴整齊，坐在窗邊的書桌上看書。劉七巧見天色大亮，嚇得連忙從被窩中彈了起來，杜若才放下了手中的書卷，笑著道：「這會兒剛卯時三刻，娘子不必著急。」

劉七巧醒了神，杜若正要往門外喊丫鬟，她忙攔住了道：「我不習慣被人服侍，穿衣吃飯什麼的，還是自己做比較自由些。在母親那邊是沒辦法，你就不要拘著我了。」

杜若便也點了點頭，繼續看自己的書。

紫蘇昨日幫那戶人家洗完了衣服，就和春生回了杜家，這會兒打了水進來幫劉七巧淨了臉，見了她眼下那片烏青，轉頭偷偷看了一眼杜若，心道：還真沒看出來，杜大夫在那方面那是一頭狼啊！七巧這才嫁過來幾天，居然被弄成了這個樣子……

劉七巧穿戴一新，照例還是去了福壽堂給眾人請安，然後跟著杜大太太去如意居用早膳。杜大太太知道她今日三朝回門，也囑咐她稍微多吃一點，去了王府可以多玩一會兒再回來，只是不能像昨日那樣，那麼晚都不回家。她是新媳婦，若是讓老太太知道了，難免會不高興的。

劉七巧這邊才用完了早膳，杜若早已經在馬車上等她了。杜大太太臨走前又留下劉七巧上下打量，見她穿著得體，這才點了點頭放她出門。

杜若見劉七巧終於出來了，因為知道今天要回門，所以珍珠粉也抹了很多層，這會兒乍看過去，倒是沒那麼明顯的烏青。

今兒跟著兩個丫鬟，所以杜若扶著劉七巧上了前面的馬車，後面的馬車裡坐著綠柳和紫蘇，最後面還跟著一輛馬車，放滿帶去王府的禮品。

劉七巧上了馬車，見杜若的身旁還放著藥箱，便笑著道：「你這又是做什麼呢？今兒可是有講究的，不能落日才回府的，不然我不能一舉得男，你家老太太可要不高興了。」

杜若笑著道：「妳這是聽誰說的？若真是這樣，那正房太太生的都應該是兒子，當小妾的還沒有回門這一說，生出來的就都應該是女兒，豈不是亂套了？」

劉七巧噗哧一笑，挽著杜若的手臂道：「反正我不管，就當是哄老人家開心，我們就早點回來好不好？」

杜若蹙眉想了想道：「我想去水月庵看看那兩兄妹，一會兒用了午膳就先走一步了，省得真趕不及時間回去。」

劉七巧和杜若來到恭王府的時候，剛剛從寺裡齋戒回來的老王妃正盼著呢！老王妃是七月十五之前去法華寺做齋戒，原本是打算在八月初八之前回來送劉七巧出嫁，誰知道通往法華寺的山道因為大雨滑坡，被泥石流給攔腰截斷了，若非廟裡住的都是京城裡最有名望的老太君，只怕這路還不知道什麼時候能修好。

老王妃歸來，眾人自然就都聚集在了壽康居裡頭。老王妃見劉七巧進來，還沒等她行禮，笑著招手將她招到面前，上下打量了一番，點了點頭道：「倒是真有幾分杜家少奶奶的風範了，看來妳在婆家過得還算不錯。」

杜大太太的為人在京城圈子裡頭也算是好的，能這樣不動聲色地打理好一個大世家，不讓外頭看見或聽見什麼笑話，便是一種能耐了。

劉七巧見過了老王妃，略帶著點靦覥道：「公公婆婆都待我很好，老太太也是寬厚仁慈的，亦對我很好。」

老王妃笑了笑，有些不大相信地道：「當真有這回事？難不成日陽從西邊出了？我可是從寺裡頭聽說，不久前她見了老故人還長吁短嘆的呢。」

杜若聽老王妃這麼說，反倒有些不好意思了，低著頭在一旁不說話，略顯尷尬。老王妃見了道：「你臉紅什麼，我說的是你祖母，又不是你。再說七巧嫁的人是你，你待她好，我也就放心了。」

杜若聞言，連忙起身點頭如搗蒜。那邊，王妃笑著道：「老祖宗快饒了杜大夫了，他本來就臉皮薄的人。」

「什麼杜大夫不杜大夫的，如今他是妳的乾女婿，妳怎麼還這樣稱呼？瞧妳這記性，年紀不大，難不成跟我一樣老糊塗了？」老王妃打趣道。

王妃笑著，揉了揉腦門道：「這幾日孩子鬧夜，吵得我也睡不安穩，倒還真有些糊塗了。」

劉七巧出嫁那日，王府開門迎客，人來人往的，免不了有喜歡小孩子的，都去王妃那邊看了一眼，或許驚到了也是有的。劉七巧急忙道：「這幾日京城又有了小兒痲疹的病童，太太倒是要當心一點了。相公才說，今年入夏沒鬧時疫，到了這個時節反而鬧起來了，這天還沒涼，怕到時候會不會傳開也不知道了。」

眾人一聽都驚了一跳，老王妃囑咐王妃道：「妳一會兒回去，讓丫鬟們將娃兒的房間清掃清掃，務必要弄乾淨了。這麻疹弄不好是要命的，我們這種人家的孩子帶得嬌慣，反倒容易染病。」

李氏聞言，按著胸口道：「七巧，妳小時候就生過麻疹，那時候不過才兩、三歲，當時我也以為是救不活的，誰知後來妳奶奶請了一個野郎中來，給了幾帖藥，吃了居然就好了。可惜我不識字，當時也沒有什麼藥方，不然的話跟大郎說說，沒準還是什麼祖傳秘方。」

杜若聽李氏說劉七巧曾經得過麻疹，心裡鬆了一口氣，這才開口道：「重在預防，只要丫鬟們平常注意衛生，應該不會隨便傳染的。不過這一段時間，小孩子們還是不要多接觸外人較好。」

幾個人又閒談了幾句，劉七巧便辭別了老王妃和王妃，和杜若一起回了薔薇閣。李氏如今過著太太般的生活，且又有了孩子，越發有那麼點夫人的派頭，出門的時候就將家裡的事情安排得妥妥當當。「妳爹跟著王爺去了衙門，所以中午趕不回來吃飯了，今兒就我們幾個人，簡單些。」

李氏正說著，往劉七巧身後瞧了瞧，卻不見錢大妞的人影，正想開口問，劉七巧便開口道：「大妞去了杜家，我也給她改了一個名字，叫做紫蘇。大郎院裡的丫鬟大多都是用藥材取的名字，服侍大郎的兩個叫做茯苓和連翹，都已經有了人家，人也很老實得用。」

李氏原本關心錢大妞，當劉七巧這後面幾句話一說，她的心思立即偏到了別處，問道：「老太太如何？真跟妳方才說的一樣？」

劉七巧點點頭道：「那是自然，老太太以前或許不喜歡我，可如今我和大郎已經成婚了，生米成了熟飯，自然也沒什麼好說的了。」

李氏這會兒總算放心了，又補充了一句道：「那妳一定要克盡婦道，早日為杜家開枝散葉，到時候她自然會更疼妳的。」

劉七巧偷偷瞄了一眼杜若，見他臉上浮起了不自然的紅暈，忍著笑道：「娘，瞧您說的，我這才過門兩天呢，哪有那麼快的？再說我還小呢，我不想那麼小就生孩子。」

李氏蹙眉道：「那可不行，我們做女人的無非就是相夫教子。大郎是個出息的，不用妳操什麼心，妳如今的任務，不就是給杜家開枝散葉嗎？」

劉七巧明白李氏的心思，自己這是高嫁，若是不早日生個男孩子把地位牢牢鞏固，也不知道杜家會不會採取什麼措施，所以李氏覺得，只有劉七巧一舉得男才能保住現在的地位。

「娘，如今我婆婆還懷著孩子呢，她已經把管家的鑰匙都給了我，難不成我才接手幾天，就原封不動地還回去嗎？怎麼說也要等我婆婆這一胎平安生下來之後，才能考慮我和大郎之間的事情，娘說對不對？」

李氏轉念一想，也正是這個道理，如今劉七巧連管家的鑰匙都接了下來，可見杜大太太對劉七巧是沒話說的。可杜老太太對劉七巧到底是個什麼心思，卻還是讓李氏擔憂。

用過了午膳，李氏原本想留劉七巧再坐一會兒，可因為杜若想去水月庵給兩個孩子看診，劉七巧也起身告辭了。

卻說昨晚水月庵裡也是人仰馬翻，原先是讓庵裡年紀小的尼姑去照顧兩個孩子，後來大長公主怕她們做不過來，便讓幾個年長一些的尼姑也過來服侍。可那些尼姑平常唸經是一把好手，服侍人卻是半點都不行，除了貼身服侍的明慧、明鏡兩位是大長公主一手培養出來的，其他人在這方面確實不能讓人滿意。

劉七巧和杜若到水月庵的時候，大長公主還未起身，明慧小師父將劉七巧和杜若領進了昨日安頓兄妹倆的那間禪房，裡頭的尼姑早已累得趴在了茶几上睡了過去。

明慧一把將人拍醒了，道：「讓妳們照看病人，妳們睡得這般死，怕是火燒了眉毛都不知道，若是讓師太知道了，少不了又是一頓罵。」

第一百零八章

水月庵的尼姑大多數本是官宦人家的姑娘，或是剋父母家人的、或是逃難時候沒地方去的，或是家裡落罪、自己一人無法營生的，出身也多半不會太差。還有幾個先帝年長時納的妃子，如今也不過就三十幾歲的光景，哪裡服侍過人？她們在水月庵出家，無非是見這是大長公主修行的地方，香火旺盛，雖然粗茶淡飯，但至少不用看別人臉色，也不用服侍別人，所以除了唸經之外，平常是不幹任何重活的。

至於那些粗重的活，每年皇帝都會給大長公主送上幾個得用的老奴，多半都是一些罪臣的家眷，罰到水月庵來做苦力的。

杜若見兩個孩子躺在炕上，身上的被子蓋得歪歪扭扭，便知道那照顧的尼姑有多散漫。那女尼連忙站了起來，上前想去給那小姑娘掖一掖被子，劉七巧擺了擺手，自己親自上前給小姑娘蓋好了被子。

杜若從藥箱裡拿了藥枕出來，開始為小女孩診脈，過了片刻，才點了點頭道：「昨晚的藥是有效的。」

杜若轉身問女尼道：「中午的藥喝過了嗎？」

那女尼蹙眉道：「已經吩咐人去熬了，昨晚鬧得遲，所以今兒一早喝了一直睡到現在。」
劉七巧忽然想起一件事，走到杜若身邊道：「昨兒我在你的藥箱裡放了一包藥，是這戶人家的男人對著你的方子去安濟堂抓的藥。聽那嫂子說，這小男孩吃了一帖沒什麼作用，我估摸著，會不會是藥有什麼問題？」
杜若眉宇一皺，從藥箱裡面將那包中藥打開，細細聞了聞，蹙眉道：「這牛蒡的味道好像不大對。」
劉七巧見他臉上神色有異，小聲問道：「哪裡不對？一會兒我們回家再驗一驗。」
杜若點了點頭，見小姑娘身上已經退熱，還沒生出痲疹，便又從藥箱中拿了紙箋出來，重新寫了一份藥方，看了一下房中的兩位女尼，開口道：「明慧小師父，一會兒我讓夥計再送幾帖藥出來，是給這小姑娘用的。她的病情進展和那男孩子有些不同，需要分開服藥。」
明慧是服侍在大長公主身邊的人，自然是比其他人細心得多，便點頭道：「貧尼知道了。師太說了要好好照顧兩位小施主，貧尼一定放在心上，杜太醫只管請人把藥送來，貧尼自會安排人為兩位小施主熬藥。」
說話間，外頭有了響動，原來是大長公主已經醒了，又親自過來看兩位孩子，見外面藥爐上的藥還沒好，厲聲訓斥了兩句。
大長公主進來，見杜若和劉七巧正在裡頭，微微有些汗顏，搖頭道：「我這裡雖然人多，卻不是個個頂用的，看來大多數人在我這邊，無非就是看在這是皇家供奉的寺廟，有一個安身立命之所罷了。說起來我出家四十年，自認潛心修佛，再沒有半點破戒的，卻也保不得家國平安，還是讓韃子的鐵蹄踐踏了大雍的江山。」

大長公主說到這裡，微微一嘆，繼續道：「這裡的尼姑大多都是那時候逃難留下來的，她們也只是為了活命而已。」

劉七巧見大長公主心懷善念，便安慰道：「師太不必自責，如今師太給這兩個孩子一處養病的清靜場所，正是慈悲為懷。其實這病症原本就是有傳染性的，到時候若是在京城蔓延起來，七巧就斗膽借師太這個地方，讓這些孩子避避難吧。」

大長公主聞言，點了點頭道：「若是真這樣，水月庵的大門永遠為那些染病的孩子開著。」

有大長公主這句話，劉七巧也微微放鬆了心情。如今有了大長公主的承諾，至少可以為病童們爭取到一個臨時醫院。

杜若聽大長公主這麼說，更是感動得五體投地，恨不得立時就跪下來給大長公主行大禮。大長公主見狀，連忙扶住了道：「今兒是你們三朝回門的日子，怎麼跑到我的水月庵來了？」

劉七巧笑道：「還不是他，放心不下這兩個孩子，所以一早就拉著我從王府出來了。」

說話間，那小姑娘已經醒了，見了大長公主，很親切地喊了一聲奶奶。大長公主見她小小的身子蓋在被子裡頭，只睜開了烏溜溜的大眼睛，心疼到了骨子裡，伸手抱著她道：「小乖乖，妳睡醒啦？妳真乖，比妳哥哥乖，喝藥也不哭，奶奶疼妳。」

劉七巧倒是第一次在古代遇到重女輕男的長輩，憋不住笑道：「家家戶戶都喜歡男孩，怎麼師太就喜歡女孩子呢？」

大長公主道：「我當然喜歡女孩子，我若是不喜歡女孩子，怎麼會和著妳一起去騙人家老太太呢？」

劉七巧紅著臉道：「老人家就別提這個了，瞧我帶來的小孫女多乖巧，師太就早些忘了那事情吧。」

大長公主點點頭，見她談笑間多了分少婦的韻味，笑著道：「妳想讓我忘了那些事情，就早些生個小娃兒來哄我開心。」

杜若無奈之下，只好拍著胸脯表示一切都包在自己身上。

從水月庵出來，兩人總算趕在天黑之前回了杜家。

杜老爺也正巧回來了，杜大太太見天色晚了，便派小丫鬟去老太太那邊回了話，說是杜老爺今天在她房裡用晚膳，一家四口人難得和和樂樂地吃了一頓團圓飯。

杜老爺習慣晚飯時候喝口小酒，這會兒他抿了一口酒，蹙眉道：「我今天五家店都跑了一圈，來藥鋪抓小兒痲疹藥方的總共有十個人，其中有四個都在平沙路。這樣看來，只怕入冬之前，這病還要有一段時間。」

杜若聽杜老爺這麼說，開口道：「我昨晚擬了一張藥方，打算讓店裡的人做成香囊分發給病患的家屬，好歹有些預防作用。」

杜老爺點點頭道：「好，吃完了飯去我的書房，我們父子好好商量商量，順便叫上你二叔。」

杜大太太聞言，開口道：「二弟今兒太醫院值夜，沒有回來。」

杜老爺捋著山羊鬍子想了想，開口道：「二弟有些時日沒值夜了，難道是梁妃娘娘要生了？」

他一臉凝重，盯著劉七巧道：「七巧，妳這兩日別出門了，在家等著便好。」

劉七巧端著飯碗點頭。回來時間長了，洗過臉之後，她便沒有特意在眼下補上珍珠粉。杜老爺映著燭光，看見劉七巧眼下一片烏青，忍不住清了清嗓子，扭頭一記眼刀殺到了杜若的面前，冷眼道：「你與七巧新婚燕爾，貪一時閨中之樂也是常有的，切記莫要傷了身子。」

杜若見杜老爺一本正經地說出這番話來，臉紅得差點就要滴出血來了，恨不得找個地方鑽進去，真是又羞又窘，嗆得連飯都快吃不下了。

劉七巧見狀，卻是心疼杜若的，接過了話頭道：「父親教訓得是，七巧以後一定好好克制，絕對不讓相公傷了身子。」

杜大太太見兒媳婦如此護短，伸手拍了拍杜老爺道：「老爺，好好地吃飯，說這些做什麼？孩子們都大了。」

杜老爺哼了一聲，搖了搖頭道：「七巧，妳還小呢，別順著大郎，妳娘就是因為年紀小生了大郎，幾十年都難受孕。杜家不指望妳立馬給開枝散葉，但到了時機，就一定要三年抱兩。」

劉七巧被杜老爺直白的話弄得不好意思了，只能點頭，心道：原來不是心疼我身子，是打算把我先養肥了，然後一直生啊……悲劇啊……

四人用完了晚膳，杜若先送劉七巧回房，開口道：「我一會兒要去父親書房，也不知道什麼時候回來，妳先睡吧。」

誰知到了亥時，杜若正要從杜老爺書房出來的時候，宮裡卻派了人來，說是梁妃要生了，急著請劉七巧進去。

劉七巧剛剛脫了外衣，正躺在房裡的軟榻上看著醫書，就見杜若急急忙忙進來，拿了她的衣服走過來道：「梁妃娘娘要生了，二叔讓我們馬上進去。」

她放下書從軟榻上跳起來，挑眉道：「日子不對，怎麼又提前了？」小梁妃的預產期是她按照現代醫學的規律推算出來的，誤差照理來說很小，而且按照小梁妃平常的月信規律，只有推後、沒有提前的道理。

劉七巧穿上了外衣，因為是進宮接生，所以也選了平日裡最簡便的幾件衣服，頭上也沒有多餘的頭飾，還是戴著杜若送給她的那一支及笄禮物。

這裡剛收拾妥當，外頭就有老婆子來問話道：「大少爺，大少奶奶可好了？宮裡的大人正催呢。」

「好了好了。」劉七巧說著，從房裡走了出來，杜若急忙揹上藥箱跟在她的後面，兩人一前一後來到前頭角門口，外面，宮裡的小太監正等著呢。

劉七巧才想上馬車，那簾子一掀，原是容嬤嬤坐在了裡面，見了她便道：「幾日不見，像個大家少奶奶了。」

兩人一前一後上了車，劉七巧這才跟容嬤嬤寒暄了幾句，隨後便問道：「梁妃娘娘怎麼這會兒就有動靜了?按時日可不還要有兩天?」

容嬤嬤點了點頭道：「原本是還要有幾天的，可今兒蕭夫人帶著幾位小公子進宮玩耍，娘娘羨慕蕭夫人一連生了五個小子，便挺著大肚子出去陪了一會兒，誰知到了晚上竟然就破水了，可就是不見陣痛，這才請了杜太醫留下照看。杜太醫說破了水只怕就要生了，正要熬一碗催產的藥給娘娘喝下去，奴婢剛出宮的時候那藥才熬上，這會兒怕是要喝到口了。七巧姑娘這會兒進宮，可不正巧趕上給娘娘接生了。」

劉七巧聽到這裡，也總算放下了一顆心。算不得是什麼大問題，小梁妃懷的是雙生子，到了最後這幾天難免有個提前，只要不是因為外力造成的早產，那都不是問題。

「嬤嬤放心，梁妃娘娘吉人天相，一定會安然為皇家開枝散葉的。」劉七巧安慰了幾句容嬤嬤，又問了太后娘娘的身子。

容嬤嬤笑著道：「太后娘娘如今身子可是好了，那義肢用得也方便了，平常還經常鬧著往御花園走走，還不肯坐鳳輦。我經常笑話她，有腿的時候懶得一步也不肯多走，如今少了一條腿了，反倒勤快起來了。」

馬車過了護城河，便到了皇城的範圍，速度也比方才慢了很多，遠遠卻看見一輛馬車正停在門口，跑腿的男人從馬車上跳了下來，正在和守門侍衛說話。

守門的侍衛見是宮裡的馬車回來了，急忙迎了上來，單膝跪地地迎接。容嬤嬤拉開簾子瞧了一眼道：「這是哪家的馬車？這麼晚在這邊候著做什麼呢？」

那人見來了一個頂事的，急忙往容嬤嬤的馬車前面湊了湊道：「這位貴人，奴才是蕭將軍府上的管家，今兒兩位小少爺從宮裡回去之後，五少爺發起了高燒來，夫人請了寶善堂的大夫去看，說是得了小兒痲疹，這會兒讓奴才進宮通報一聲，順帶問幾位主子安，還有白天跟著小少爺一起玩的三皇子、四皇子，也不知道怎麼樣了。」

容嬤嬤是過來人，聽了這來人的話便沈了聲音道：「知道了，你先回去告訴蕭夫人，宮裡已經得到消息了，我這就往兩位娘娘那邊通報過去，若是兩位皇子沒事，自然是最好的。」

那管家大約也是在宮門口等了好一會兒了，這會兒總算是鬆了一口氣，謝天謝地道：「多謝這位貴人，這大晚上的，門口也不讓人往裡頭遞消息，奴才急得都快成熱鍋上的螞蟻了。」

容嬤嬤笑著道：「無妨，你回去回了你家主子，讓她好好看護小少爺，若是外面的大夫瞧了不見好，就往宮裡來傳太醫。」

那管家點了點頭，謝過之後才上了馬車，喊車夫急忙趕了馬車回去。

容嬤嬤拿了權杖出來，對看門的守衛吩咐道：「太后娘娘懿旨，直接把馬車駛去錦樂宮。」

第一百零九章

皇城裡各處雖然也點著燈，但畢竟住的人不多，有些陰森森的，到了嬪妃集中居住的地方，才算是感覺有了些人氣。

馬車在宮道上駛得慢，劉七巧挑開簾子一看，幾個宮女沿著宮道邊慢慢走著，見了馬車都低下頭，各自迴避。

錦樂宮裡，這會兒正是燈火通明。杜若扶著劉七巧從馬車上下來，見宮門打開，裡頭的宮女各自忙碌，幾個年長的老嬤嬤也在大殿門口探頭探腦，一排的太監們跪在門口，口中唸唸有詞。

容嬤嬤帶著劉七巧和杜若進去，早有宮女迎了上來道：「娘娘才喝下了催產藥，這會兒剛開始疼，方才敏妃娘娘又派人過來把杜太醫喊了過去，說是四皇子發起高燒來了。」

容嬤嬤一聽，心裡咯噔了一聲，想起方才的事情來，連忙問道：「太后娘娘在裡面嗎？」

那宮女道：「太后在裡頭，方才皇上來了，這會兒也去敏妃娘娘那邊了。」

容嬤嬤忙疾步而行，把劉七巧和杜若都帶了進去，見了太后娘娘便開口道：「太后娘娘，方才蕭家的人來宮裡送信，有一位小公子在出宮之後便發起了高燒，大夫說是痲疹，他們正著急進宮傳話，讓宮裡人好好照看三皇子和四皇子。」

太后娘娘一聽，嚇了一跳，從紅木嵌螺鈿大理石扶手椅上站了起來。「不得了，趕緊去看看蕭妃那邊的三皇子有沒有什麼事情？敏妃那邊，也趕緊派了人去傳話，說景陽宮的人從現在開始一律不准出來，以免時疫蔓延。」

正說著，房內傳出梁妃娘娘的呻吟，大抵是陣痛越發明顯了起來。劉七巧見過了太后娘娘，便進了房裡去瞧梁妃娘娘，見她已開了六、七指的光景，想來那藥效是不錯的，只是這樣痛得就越發厲害了點。

邊上還有幾個穩婆正候著，見梁妃叫得高，便勸慰道：「娘娘忍著點，這會兒還沒到生的時候，別喊得沒了力氣，一會兒使不出力道來。」

宮裡沒有產床，只將人放在大炕上，在樑上面左右懸了白練下來，讓產婦抓在手中使力。梁妃娘娘陣痛的時候便忍不住雙手抓緊了那白練，扯得房樑都嘎吱嘎吱地響。

劉七巧見她這樣，一會兒定然沒有力氣生孩子，她這是雙生子，可是要費兩次力氣，這會兒不積蓄著點力氣，一會兒可是要受苦的。

「娘娘疼的時候別一味咬牙使力，稍微試著深呼吸，實在疼緊了，就加快呼吸的速度，別把力道都在這時候憋沒了。娘娘這一胎是雙生兒，一次可是要受兩次的苦。」

劉七巧說著，伸手摸了一下小梁妃的胎位，還好胎位倒是很正，兩個都是頭位，一會兒若是指揮得當，應該也不會太難。畢竟之前宮裡知道小梁妃是懷了雙生子之後，飲食上面也稍作了控制。

小梁妃見劉七巧來了，一顆心也安定了下來，抓住劉七巧的手道：「七巧，妳可一定要幫我、幫我為皇上誕下麟兒……啊……七巧，有沒有……什麼辦法，可以……可以不要那麼疼……」難得有什麼事情，能讓一向嫻淑溫婉的小梁妃也哭得全無形象，拽著劉七巧的手請求。

「娘娘，這世上就沒聽說過不疼能生孩子的，一會兒您生得快一點，疼的時間就可以少一點。」劉七巧說著，又伸手進去為小梁妃測了一下開指的程度，朝著穩婆點了點頭，道：「可以讓娘娘準備發力了。」

又一陣陣痛襲來，小梁妃哭得梨花帶雨，又不能忘了用力，幾下就沒了氣力。劉七巧搖了搖頭道：「娘娘，千萬不要再哭了，一哭就容易洩氣，一洩氣孩子就下不來。記住，一定要憋住一股氣，等孩子下來了再哭也不遲啊！」

小梁妃心裡也覺得冤枉，可偏偏這一疼，她就忍不住想哭，似乎哭能緩解一下疼痛。劉七巧想了想，從宮女端著的盤子裡拿了一塊乾淨的汗巾遞給小梁妃道：「娘娘，咬著這個再用力，千萬不要鬆開。孩子都露頭了，再縮回去，您方才的力氣就白用了！」

錦樂宮裡，小梁妃正竭盡全力給皇帝生孩子，景陽宮中，敏妃哭哭啼啼地擦眼淚，看著杜太醫給四皇子施針。

原來方才四皇子高燒不退，又驚厥了一回，把敏妃娘娘嚇得兩腿發軟，整個人差點掛在了皇帝的身上倒下去。倒是皇帝安慰道：「愛妃妳不用害怕，有杜太醫在，孩子定然會沒事的。」

敏妃自責道：「都是臣妾的錯，今兒天氣不算太熱，蕭妃姊姊家的嫂子帶著孩子進來玩，我想著宮裡孩子不多，倒是把孩子憋悶得慌了，便也跟著出去玩了一會兒，誰知晚上回來就病倒了。」

敏妃這邊正拿著帕子壓了壓眼角，外頭從錦樂宮來給太后娘娘傳話的人道：「太后娘娘有懿旨，景陽宮從現在起，閒雜人等不得出入，閉宮防止時疫外染。」

敏妃聞言，愣怔怔地拉著皇帝的袖子道：「皇上，四皇子怎麼會得時疫呢？這杜太醫還瞧著呢，並沒有說是什麼病症，太后娘娘這是要做什麼呢？」

那傳話的太監聞言，小聲回道：「回敏妃娘娘，這是剛從宮外回來的容嬤嬤給太后娘娘帶的話，說是方才在宮門口遇上了蕭將軍家的下人進宮遞的消息，今兒進宮來玩的蕭家五少爺一回去就發起了高燒，大夫說是痲疹。」

敏妃一聽，嚇得整個身子都軟在了皇帝的身上，看著躺在床上的小娃，吸鼻子哭道：「我的孩子……我的孩子……」

皇帝冷著一張臉，靜靜聽完太監的話才開口道：「朕知道了。梁妃那邊如何了？」

「梁妃娘娘這會兒已經開始生了，估摸著也快了，因是雙生子且又是第一胎，大抵比平常生產多一些時辰。」

皇帝聽完，安撫了一下懷中的敏妃，開口道：「皇兒若真的是麻疹，妳自己也要注意身體，不要太過接近，這種病是會傳染的。」

敏妃忍住了哭泣，從皇帝的懷裡站穩了，半跪著行禮道：「皇上龍體要緊，還請皇上先回去梁妃妹妹那邊吧，四皇子有杜太醫照應，應該不會有大礙的。」

皇帝見敏妃哭得梨花帶雨，偏生還勸慰自己離去，心中雖有委屈卻不敢直言，心下一軟，將人扶了起來，摟在懷裡安慰道：「這有何妨，朕小時候也得過麻疹，如今不還是好好的嗎？」

杜太醫給四皇子施針完畢，又放血降溫之後，在一旁的銀盆中淨了手，道：「娘娘不要太過擔心，麻疹只要控制得好也能很快痊癒的，微臣這就去太醫院為四皇子熬藥。」

皇帝點了點頭，吩咐道：「派一個人跟著杜太醫過去，一會兒直接拿了藥到景陽宮熬藥。從今日起到四皇子痊癒，景陽宮所有人，沒有敏妃的旨意不得隨意出入，聽明白了嗎？」

一屋子的奴才立馬跪地接旨，敏妃擦了擦眼淚，跟著一起跪下。皇帝看了一眼躺在床上的兒子，本想伸手摸一摸的，可一想待會兒還要去看為他生子的梁妃，便忍住了，握拳轉身道：「擺駕錦樂宮。」

敏妃娘娘看著皇帝離去的背影，心裡自然也是有些怨言，可畢竟錦樂宮裡的也是皇帝的女人和孩子，她就算心裡吃味也只能認命。

劉七巧這邊進度倒是不慢。梁妃自從聽了劉七巧的勸告咬住了那汗巾之後，使出的力道倒是比方才大了很多，眼看著胎兒的腦袋已經從小梁妃的下身冒了出來。可惜她這一胎是雙生子，裡頭還有一個，劉七巧不便用蠻力把孩子壓出來，生怕傷了腹中另外一個孩子，便開口道：「娘娘，您再使一把力，再一把力，孩子就出來了！」

梁妃原本是有些力竭了，聽劉七巧這麼說，便咬緊了牙，額頭上青筋暴露，樣子都猙獰可怕了起來。

孩子將要出來的時候，外頭太監拉著嗓音報唱道：「皇上駕到！」

梁妃一聽皇帝來了，頓時就跟打了強心針一樣，咬著牙長長哼了一聲，小孩子的腦袋便被她給擠了出來。

劉七巧接住孩子的頭，順著產道往外一捋，嬰兒的小身子便滑溜溜地出來了。

「恭喜娘娘，是個皇子！娘娘，妳為皇上生下了五皇子了！」劉七巧高興地報喜，一屋子的奴才亦都跪了下來賀喜，梁妃伸著胳膊想要看看孩子，無奈又一陣疼痛襲來，只能又拉住了白練，搖頭道：「還……還有一個！」

說話間，穩婆已經把孩子洗乾淨包裹了起來，抱到外面給太后娘娘和皇帝看了。皇帝看了這孩子，一時想起了兩年前去世的梁妃，心裡覺得鬱悶難當，又想起小梁妃平常溫柔小意，和她姑姑一樣是善解人意的品性，便開口道：「傳朕的口諭，封梁妃為梁貴妃，五皇子滿月之日一同冊封。」

外面又是一屋子奴才跪著謝恩，裡頭的小梁妃聽說自己被晉升為了梁貴妃，一時間又是一劑強心針，憋住了力氣做最後一次用力，終於又把第二個孩子給生了出來。

劉七巧將孩子分娩出來一瞧，頓時高興道：「是個小公主，梁妃娘娘為皇上生了一對龍鳳胎！」

這話音剛落，一屋子的奴才頓時又跪了下來，開口道：「恭喜梁貴妃為皇上生了一對龍鳳胎！」

穩婆接了孩子，劉七巧為梁貴妃娩出了胎盤，在一邊淨了手。

外頭的杜若聽說梁貴妃母子平安，還生了一對雙胞胎，也是鬆了一口氣。大梁妃的死是杜家心中的一個結，一屍兩命不算，還死了杜家的一個穩婆，實在不能不讓人心驚。所以杜若雖然知道劉七巧這次不能推卻，心裡卻還是懸著，直到方才那一刻才算是真正落了下來。

劉七巧安撫完了梁貴妃，出去向太后娘娘回話。她方才也一直懸著心，這會兒放鬆下來，覺得身子輕飄飄的，見了太后娘娘便先福了福身子道：「七巧幸不辱命，梁妃娘娘福星高照，為皇上生下了一對龍鳳胎。」

皇帝難得一次得了兩個寶貝，從未這樣開心過，左右抱著一男一女兩個嬰兒，抬頭瞧了一眼劉七巧道：「妳就是那個叫劉七巧的？妳說妳想要什麼，朕都賞妳！」

劉七巧想了想，眼前卻也沒有什麼要皇帝賞的，便開口道：「皇上既然有這個恩典，七巧可不可以記在帳上，等哪日七巧想起來了，再向皇上討這賞賜？」
皇帝這會兒正樂，點頭道：「好，朕就准了妳，妳回去好好想一想。」
太后娘娘見皇帝許久沒這樣開懷大笑，也算老懷安慰，想起自己一年前差點諱疾忌醫，丟了性命，又不由多感激了劉七巧一些，開口道：「皇上賞的那是皇上的，哀家也要論功行賞。今兒給梁妃接生的穩婆每人一百兩銀子，另賞劉七巧幾箱上好的雲錦、兩對玉如意，再一副前朝崔國手的送子觀音圖。」太后娘娘說著，便繼續笑道：「聽說外頭街巷上的人都說妳是送子觀音，這一幅畫哀家一早就想賞給妳了，正巧趁著這個機會，妳一併帶回去吧。」
劉七巧見盛情難卻，也只有笑著領賞的分了。
又過了一會兒，蕭妃娘娘那邊傳了話過來，說三皇子身子並無異樣，蕭妃怕有變數，也已經關了宮門，不讓宮人們隨便出入了；又命人去太醫院領了艾草，熏艾消毒。
這一晌忙亂後，再看時辰，都已經過了丑正了，皇帝得了龍鳳胎，興高采烈的，正在裡頭和梁貴妃閒聊。容嬤嬤見了，上前勸道：「皇上，這會兒都三更了，娘娘才產下小皇子小公主，您好歹讓她先歇著點。」
皇帝雖然貴為天子，畢竟也是人生父母養的，遇到這種事情還是發自內心的高興，道：「朕知道了，再陪瑩兒一會兒朕就回去了。明兒一早定然是有群臣朝賀的，朕方才走得急，御書房還有幾封奏摺還沒批閱，今天剛得到的消息，雲南邊境剿匪大捷，今兒梁貴妃又為朕誕下麟兒，大雍真是雙喜臨門。」

太后娘娘畢竟年紀大了，坐了一晚也有些乏了，便開口道：「都散了吧，梁貴妃需要休息，我們別吵著她。月子若照顧不好，會落下一輩子的病根。」太后娘娘說著，又瞧了一眼劉七巧和杜若，蹙眉道：「天色不早，不如你們倆就在宮裡歇下，明兒一早再出去吧？」

杜若是外男，斷然沒有歇在宮裡的說法，便是太醫院那也是在宮外的一處住所，不然外男在皇帝的後宮隨便亂跑，皇帝的每個孩子真是要滴血認親了。

「多謝太后娘娘的美意，奴婢跟杜太醫還是回去較好，一來，出門的時候也驚動了老太太，怕老人家等著倒是不好了。二來，這會兒宮女太監們也累了一天了，還要為我們準備廂房，倒是又累著他們了。」

太后娘娘點了點頭道：「妳說得不錯。容嬤嬤，拿我永壽宮的權杖給她。」

劉七巧接過太后娘娘的權杖，放在掌中輕輕撫摸了一下，笑著問道：「太后娘娘這權杖有什麼用？是不是跟話本裡頭寫的免死金牌一樣，以後七巧若是犯了錯，皇上都動不得我？」

太后娘娘就喜歡劉七巧這張巧嘴，笑著道：「哀家這權杖可比不得皇上的免死金牌，不過見權杖如見太后，若是以後有人敢對妳不敬或欺負妳，妳倒是可以拿出來嚇唬人。還有一點，妳有了這個就可以自由出入皇宮，以後我召妳來，也不用每次讓容嬤嬤去請了。」

劉七巧聞言，笑著從袖中取出了絹帕，把權杖包好了放起來。「這樣好使的權杖，我可要好生收著了。」

第一百一十章

兩人出了錦樂宮，半夜的涼風吹得劉七巧一個激靈。

他們出來的時候天氣還有些悶熱，自然沒想到這後半夜竟這般冷，一時間劉七巧也沒什麼睡意，抬頭看見漫天繁星點點，半片上弦月掛在西邊，照得宮裡的青石板宛如上了一層銀光。

劉七巧伸手牽住了杜若的手，兩人並肩走了幾步，身後揹著藥箱的小太監也不敢靠近，遠遠在後面跟著。

「太醫院什麼樣子，你能帶我參觀一下嗎？」這會兒過了睡覺的時辰，劉七巧反倒精神奕奕，便想央著杜若帶她去太醫院瞧一瞧。

杜若想起杜二老爺還在太醫院值夜，點頭道：「也行，帶妳去參觀一下，不過太醫院並不在宮裡，我帶妳出去吧。」

兩人順著宮道往太醫院走，一路上安安靜靜的，穿過御花園的時候，幾盞忽明忽暗的燭火在風中搖曳。小太監這會兒很識相地在前面領路，將兩人帶到通往太醫院那邊的宮門口，這才道：「杜太醫，奴才就送到這裡了。」

劉七巧跟著杜若穿過了一條窄巷子，才看見前頭開闊處有一座二層樓的建築，二樓的陽臺上掛著鎏金牌匾，上書「太醫院」三個大字。這會兒整個太醫院燈火通明，杜若上前，就看見平日在太醫院當值的太監迎了上來。

「小杜太醫也來了呀？杜太醫方才又去了景陽宮一趟，四皇子又燒了起來，敏妃娘娘那邊又來請人了。」

杜若跨步進去，見另外兩位太醫也在，便招呼道：「陳太醫，四皇子的病你去瞧過沒有？」

陳太醫捋著鬍子道：「四皇子平素就體弱多病，這次又高燒驚厥，若是病情惡化，實在不容樂觀啊！」

皇帝剛剛才得了一兒一女，事情不會那麼倒楣吧？劉七巧蹙眉問杜若道：「這種病真的很厲害嗎？我瞧著討飯街那一對孩子，吃了你的藥似乎快好轉了。」

杜若擰眉道：「四皇子從小體弱多病，藥不離口，很多藥對他已經沒有什麼用處了，但願二叔開的藥能對他有作用，不然只憑針灸，很難痊癒。」

杜若因為掛念著杜二老爺，所以打算在太醫院等一會兒，劉七巧便有幸參觀了一回古代的國家醫館。為了防止中藥受潮變質，整個太醫院的二樓是一個大藥房，杜若領著劉七巧上樓，穿梭在一排排放著藥材的櫃子中間，忽然想起一件事情來，拉著她的手走到左邊第三排的一個櫃子前，搬了凳子上去，打開一個小櫃子，從裡面拿出一小片的藥材來低頭聞了聞。

「今年太醫院的某些藥材是幾家藥房一同供應的。我記得牛蒡好像就是安濟堂的貨色，方才聞了一下，味道和品相都是對的，這麼看來，安濟堂店裡賣的牛蒡和給宮中御用的牛蒡定然不是一樣的貨色了。」

劉七巧心道：御用的東西要是敢偷工減料，簡直不要腦袋了！安濟堂的人再傻，也不會做這樣的傻事。

「大郎，難道我們家店裡賣的藥材和給皇上用的是一樣的？」雖然知道杜家是老實商家，可未必會老實到這個程度，劉七巧還是裝作不知情地問了一句。

杜若點了點頭道：「所有的藥材都是二弟在產地收的同一批貨，品相差別不會太大。我們讓夥計優先挑選了最上乘的送到太醫院，且今年幾個藥材產地收成都不錯，原先我們寶善堂御用的幾個藥莊都比去年增加了一成的收成，沒道理就安濟堂的藥材出了欠收的狀況。」

其實說到這裡，杜若心裡已經明白了幾分，但是作為一個醫者，賣假藥那是謀財害命的事情，他實在不敢想像安濟堂的老闆會做這種事情。就說上次的事情，那也不過是催產湯的藥方出了問題，身子不好的孕婦吃了容易出事，雖然後來不能賣那個方子了，可後來杜若聽說安濟堂又推出了一個什麼催生保命丸的方子，幸虧大抵是調整了方子，最近倒是沒聽說出什麼事情。

劉七巧卻是一下子聽出了杜若的言外之意，蹙眉道：「你是說安濟堂賣假藥？」

杜若連忙搖了搖手道：「這話不能亂說，只是也不排除有這個可能。」

當初安濟堂強勢進入京城的時候，杜若就覺得這家店大概背景不錯，不然兩年之內能廣開分號，並且能在太醫院和杜家的寶善堂分一杯羹，這可不是一般人做得到的。只是採買藥材乃是禮部的人經手，因為杜二老爺是寶善堂的人，這件事情他通常是避嫌的，太醫院這邊一向也由副院判負責這項事務。杜二老爺只在禮部和副院判選好了各家採買的藥材數量之後，才會看一下冊子，以示通曉。

劉七巧想了想道：「相公，他家若是賣其他假冒偽劣產品也就罷了，可他家賣的是假藥，今天爹說有十戶人家上寶善堂來抓小兒麻疹的藥，那定然還有其他人家是去了安濟堂抓這藥，而且從平沙路分號那邊看來，明顯安濟堂的藥比寶善堂便宜，只怕去安濟堂抓藥的人還更多。倘若他賣的是假藥，那這些孩童的病情豈不是被安濟堂給耽誤了？」

杜家幾百年的家業，從來都是本分做生意的，對於競爭對手也是採取保守的自衛姿態。幸好杜家家學淵博，幾個傳人醫術了得，一直在太醫院擔任院判職位，不然像他們這樣老實地做生意，怕還真被那些奸商給整垮了呢！

杜若覺得劉七巧說得有道理，且不說這一副藥裡面有幾樣假藥，別的藥裡頭更是不知道了。有一些名貴藥材，失之毫釐，藥效也會差之千里。「不如這樣，趁著如今這小兒麻疹尚未蔓延，寶善堂推出一款特價藥，這樣那些病患家屬自然會選擇寶善堂來抓藥，如此也好讓那些病患早日康復。」

救人如救火，為今杜若這個辦法也算是可行的，不過要是能抓住了證據，再次告發安濟堂賣假藥，狠狠懲治一下那個老闆，才能算是上上之策。劉七巧暗暗想了想，心裡已經有了對策。

此時已經到了四更天，杜二老爺從景陽宮出來。他雖然平常生龍活虎，但畢竟也是四十歲的人了，難免看上去有些倦容。杜若見了，去平常他們辦公的地方給杜二老爺沏了一杯參茶。

杜二老爺揉了揉太陽穴，接過杜若的參茶，見劉七巧也站在一旁，笑著問道：「姪媳婦，這太醫院如何？」

劉七巧煞有介事地看了一圈，嘴角微微上揚，問道：「二叔，古往今來，有沒有女太醫入太醫院的？」

杜二老爺就喜歡劉七巧這樣直抒胸臆的豁達，笑著道：「女太醫倒是沒有，不過前朝有個醫女也算是小有名氣，對婦科雜症略有研究，只是因為不在民間，所以史料上未有記載，我也是在翻看太醫院札記的時候才知道的。」

杜二老爺說著，喝了一口參茶，接著道：「不過依我看，她還沒有妳的本事。聽說妳今兒又立了大功，我在景陽宮給四皇子施針的時候，就聽見外頭太監說梁妃娘娘為皇上生了一對雙生子了。」

一般人都喜歡聽人讚美，劉七巧也不例外，笑著道：「二叔，梁妃如今已是梁貴妃了。」

杜二老爺喔了聲，又道：「這麼晚了你們還不回去，是打算在太醫院當值了？」

杜若打了一個呵欠，看看外面天色已經微微泛白，開口道：「大半夜地回去，驚動了老太太也不好，索性跟二叔一起回去罷了。」

劉七巧也跟著打了一個呵欠，揉了揉眼睛道：「方才還不睏呢，這會兒卻又睏了起來，果然這瞌睡蟲也會傳染的。」

太醫院裡這會兒大多數人也都困頓了，趴在各處打盹，呼嚕聲此起彼伏。杜若帶著劉七巧上了二樓樓梯後頭的一個小房間裡，裡面放著一張躺椅，邊上是摺疊得整整齊齊的一方錦被。

「這裡是我和二叔值夜時候小憩的地方，妳將就著睡一會兒。」

「那你呢？」劉七巧打著哈欠，看看那躺椅，只夠一個人睡的。

「我去隔壁的藏書間拿幾本書看一下，一會兒就天亮了。」杜若說著，抱著劉七巧放到躺椅上去，替她蓋好了被子，自己到外頭找了一本書，靠在門口一邊看書一邊為劉七巧把風。

約莫又過了一個時辰，天才亮了起來，不過離下一批太醫來應卯的時候卻還有一會兒。劉七巧睡了片刻，覺得精神好了很多，睜開眼看見杜若坐在地板上，靠著門口，手裡還拿著一本醫書，已經睡沈了。

她躡手躡腳地起來，將身上的錦被為杜若蓋上。走到樓下，見杜二老爺還在那邊寫醫案，一邊寫，一邊捋自己的鬍子，眼看著鬍子都要被捋下去幾根了，劉七巧才忍不住問道：

「二叔，你在做什麼？愁眉苦臉的。」

杜二老爺見劉七巧下來，請她在身邊的椅子上坐了下來，上下打量，職業病發作道：「七巧，把手伸出來，讓老夫給妳測一測。」

劉七巧頓時覺得有些心虛，這幾日就連綠柳都看出她腎虛了，讓杜二老爺這一把脈，豈不是更丟人？

劉七巧伸出手放在一旁的藥枕上面，問杜二老爺道：「二叔，你能靠把脈知道一個女子為什麼不受孕嗎？」

杜二老爺略略皺眉，眸子轉了一圈，搖頭道：「不能說能，也不能說不能，不過……」

「不過什麼？」劉七巧好奇問道。

「不過七巧，妳這個月的月信還沒有來吧？」

劉七巧頓時嚇出一身冷汗，手腕都抖了幾下。有些不可置信地看著杜二老爺。她和杜若結婚才三天……三天怎麼可能會有寶寶呢？可是——劉七巧猛然回想起來，她這個月的月信確實沒有來，按照正常情況，應該就是這兩天的！

「二叔，你說……我會不會有什麼問題？」她這會兒想死的心都有了，就因為覺得自己這幾天臨近月信，應該是安全到不能再安全的時期，才會讓杜若這樣肆無忌憚地開葷，別說自己這麼倒楣，這都能中啊！

杜二老爺捋了捋山羊鬍子，故作高深地挑了挑眉梢。「妳猜？」

劉七巧一臉苦相，滿臉鬱悶地搖了搖頭。杜二老爺鬆開劉七巧的脈搏，一臉胸有成竹道：「不出六個時辰，妳的癸水就會來了。」

劉七巧如臨大赦道：「二叔，你真厲害，我對你的敬仰猶如滔滔江水連綿不絕，又如黃河氾濫一發不可收拾……」

杜二老爺被劉七巧的貧嘴給逗樂了，清了清嗓子道：「沒規矩，這是入門而已，大郎的把脈功力也已經爐火純青了，如今他欠缺的就是經驗而已。」

劉七巧往二樓偷偷瞟了一眼，笑了笑道：「二叔，大郎正是一個讓人敬佩的醫者。我以前想像的太醫，動輒出入王侯公府，沒有皇上的旨意，一般不會給平常人看病，直到遇上了大郎，才知道原來你們當太醫的也可以這樣平易近人。」

杜二老爺瞥了一眼劉七巧，搖頭道：「看看，一口一個大郎，情人眼裡出西施吧，怎麼也當得跟小媳婦一樣？」

劉七巧見杜二老爺故意取笑自己，笑著耍貧嘴道：「二叔，我現在就是個小媳婦呀！」

杜二老爺三個閨女，如何不知道閨女撒嬌的厲害，笑著道：「天亮了，快喊了大郎，我們一起回家吧。」

馬車在路上行駛了片刻，便到了杜府門口。

杜二太太一早就去福壽堂請安，被杜老太太趕到了門口等著杜二老爺回來，見一行三人進來，急忙迎上來，瞥了杜若和劉七巧一眼，上前扶著杜二老爺問道：「怎麼樣？梁妃娘娘生了嗎？」

「皇上大喜，生了一對龍鳳胎。這回七巧總算找回了我們杜家的面子，梁妃母子三人都平安無事。」杜二老爺雖然平時看著有些散漫，但對醫術方面是很重視的，劉七巧這次力挽狂瀾，讓小梁妃順利生下了一對龍鳳胎，不光對皇帝，就是對杜家都是一件有意義的事情。

杜二太太心裡卻有些不屑，生孩子還不是人人都要生的，雖說是有不慎出些意外的，也不至於每次都讓杜家碰上，劉七巧無非也就是運氣好些罷了。

可偏偏劉七巧的運氣就是好，她也沒轍。

「二叔過獎了，梁貴妃這一胎都二叔調理的，她年輕，底子本就不錯，再加上二叔的調理，這一胎雖然是雙生子卻有驚無險，還是二叔的功勞。」劉七巧瞧見杜二太太臉上似乎有那麼些不待見的神色，便笑著打圓場。

第一百一十一章

劉七巧畢竟剛過門，不知道杜二太太和自己有什麼齟齬，只是聽說去年杜若犯病，就是因為她話多才造成的，她心裡倒是摸不清楚杜二太太安的什麼心思？是真的要幫她和杜若，還是想搞砸了看笑話？這幾日進門到現在，她平常也是臉上堆笑的，唯獨方才才露出了一點不屑的神色來。

杜二太太見劉七巧誇起自己男人，心裡也不免受用了些，臉上又透出了笑。「老太太說了，不必過去向她請安，我已經在院裡準備好了熱水和早膳，你洗一洗先睡一覺，畢竟也是四十上頭的人了，不能再這樣熬著了。」

杜二太太其實心裡還是有杜二老爺的，想想洞房初見的時候，她自己也沒想到，這樣芝蘭玉樹一樣的人物會成為自己的男人，所以後面幾年即便感情淡了，他一個個地納妾，杜二太太也沒說什麼。

杜二老爺點了點頭道：「妳一會兒還要管家務，不用忙我的事情，我一會兒去蘼蕪居小睡一會兒，也省得妳脫不開身。」在杜二老爺的心裡，明顯杜二太太喜歡管家更勝過自己，於是還是跟以前一樣吩咐道。

杜二太太臉上有些鬱憤之色，卻沒表露出來，扶著他不說話，但劉七巧全部都盡收眼底了。

「二叔就在二嬸那邊歇著好了，二嬸那邊有熱水、有早膳，二叔洗乾淨了跑別處睡去，不知道的，還以為二嬸沒服侍好你呢。」

杜二老爺聽了，覺得也是個道理，不過就是睡一覺而已，又沒說要自己提槍上陣，便應了道：「行吧，今兒就在正院歇著。」

杜二太太臉上果然露出一些淡淡的笑。

劉七巧倒不是故意想幫杜二太太，只是覺得杜二太太生活在杜家也委實不容易。杜老爺只有杜大太太一個夫人，可偏偏杜二老爺有四個美妾，她雖然是正妻，奈何不光容貌比不上那四個妾，連品性似乎也是不如她們，多虧那四個妾不是有心眼的，不然要是在後宅裡頭鬧出點風浪來，怕杜二太太未必是她們的對手。

杜若和劉七巧回了百草院，茯苓早已經命小丫鬟打了熱水過來。杜若拉著劉七巧去洗，她卻斷然不肯，唯恐杜若又想那種事情。上回兩人戲水了一回，弄得滿地都是水，丫鬟們進來時臉都紅了，幸好劉七巧睡著了不知道。

劉七巧打了一個呵欠，去淨房小解的時候，竟然發現大姨媽來了。杜二老爺果然是神人，預測這般準確。她熬了一宿，身上又不爽利，洗了一把臉就睡了。到中午醒來的時候，身上覺得虛得很，不過到底沒以前那樣疼，杜若給她配的調理中藥，斷斷續續下來她也喝了近一年，如今來癸水，倒是沒有那麼痛過了。

劉七巧從床上起來，瞧見杜若正蓋著毯子在一旁的軟榻上看書，見她醒了，便喊了丫鬟進來吩咐道：「紫蘇，去廚房把小米紅糖粥端一碗來給少奶奶。」

紫蘇見劉七巧醒了，先上前拿了大紅色冰裂紋錦緞大迎枕給她墊上，見杜若吩咐下來，便開口道：「奴婢差小丫鬟過去看著了，好了就端過來，太太那邊正叫傳膳，問少爺少奶奶醒了沒有，要不要一起用一些？」

杜若想了想道：「妳去說一聲，我們就不過去了，妳也給我送一些清粥小菜過來，我吃一點就好了。」

紫蘇聽杜若這麼說，便要出去回話，才轉身就聽見杜若咳了幾聲。劉七巧在床上也聽見了，忙問道：「相公，你怎麼了？」

杜若擺了擺手道：「可能是昨夜受了點風寒，這會兒嗓子有些疼，我已經吃了幾顆丹藥下去了，睡一會兒就好了。」

劉七巧想起昨夜在太醫院，那小房間門口就是風口，杜若坐在那邊替自己把風，大抵是受了風，急忙從床上爬了起來，披上外衣去探了一下杜若的額頭。

「發燒了。」劉七巧一驚，沒來由就想起了痲疹，可轉念一想，杜大太太說杜若是得過痲疹的，沒道理自己的孩子生過的病也記不住，便稍微放下了心來，開口道：「你上床去睡吧，榻上冷，你瞧瞧，平日裡還笑話我身子不好，我看你還不是跟我一樣。」

劉七巧雖然數落了他兩句，終究是心疼的，扶著他上床，想了想又道：「你說個方子出來，我讓紫蘇帶出去，讓春生給你抓一副藥回來吃了才好。」

杜若點了點頭，唸了藥方出來，她坐在床下的案前寫好了藥方，交給紫蘇帶了出去，小聲交代。「別人沒問就不要多說了，省得弄得大家夥兒都知道了，不好。」

紫蘇拿著藥方出去，劉七巧又讓茯苓打了一盆冷水進來，要親自絞了給杜若冷敷，卻被杜若攔住了道：「妳癸水還在身上，別沾這些涼東西，讓茯苓來就好了。」

劉七巧擦乾了手道：「你就消停，睡一會兒吧，幾個人還伺候不了你嗎？」

杜若也是笑笑，大抵也是疲了，不多時就睡著了。茯苓鋪了軟墊子到一旁的軟榻上道：「少奶奶不如來這邊歪一會兒吧，坐著也累。」

劉七巧點了點頭，在軟榻上側臥著，看著杜若的側臉，問茯苓道：「平常他生病都是妳和連翹照料的？」

茯苓倒了一杯水，遞給劉七巧道：「可不是，我們十歲起就跟著大少爺了，那時候還有兩個姊姊，我們也不過是打打下手。聽兩位姊姊說，大少爺小時候身子更弱，輪到我們貼身服侍的時候，那都是我們的造化了。」她說著，笑道：「偏偏少爺還是一個不停歇的人，病著還念叨著醫書什麼的，我和連翹也不識字，又不敢勞煩老爺夫人，悄悄讓大姑娘幫忙給少爺去書房找幾本書看。」

「這麼說，大少爺和大姑娘的感情倒是不錯的了？」

「大少爺是獨子，小時候身子不好，不像二少爺從小就跟著大老爺到處跑，大少爺反而跟二老爺親近得多，自然跟大姑娘的感情也是好的。」

劉七巧笑了笑，又開口道：「妳們家大姑娘也要十五了，有人家了嗎？我初來乍到的，倒是不清楚這事情。」

茯苓是個老實人，這種事情別人不問她是絕對不說的，但劉七巧如今是她的主子，主子問什麼，茯苓自然知無不言、言無不盡了。

「二太太原先是看上了齊家的表少爺，一早就想著親上加親的，可誰知道去年殺出來一個姜姑娘，也不知道怎麼回事，被梁家看上了，說是要了去配給一個傻子。姜姑娘不從，就投河了，誰知道那天齊少爺正好來府上，給撞見了……」

劉七巧聽到這裡，後面的故事大概也就知道了。可她萬萬沒想到這心機深重的姜梓歆會投河，太不合邏輯了，萬一沒人救她，豈不是要香消玉殞？她正在這裡納悶呢，那邊茯苓繼續說道：「後來我聽說，原來姜姑娘是會泅水的，現在想想當日的情形，姜姑娘投水的時候，大少爺正巧從外面回來，若不是大少爺懂得避嫌，這會兒……」

茯苓說到這裡，便沒繼續說下去了，劉七巧卻是五雷轟頂一樣地從軟榻上直起了身子。「姜梓歆怕不是真投河，那齊少爺也不過就是一個替罪羊。」她說著，側頭看了一眼杜若，見他臉上微微潮紅，睡得正熟。茯苓也猛然醒悟，摀著嘴道：「少奶奶，您說姜姑娘她……」她下面的話沒說，悄悄指了指睡在床上的杜若。

劉七巧這會兒是真的對姜梓歆深惡痛絕到了極點。

「算了，他是個沒心思的，只怕自己還不知道呢，這話就我們心知肚明便好了，反正姜梓歆也嫁了出去，若是她好好過日子也就算了。」

茯苓點了點頭，又想起一件事來。「其實大少奶奶沒進門前，姜姨奶奶家的少爺說過了要搬家的，說在府上也叨擾了一年了，實在不好意思再住下去了，可正巧逢上個月是鬼節裡頭，姜姨奶奶說搬家不吉利，便不讓搬了。」

劉七巧默默聽著，又問道：「聽說姜家的少爺病著？」

「是病著，今年開春就病了，大抵是不適應這京城的天氣，本是想熬過了春試再好好調理的，可誰知道春試前就發病了，最後考是考了，但人是被別人抬出來的。出來的時候不省人事，二老爺救了好些日子才救回來，說是不能勞神了，如今就在梨香院養著。」

劉七巧小時候看過很多有關科舉的野史軼事，說科舉考試是非常痛苦的一件事情，很多人考著考著就瘋了，不然就是自殺了。

考過的人大抵都知道，科舉定然是要脫一層皮、少半條命。這姜少爺拖著病體還去考試，簡直是精神可嘉。不過他是姜家的獨苗，振興姜家的重任落在自己的肩頭，大概也只能用命去拚了。

劉七巧想了想，對茯苓道：「妳去我們院裡的小庫房裡拿三兩人參、三兩靈芝、三兩蟲草送過去，說我這幾日事情忙，等過幾日再去見過姜姨奶奶。」

茯苓應了要出門，劉七巧支著腦門又想了想，才道：「再拿幾疋素淨一點的料子送過去吧，這送禮好歹也要稍微平衡一點，不能光想著病人。」

沒過一會兒，茯苓已經把送往梨香院的禮物拿了出來放在外頭，進來請劉七巧過目。劉七巧披了外衣走到次間裡，見茯苓挑的眼色都是鴨蛋青、豆綠、雪青一類的顏色，倒適合寡居的人用，便點了點頭道：「妳和紫蘇一道送過去吧，順道也讓紫蘇認認人。」

兩人點頭應了，讓小丫鬟們端了禮物，引著一路往梨香院去了。

梨香院在杜府的西北角，說起來倒是和劉七巧之前在王府住的薔薇閣有些相似，都是獨門獨戶的院落，另有大門通到外頭街上，從杜家過去走的是後面的角門。平常府上的人同姜姨奶奶家也沒有什麼來往，只有杜老太太閒著無聊的時候，會請丫鬟去把姜姨奶奶喊過來閒話家常。杜老太太如今娘家的兄弟也去世了，剩下姜姨奶奶這一個親姊妹，又住在自己家，自然是捨不得讓她走的。

姜姨奶奶也不大想回去住姜家的老宅，姜家的老宅在離杜家大約三條街的地方，有好幾處院落都已經外租給了別人住。姜家如今不比往日，住在杜家又不要出房租，自己家租出去又能有一份收入；若是自己住回去，免不得龍蛇混雜地住著，這份收入也沒了。姜姨奶奶前思後想的，還是覺得住在杜家清靜，且姜梓丞現如今還病著，這延醫抓藥的，去哪兒也沒住在杜家方便，所以雖然姜梓丞想回去姜家老宅，可姜姨奶奶卻沒有同意。

姜梓丞想回去姜家祖宅，其實也是有落葉歸根的意思。他祖父和父親都是在江南死的，雖說南邊也是他們家，但畢竟有些客死異鄉的感覺。他自從知道自己科舉失意之後，整日悶悶不樂，小病也逐漸釀成了大病，整個人都消瘦了下來。杜二老爺雖然是太醫，可也是醫得了病、醫不了命，讓姜姨奶奶和沈氏不要拘著姜梓丞，萬事都隨他的心情，等心情好了，病也自然就好了。

可越發是病榻纏綿的人，心思就越發重，再加上他讀了那麼多年的聖賢書，從來都是志在必得的，如今第一次春試就碰得鼻青臉腫，心裡更不是滋味了。

茯苓帶著紫蘇去了梨香院，輕輕叩了叩門，裡面便有一個小丫鬟迎了出來。這小丫鬟是去年姜家才買的，不過十來歲，見了茯苓也不認得，脆生生地喊道：「姊姊是從哪裡來的？我們家老太太帶著太太出門了，少爺一人在家。」

茯苓聽聞沒人也有些尷尬，她身後的丫鬟捧了一路的東西，叫人捧回去怕也吃不消了，便道：「我是大少奶奶院子裡的丫鬟，大少奶奶讓送些東西給妳家老太太、太太還有少爺，妳讓我們進去把東西放下吧。」

小丫鬟聞言，便開了門讓人進去，繞過小影壁，帶著往正廳走。茯苓見這院子一旁架著葡萄架，姜少爺正背著人躺在躺椅上頭，那風一吹，手邊的紙箋便飛一樣地飄了起來。他咳了幾聲，連忙用紙鎮按住了，但還是冷不防有幾張落到了院外。

姜梓丞扭頭道：「碧桃，去外頭把方才飛出去的紙撿回來。」

碧桃應了一聲，道：「少爺，杜家大少奶奶差人來送了東西，我讓她們先擱在正廳裡頭，紅杏姊姊正在為少爺熬藥呢，姊姊們來了，總也要喝口熱茶的，少爺先等一會兒，奴婢沏了茶，再給你把紙撿回來。」

原先這也沒什麼，小姑娘說的多少有點道理，可病著的人心思重，便動了怒火，喘著道：「我說的話妳也不聽了嗎？我說讓妳去撿，妳還不快去？」

碧桃哪裡知道一向溫文爾雅的少爺也會發火，急忙低著頭道：「奴婢這便去就是了，少爺何必發火？若是讓老太太、太太知道了，奴婢又要受罰了。」

茯苓見這裡亂糟糟的，也不想多待，放下了禮正要和紫蘇出門，卻見大姑娘身邊的丫鬟玉竹從外面迎了進來道：「姜家老姨太太在家嗎？」

第一百一十二章

玉竹見了茯苓，笑道：「怎麼妳也在這邊？」說著，回身對身後的人道：「姑娘，大少爺房裡的茯苓也在呢，想必姜家老姨太太也在家。」

玉竹的話音剛落，便見杜茵從角門處進來，手裡拿著兩張紙箋，小聲道：「從外頭過來，見地上飄著東西，便想大抵是姜表哥落下的。」杜茵說著，臉頰微微泛紅，將手裡的紙箋讓玉竹遞給了碧桃，又道：「我前幾日在妳們太太這邊學了一種時興的做荷包的方法，好不容易做一個出來，正打算拿過來給她瞧瞧，妳們太太在家嗎？」

「回姑娘話，我們老太太和太太今兒出門了，少爺在家。」

杜茵聞言，臉上又是微微一紅，稍微抬眸瞄了一眼姜梓丞，卻似乎帶著一些不捨，小聲道：「那既然這樣，我就先回去了。」

杜茵說著，也沒逗留，帶著玉竹就先走了。

茯苓見沒什麼事情，便又和碧桃閒聊了幾句，領著紫蘇和小丫鬟們也一起走了。

待茯苓走了，玉竹卻從牆根後探頭出來道：「姑娘，她們走了。妳方才為何偏要進去一回，讓她們瞧見了不好。」

杜茵鬱鬱道：「方才我們從那邊過來，正好跟她們順路，若是不進去，到時候她問起我們來，反倒不好說了，不如進去把話說全了再走，她們也就不疑心了。」

玉竹瞧了一眼杜茵，見自家小姐臉上浮著紅暈，知道了她的心思。作為丫鬟，她不好說話，只勸著道：「姑娘，那姜少爺的病也不是一天、兩天的，萬一好不了……」

杜茵見玉竹這麼說，恨恨瞪了她一眼道：「妳胡說什麼？我爹說了，姜表哥不過就是心思過重，焦慮成疾，且加上之前案牘勞形，沒有養好身子，才會一病不起的，這病是養得好的。大哥哥從小病到大，這會兒還不是好好的嗎？偏生他就好不了了嗎？」

誰知這話卻讓牆裡頭的人聽見了，隔著牆，站在葡萄架底下道：「好不了、好得了，又有什麼用呢？大丈夫沒有功名在身，如何成家立業？姑娘還是請回吧。」

杜茵一聽，一顆心涼了一半，哭著道：「我哪裡招你嫌棄，你這樣不待見我？」

姜梓丞沈沈咳了兩聲道：「妳沒有招我的嫌棄，是姜家對不住妳，妳原本是有一段好姻緣的，因我那妹子……」

姜梓丞說到這裡，又忍不住重重咳了幾聲，讓杜茵聽得都揪心了。

姜梓丞抬起頭對著牆外道：「姑娘的心思，我知道；可姑娘的情意，我領受不起。等過了中秋，我們姜家便搬出去，也好讓姑娘放下這樣的心思，好好尋個良人備嫁吧。」

杜茵這會兒是摀著帕子哭著一路奔了出去，可這杜府雖然大，卻沒有一個她能哭的地方，想來想去，也唯有杜若能懂她幾分心思，便擦了擦眼淚，往百草院去。

這會兒茯苓和紫蘇都已經回來了，茯苓便把方才的事情回稟了一番，又說遇見了杜茵。

劉七巧一邊低著頭喝粥，一邊道：「我聽說陸姨娘做得一手好繡活，三位姑娘的針線都是她教的，怎麼大姑娘還去請姜太太教針線呢？」

茯苓聽劉七巧這麼一問，倒是也有些奇怪了，想了想便道：「興許是什麼新的花樣，陸姨娘畢竟鮮少出門，可能沒有姜太太知道的多。」

劉七巧卻覺得肯定不是這個道理。她吃完了粥，進房摸了摸杜若的額頭，見他睡得安穩，燒也退了，便安心道：「妳們都下去歇一會兒吧，我一個人也不用人服侍。」

正說著，外面小丫鬟匆匆跑進來道：「少奶奶，大姑娘來了。」

茯苓這會兒也覺得奇怪了，方才大姑娘走在她們前頭，也沒說起要來百草院，這會兒又從她們後頭過來，倒是有些意思。

杜茵進來，見方才在梨香院見過的茯苓和紫蘇都在，稍稍平靜了一下心緒，環視了一圈，卻不見杜若在，便開口問道：「嫂子，大哥哥呢？」

劉七巧見她眼圈微微泛紅，便知道她定然是剛剛哭過，遣了紫蘇和茯苓下去，親自滿了一盞茶送到她跟前道：「怎麼了這是，難道是沙子迷了眼睛？」

杜茵接過劉七巧手中的茶盞，低著頭道：「讓嫂嫂看笑話了。」

劉七巧見她答得隱晦，笑著道：「我看笑話沒什麼，不能讓外頭人看了笑話去，知道嗎？」

杜茵原本就對劉七巧有幾分感激，聽她那麼說，便認定了她是和自己一樣的人，小聲問道：「大哥哥怎麼這會兒了還在睡覺？聽說昨兒你們去了宮裡一晚上，嫂子怎麼不再多睡一會兒？」

劉七巧見她心情稍微緩和了一點，便在她對面坐了下來。「我昨晚還歪了一會兒，他一宿沒睡，所以這會兒讓他多睡些，省得晚膳的時候老太太看著不精神。」

「嫂嫂真是心疼大哥哥。」杜茵說著又低下頭，想起姜梓丞的病，忍不住又擦起了眼淚。

劉七巧見她這般傷心的樣子，便知道其中必然另有隱情，小聲問道：「妳這樣子，怕不是沙子迷了眼睛吧？我聽妳大哥哥說，妳平素跟他感情極好，這會兒又急忙來找他，是不是有什麼事情要商量？若是有急事的話，我去幫妳把他叫醒，妳且等一等。」劉七巧正要起身，杜茵卻攔住了道：「也沒有什麼大事，同嫂子說也是一樣的，只是嫂子只可告訴大哥哥一人，斷不能讓別人知道，不然的話，我也沒臉見人了。」

杜茵抬頭瞧了一眼劉七巧，有些不好意思道：「嫂子還記得，去年在中秋燈會上，妳幫著解圍的那個姑娘？」

劉七巧聽她提起中秋燈會，才想起了那件事。「妳說的可是撞倒了一個孕婦的姑娘？」

杜茵點了點頭，臉色略略泛紅道：「那姑娘就是我，若不是嫂嫂出手相救，我這會兒怕要被我爹逐出家門了。」

劉七巧聞言，笑了笑，想杜二老爺這樣風流的人，大抵不會做出逐出家門這樣的事情來。不過杜茵這樣說，她還是勸慰道：「妳也不是存心的，我看得出來。」

杜茵臉上還帶著鬱鬱之色，小聲道：「後來出了一些事情，我和昀表哥沒有成，姜表姊嫁了過去。我本來對昀表哥也沒有什麼心思，可也不知道哪些下人嘴碎，說是姜表姊搶了我的夫婿，被姜家表哥聽見了……我們……」

杜茵說到這裡，劉七巧已經覺得稍微有些意思了，再看看杜茵臉上的顏色，已是滿臉通紅，問道：「妳和姜少爺兩情相悅了？」

杜茵的嘴角撇了撇，到底沒說出話來，過了片刻，才開口道：「他病得厲害，勉強去春試，自然是名落孫山，如今還要搬出去住，他的身子那麼弱，可怎麼吃得消呢？」

劉七巧見杜茵眸中焦急的表情，便知道這又是一對癡男怨女了。可她還是剛嫁到杜家的新媳婦，這二房大姑娘的婚事，她實在插手不得。

劉七巧擰眉想了想，如今這兩人已然是暗生情愫，偏生男的又是個病秧子，大抵是怕連累了杜茵，所以執意要走。

「妳不要著急，等一會兒妳大哥哥醒了，我再同他商量商量。我記得當時姜家少爺去玉山書院，還是妳大哥哥為他舉薦的，我想妳大哥哥自然也是欣賞他的才華，只是眼下最重要的事情倒不是這一件，而是要養好他的身子。」

杜茵自然也知道這個道理，便點了點頭，又道：「父親說他的病要靜養，別的也沒有說，那院子是幽靜，可也沒見他好起來。」

劉七巧對姜家不熟悉，當然也聽杜若提過姜梓丞，是一個年輕有為的上進青年，雖然和姜梓歆一個肚皮裡出來的，應該不會是一樣的心思。她細細思考了一下，便對杜茵道：「他若是執意回去，妳倒也不用強留，讓他答應了一件事便放他回去。」

「什麼事？」

「讓他許了與妳的婚約。」

杜茵一聽，臉紅了大半，道：「這怎麼好呢？」

「這也未必就不好了。妳想一想，姜家原本就是在京城有宅子的，日後你們若真是成婚了，難道還住在這杜家的小偏院裡頭？這像個什麼樣子呢？我倒覺得，他要是想高中之後來提親，必定也是要先搬回去姜家祖宅再正式上門求親，這才是個道理。」

杜茵聽著也覺得有理，便又問道：「那如何讓他來求親呢？總不好意思讓我先開口……」

劉七巧正擰眉想，裡頭的杜若咳了兩聲，她便挽了簾子進去，見杜若已經靠在了床頭，伸手探了探他的額頭，道：「燒倒是退下了，藥已經熬好了，一會兒讓茯苓服侍你用了。」說著，便向杜茵招了招手，讓她進來。

杜茵見杜若靠在床頭，便福了福身子道：「大哥哥，你這是怎麼了？」

杜若見杜茵眼眶紅紅的，像是哭過，便問她。「妳這又是怎麼了？鮮少見妳掉眼淚的。」

杜茵咬唇。「那日還是大哥哥同我說，英雄不問出處，要人心思正、人品好，真心待自己，那就值得自己喜歡。」

杜若聽她這麼說，便知道大事不妙了，他當時不過就是看不慣那齊昀，所以在她面前多說了兩句，也沒存什麼心思，誰知道居然被她記住了。如今她當著自己的面說出這番話來，還真是讓人惶恐。這姑娘該不會是喜歡上府裡的小廝了吧？別是春生，那春生喜歡的又是紫蘇，這下可不是亂套了？

杜若一著急，連連咳了兩聲，劉七巧急忙倒了茶來遞給他道：「你別急，依我看這門親事倒未必不好，當務之急還是要先把人的身子調理好。」

杜若喝了兩口茶才緩了過來，抬眸問道：「那人是誰？」

杜茵擰了擰秀眉道：「是……是姜家表哥。」

杜若一聽，總算是鬆了一口氣，拍了拍自己的腦門，嘲笑自己方才一時間胡思亂想，抬頭問杜茵道：「我幾日前才去瞧過他，還是鬱結難舒、氣血兩虛，又加之有痰熱之症，所以才一時沒有好。其實只要靜養，放鬆心緒，好好調理個一年半載的，還是能痊癒的。」

劉七巧搖了搖頭道：「這一回你可是治得了病、治不了命了。」她說著，便將姜梓丞和杜茵的事情說了，杜茵又把今日在梨香院外頭，姜梓丞同她說的話也一併告訴了杜若，坐在一旁落淚道：「大哥哥，我如何捨得他就這樣走了……」

她說著，竟起身跪了下來道：「大哥哥從小就跟著父親學醫，原就比我的親哥哥還親，如今這事也讓大哥哥一人知道了，杜茵的命就全在大哥哥手上了，若是父母非要為我另擇良人，杜茵寧死不從。」

杜若倒不知堂妹居然也有這樣的血性，不過她也的確是個天不怕地不怕的性子，那些年被齊昀帶著也瘋玩了一陣，初嚐了情竇初開的滋味，如今來了一個姜梓丞，那是各方面都比齊昀好了不止一點，除了家世落敗了以外，真是哪裡都配得上自己妹妹的。

杜若擰眉想了想，這事杜二老爺倒是好點頭的，只怕杜二太太就不那麼容易了，她就只有這麼一個嫡女，嫁給白丁之家斷然是捨不得的。權且不去想三年之後姜梓丞是不是高中，這三年等下來，杜茵就十八了，十八歲的姑娘沒嫁出去，那可真是老姑娘了。再則，杜茵身為長姊沒有出閣，後面還有兩位妹妹又如何先出嫁呢？事情簡直是越想越複雜。

「我倒是想了一個法子，只是到了萬不得已才用。」劉七巧在前世，宅鬥小說也看過幾本，也不知道這點子放在真實的古代能不能用，開口道：「不過……這個辦法稍稍有損大姑娘的名聲，算了還是不用了……」

杜若橫了劉七巧一眼，搖搖頭道：「別淨出歪點子。」

劉七巧連連點頭，坐到杜若床邊上道：「不然，還是你去求一求二叔吧，我覺得二叔比較好說話。」

杜若想了想，也只有這個辦法行得通，便點了點頭。杜茵仍舊是愁容滿面，劉七巧便笑著安慰她道：「大姑娘快別難過了，妳的婚事再難，能難得過我和妳大哥哥的嗎？我們這才是費了姥姥勁，我總算是跌跌撞撞地跨進了你們杜家的大門。」

杜茵原本正鬱悶，聽了劉七巧這話也不禁破涕為笑，擦了擦臉頰邊的淚水道：「那我就先回去等大哥哥的好消息了。」

劉七巧出門送走了杜茵，進來見杜若正靠在床上緊鎖著眉宇想事情，便玩笑道：「看，把你妹妹給教壞了吧？這會兒苦果子自己吃了，這親事若是不成，你還是罪人了。」

杜若搖頭苦笑，伸手將劉七巧牽到懷裡抱著，一邊嘆息一邊道：「我真是沒想到啊沒想到。」

「快說，你都跟你妹子說了什麼？她一個閨閣小姐，怎麼也說出英雄莫問出處這種話來了？」劉七巧挑眉，不依不饒地問道。

「不過就是當時一時感慨，又想起妳的身世，才發了幾句牢騷，無心之失、無心之失。」杜若搖了搖頭，繼續道：「依我看，這門親事二叔未必不同意，倒是老太太和二嬸娘那邊不清楚。老太太或者顧念著她和姜家姨奶奶的姊妹之情，不說什麼，但必定也會把這燙手山芋丟給二嬸娘，只怕不好辦呢！」

「我瞧著挺好的，二嬸娘不是鬱悶姜姑娘搶了她的乘龍快婿嗎？這不人家又賠她一個，再說了，那齊家的表少爺，去年在燈會上我也見過，實在是上不得檯面，一個男子漢大丈夫反而讓女人給自己出頭，算什麼德行？」

杜若見劉七巧這麼說，捏了捏她的臉道：「妳說話越發厲害了，簡直一針見血。」

劉七巧見他這會兒醒了，招呼茯苓道：「去弄些東西進來給大少爺吃，先填一填肚子，一會兒也好吃藥。老太太那邊一會兒我請人去回話，就說你昨兒熬了一宿，這會兒還沒醒，便不過去了，我自己去太太那邊用晚膳，你在家等著我便好了。」

第一百一十三章

果然剛到酉時，老太太那邊派人來請了，茯苓便說大少爺還沒醒，今兒就不過去用膳了。劉七巧換了衣服去杜大太太的如意居，如今杜大太太有了身子，也不用去福壽堂站規矩，婆媳倆倒是可以坐下來一同吃飯。

丫鬟們布好了菜，劉七巧給杜大太太也添了菜，才開口道：「娘，大郎昨夜熬了一宿，染了些風寒，所以我讓丫鬟回了老太太，今兒沒過去用晚膳。如今他已經服了藥睡下了，一會兒我給他備著晚膳，等他餓了再吃。」

杜大太太先聽說杜若病了，還是有些擔心，後來聽聞已經吃了藥睡下了，也就安心了，開口道：「昨夜的事情，今兒宮裡來賞東西的公公們都說了，妳這回給杜家爭氣了。太后娘娘都賞了妳送子觀音的畫像，這回妳可真成了老百姓眼中的送子觀音了。」

劉七巧謙遜一笑道：「我正說呢，那幅送子觀音畫像就讓母親供奉著吧，我年紀輕，不懂這些，放在我那邊也浪費了，這樣好的東西，又是太后娘娘賞的，合該掛起來供著的。」

「妳這麼說，那我幫妳在佛堂供著吧，妳得空也來拜一拜。」

「我知道了。」劉七巧應了，正要吃東西，那邊外頭丫鬟進來道：「老爺回來了，說是先往這邊換一件衣服再過去福壽堂用晚膳。」

正說著，杜老爺就從外頭進來，在廳裡坐了下來喝了口茶。杜大太太放下了碗從偏廳迎出去，見了他額頭上滿是汗，連忙從丫鬟送來的臉盆裡絞乾了汗巾遞過去道：「今兒怎麼了，跑得滿頭大汗的。」

「我原本不想回來的，後來想昨夜二弟在太醫院當差，今兒應該在家裡輪休，便回來了。今兒來店裡買小兒麻疹方子的又添了十多個，我正打算跟他商量一下，是不是要上報朝廷。」

劉七巧原本沒迎出去，這會兒聽了杜老爺的話，便忍不住走了出去。「爹，宮裡的四皇子也得了小兒麻疹，還有蕭將軍家的五少爺也是，皇上已經下旨將景陽宮宮禁了。」

「什麼？宮裡也有人得了？」杜老爺撚了撚鬍子，蹙眉道：「這樣看來，這入冬之前怕是要犯時疫了。」

「爹，有件事我正要找您商量呢。大郎今兒染了風寒，我讓他先歇著了，一會兒我能去書房嗎？」劉七巧知道，古代女人多是主內，外頭的事情都是男人管的，可如今她既然知道這件事，卻也不能袖手旁觀，雖知失禮，還是問了出來。

杜大太太心裡雖然有些不悅，終究沒露在臉上。杜老爺道：「那好，一會兒妳用過了晚膳，直接去書房找我，我喊了妳二叔過來，咱們一起商量商量。」

接下去吃飯就比較尷尬了，劉七巧知道杜大太太的心思，可不知道怎麼辯解。杜大太太覺得劉七巧不安於內宅，雖然她娶這個媳婦的時候就知道她跟平常的大家閨秀不同，可心裡還是存著進了杜家的門，劉七巧就會按杜家規矩來的心思，兩人便有些尷尬地用過了晚膳。

劉七巧覺得這事自己多言未必有效，便想著不如就這麼走了，一會兒讓杜老爺回來吹吹枕邊風。

她知道杜老爺在杜老太太那邊用膳，定然沒有那麼快，索性先回了百草院，看了一回杜若。這會兒杜若睡足了，身子也清爽了些，劉七巧便道：「一會兒我去書房把安濟堂賣假藥的事情和老爺說一說，你要不要一起去？」

杜若一拍腦門道：「差點忘了，我正要找老爺商量這個事情。」

沒過多久，小丫鬟便進來回說瞧見老爺和二老爺從福壽堂出來了。劉七巧服侍杜若穿上了衣服，又披了一件披風，兩人一起去了杜老爺的書房。

「……四皇子的病怎麼樣了？」

「我一早從景陽宮出來的時候，燒已經退了，按時用藥且不再燒下去的話，應該是性命無憂的。」

杜老爺聞言點了點頭，瞧見劉七巧和杜若進來，笑著道：「七巧，妳今日可給杜家立了大功了。」

劉七巧向兩位福了福身。「哪有，是二叔調理得好，梁貴妃身子又好，所以才會那麼順當。」

杜老爺又問杜若。「大郎怎麼樣，風寒好些了沒有？」

杜若點了點頭道：「好些了，多謝父親掛心，我正有事要求父親。」

杜老爺坐了下來，讓朱砂給眾人上了茶，才道：「你說說看，是什麼事情？」

杜若道：「聽說安濟堂每樣藥材都比寶善堂便宜，所以很多百姓喜歡到安濟堂去抓藥，可是昨兒我在太醫院見了安濟堂供應太醫院的牛蒡，和他給老百姓抓藥用的牛蒡是不一樣的。」他說著，將那日的藥包從袖中拿了出來，翻開了遞給杜二老爺和杜老爺。

「這分明不是牛蒡。我查過藥典，不過是一種沒什麼效用的野草。」

杜二老爺看了一眼，又遞給杜老爺，開口道：「安濟堂居然賣起了假藥，當真是黑心商家！」

杜老爺也看過了裡面的東西，捋著鬍子道：「安濟堂背後的人如今還不知道是哪個。上回子滿堂的事情，最後也不了了之了，若是拿著這東西去告發，怕是還不足以將安濟堂繩之以法。」

劉七巧想了想道：「媳婦我倒是有個主意，不過就是略費些銀子，但是一定能抓住安濟堂的把柄，保證他逃都逃不了。」

三人的眼珠子都亮了起來，一致看著劉七巧道：「快說來聽聽。」

劉七巧端著茶盞，勾唇一笑，顯出幾分狡黠來。「我聽爹說這幾日都有得了麻疹的病人家屬來抓藥，我們可以給這些人一些銀子，讓他們帶著藥方去安濟堂抓同樣的藥方，讓他們放在家裡，等我們去順天府告安濟堂的時候，這些摻和了假藥的藥包，自然就是最好的證據了。」

「果真是好辦法，這樣一來，就算是他們在朝廷裡有人，事先通知了安濟堂的老闆，也不可能把每家每戶買過的藥都收回去。誰又能知道那些藥買回去不是用來吃的呢？」杜老爺這輩子都是老實商人，除了誠實守信、誠信經營，並沒有什麼心機，如今聽劉七巧這麼一說，頓時覺得這計策果然是一絕。

劉七巧接著道：「而且，這告安濟堂的事情也不用寶善堂去，畢竟我們是同行，這麼做未免讓人看輕了。」她想了想，挑眉道：「大郎，不如就讓討飯街上那一對夫婦去告上一告？如今那兩個孩子在水月庵裡頭待著，自然是沒事的，大長公主若是知道有人賣假藥，定然也會助我們一臂之力。」

杜若看著說得眉飛色舞的劉七巧，搖頭道：「七巧，妳這心思和腦子真是讓人跟不上，我讀書好，腦袋也沒妳強。」

劉七巧噗哧笑了聲。「哼，你這是誇我呢還是損我？我這可是一心為了寶善堂、為了被安濟堂欺騙的無辜百姓啊！」她說著，抬起頭看了一眼杜若，心裡卻覺得異常滿足。

幾人商定完了大計，杜老爺又讓朱砂沏了一壺好茶上來，大家一起坐著品茶，一時間場面倒是有些安靜的。劉七巧扯了扯杜若的袖子，往杜二老爺那邊瞄了一眼。

杜若雖是家中的長子，無奈從小身子不好，從未理過家中的庶務，況且二房的三位姑娘都是他的堂妹，雖說和杜茵從小親近，但跟嫡親兄妹之間還是有些區別。如今讓他開這個口，他也是有點不好意思的。

「二叔，不知道姜家表弟的身子如何了？」杜若擰眉想了半天，決定旁敲側擊，抄遠路再繞回來。

劉七巧一聽他問到姜梓丞的身子，便知道若是想要繞回來，怕是要些時候了。那邊的杜二老爺哪能猜到這兩人的心思，捋了捋鬍子道：「姜家少爺是平日裡憂思過重，且又因為科舉之事傷了身體的根本，若是好好將養，也是沒什麼大問題的，可也不知道為什麼最近總是反反覆覆，依我看，還是那孩子心中有結沒有解開。」

劉七巧最喜歡臨門一腳的感覺，不等杜若接話便開口道：「俗語說，心病還須心藥醫，解鈴終須繫鈴人，二叔你沒問過他是為了什麼嗎？」

杜二老爺細細回想了一下，覺得姜梓丞是一個彬彬有禮、為人謙和的後生，可是每次問起他的病情時，回答得卻不那麼坦率，便搖了搖頭道：「這個我問過幾次，可惜那孩子不肯說。」

劉七巧見方才杜二老爺提起姜梓丞的樣子，似乎還是有些心疼的，便知道杜二老爺應該是欣賞這個後生的，又進一步問道：「那二叔若是知道了這心藥是什麼，會不會大人大量就把心藥開給他呢？」

杜老爺聽得雲裡霧裡，也忍不住道：「七巧，妳方才才說心病還須心藥醫，妳二叔是個大夫，有的只有黃連苦藥，哪裡來什麼心藥呢？」

她淺笑著不說話，推了一把杜若道：「你快說，大妹妹求的是你，怎麼反倒讓我在這邊說了半天，你倒是撇得遠遠的。」

杜若本就靦覥，聽劉七巧這樣打趣自己，只得硬著頭皮道：「二叔，實不相瞞，大妹妹也不知怎麼，喜歡上姜家表弟了，姜家表弟也對大妹妹有這心思，怕是想等自己高中就上門提親的。可是姜家表弟這次名落孫山又一病不起，就想絕了大妹妹的念想，要搬出去住。」杜若說到這裡，緩了緩，才道：「當初二嬸娘一心想把大妹妹許配給齊家表弟，可我怎麼看，都覺得齊家表弟比不上姜家表弟；且齊家表弟根本無心功名，這麼大年紀還是一個童生，將來要考上進士也不知道是何年何月的事情。而姜家表弟則不同，他雖然這次名落孫山，但是從他的為人處世來看，便知道他是一個有擔當的人。姜家如今落敗，是因為沒有一個男人撐起門面，但要是姜家表弟能一朝高中，還怕姜家將來不能重新振興起來嗎？」

杜若這一番說得字字屬實、句句在理，杜二老爺聽了，竟然無言以對。論容貌，姜梓丞不在齊昀之下；論品性，姜梓丞更是甩齊昀幾條街；論學問，兩人壓根兒沒有可比性，姜梓丞唯一缺的就是一個門楣，可姜家昔年也是帝師府邸，百年清流，將來若有重振之日，必定不會是泛泛之輩。

杜老爺撚著鬍子細細思量了半天，點了點頭道：「大郎說得有道理，這倒是一門不錯的婚事，最關鍵的是兩個孩子也有這心思。」杜老爺和杜大太太也是私下裡看上了才去提親的，所以杜老爺比較提倡先戀愛後結婚。

至於杜二老爺翩翩佳公子，依媒妁之命娶了一個一般般的老婆，也正因為如此，他多納了幾房姬妾，如今倒也坐享齊人之福了。

「姜家少爺的人品學識確實是不錯，我也很欽佩。這件事我是一百個贊同的，只是不知道那兩位會不會有什麼看法？」杜二老爺拍了拍腦門，蹙眉道：「唯女子與小人難養也啊。」

「二叔，拿出你男人的霸氣，讓二嬸傾倒在你的長袍之下。」劉七巧難得做一次媒人，也有些激動，握著拳頭氣勢洶洶地開口。

杜老爺見劉七巧這般樣子，覺得這哪裡是自己的媳婦，竟是自己親生的閨女一樣，又聰明又伶俐，難得還這麼懂事，忍不住點了點頭，眸中竟是長者的寵溺之色。

劉七巧覺得自己有些得意忘形了，連忙收斂了下來，低頭蹙眉道：「爹，今兒娘估摸著不高興了，方才我說要來書房和您商量事情，娘吃飯的時候就沒跟我有說有笑的了，爹好歹回去哄哄娘，別讓她生我的氣好嗎？比起管家理宅，我更喜歡接生、更關心寶善堂的事情。」

杜老爺點了點頭道：「七巧，妳本就不是平常人家的大家閨秀，我杜家若是娶了妳進門管那幾串家裡的帳房鑰匙，那還不如隨便娶一個官宦人家的閨女，也不用這樣大費周折地非妳不可了。」

杜老爺這些話簡直是深入肺腑，劉七巧幾乎都要感動得哭了，這種長者的親厚讓她覺得自己生活在一個非常開明的環境，在籌辦寶育堂的路上又更進了一步。

晚上，杜若牽著劉七巧的手走回百草院，劉七巧再回想一下杜老爺的話，仍舊忍不住輕笑出聲，高興地道：「相公，你說我們的爹怎麼就那麼好呢？以前我覺得，像你們這樣人家的家長，一定是板著臉，說什麼都一板一眼，從來沒想到爹是這麼一個讓人想親近的人。」

杜若攬著她的腰，一路沿著荷花池慢慢走回去，小聲道：「我爹對我很嚴厲的，對妳大概是特例吧？我娘自從生了我就壞了身子，一直沒有孩子，後來又忙於照顧我，也沒再有身孕，直到現在才又有了身子。其實我爹一直很羨慕二叔有三個如花似玉的閨女，每年我娘準備壓歲錢的時候，我那三個堂妹總是比我還多，妳說偏心不偏心？」

劉七巧笑道：「你哄我開心呢，娘今天還生我氣了，她讓我管家，可是我卻還想著別的事情。我也不像二弟妹一樣能捺得下性子帶小孩，讓我接生是沒問題，可要我日日養著，我這會兒想一想還是有點怕。」

第一百一十四章

如意居的臥房裡頭，杜大太太已經脫了外袍靠在了床上，見杜老爺進來便要起身服侍，被杜老爺按住了肩頭道：「妳躺著吧，我自己來。」

杜大太太溫婉地笑了笑，抬眸問道：「都說了些什麼，這會兒才回來？」

杜老爺擰著眉頭道：「最近京城有時疫，我正和他們商討辦法，七巧的腦子靈活，我便把她喊了過去，她果然是個有見識的姑娘。」

杜大太太聽杜老爺誇獎劉七巧，嘆了一口氣道：「只是做人兒媳，自然是要管內宅的事情，她這樣想著外頭的事情總是不好的。」

杜老爺脫了外袍，坐到杜大太太的床沿道：「七巧是塊璞玉，好好雕琢，定能讓寶善堂的招牌百年長流、大放光彩的。當初我看中七巧，也不是想讓她進來管家管院的，如今妳懷了身子，讓她替妳管一陣，我沒意見；但是七巧如今在外頭的名聲可是送子觀音，她不光是杜家的媳婦，更是許多人心中的一份信仰。」杜老爺說著，掀開被子上了床，單手摟著杜大太太道：「比如說昨晚，若是七巧沒在場，梁妃娘娘只怕就心有餘悸，定然不會那麼順當。七巧幾次在危難時刻救死扶傷，給了很多人信心，這才是關鍵。」

杜大太太聽杜老爺嘮叨了一頓，帶著些怨氣道：「倒沒瞧出來你疼兒媳婦比你疼兒子還多，大郎染了風寒，還不是七巧沒照顧好？」杜老爺笑道：「他們一同進宮，緣何七巧就沒有染了風寒，說來說去只能怨咱們大郎身子不好。」

「有你這樣說兒子的嗎？」杜大太太不服。

杜老爺嘆息道：「大郎身子不好也是這些年我最遺憾的事情，所以這一胎一定要好好保養，生一個健健康康的兒子出來。」

「你不是喜歡女兒嗎？怎麼又要兒子？」

「我喜歡的是兒媳婦，自然要生了兒子娶進來。」杜老爺摟著杜大太太，緩緩睡了下去。

杜二老爺回到西跨院，杜二太太已經喝了安神茶打算睡了。杜二老爺見蘼蕪院那邊也沒有多少動靜，便徑直回了正廳。他今兒一下午都在杜二太太的房中補覺，杜二太太料他晚上是要去蘼蕪院的，也沒讓秀兒去請，這會兒見杜二老爺從外面進來，不免有些暗暗欣喜，迎了上來道：「怎麼今兒過來了，我還當你會去那邊。」

杜二老爺心裡懷著心事，也沒說什麼，任由杜二太太給自己寬了衣服，在床榻上靠著。屋裡的燭光有些昏暗，所以杜二太太的臉隱在昏暗中，看著有些不真切。她原本就沒有幾分姿色，中等長相，殊不知如今徐娘半老了，也不會覺得不起眼了，倒是看得習慣。

「茵丫頭的婚事如今怎麼說的？」杜二老爺平常忙太醫院、忙寶善堂，就是沒空管顧自己的兒女。除了杜若的醫術是他手把手教出來的，自己的親兒子反而沒帶幾天。

杜二太太見他忽然問起了這個，又是受寵若驚，開口道：「正物色呢，有幾戶世交家的公子也是不錯的，不過畢竟年紀小，也都還沒有功名。我想來想去，只有李家的公子倒是不錯的，今年中了進士，如今已經進了翰林院做庶起士，將來若是外放，少說也是一個七品官。」

杜二老爺回想了一下那李公子的樣貌，雖然似乎容貌不怎麼樣，不過能考上進士，也定然是個肯用功的大好青年。奈何杜茵心裡已經有了人，怕是不會依的。杜二老爺想了想，清了清嗓子道：「年紀輕沒有功名不打緊，以後總能考上的。眼前倒是有一個良媒，我瞧著也還不錯。」

杜二太太聽他說起，當是老爺真心關心閨女，迭聲問道：「那你倒是快說說，倒是哪家的公子哥兒讓老爺你也另眼相待了？」

杜老二爺捋了捋鬍子，開口道：「我瞧著住在西北角梨香院的姜家少爺倒是個不錯的人選。」

杜二太太一聽，整張臉都垮了下來。「我當是哪家的人，原來是他們家？住在我們杜家打秋風也就算了，還把茵丫頭的姻緣給破壞了，如今你還讓茵丫頭往火坑裡面跳，你還是人嗎？」

「茵丫頭沒有嫁給妳那姪兒是她的造化，妳那姪兒哪一點好了？不學無術、不思進取，如今跟姜家表姑娘成婚也有大半年了，整日裡只知道跟丫鬟們廝混，妳嫂子簡直就把他寵上天了，這樣的女婿如何要得？」

杜二太太聽杜二老爺這麼說，也是委屈得很，道：「我那嫂子以前不也是那樣疼茵丫頭的嗎？誰知竟是白疼了一場，最後沒做成婆媳呢。那姜家少爺若是這次高中了也就算了，好歹有個體面，可如今他非但沒有高中，還染了一身的病，他們姜家有哪個男人是高壽的？你捨得女兒嫁過去，我還捨不得她將來守寡呢！」

杜二太太說完，憤憤起身，獨自坐到一旁的靠背椅上長吁短嘆了起來。杜二老爺心裡覺得無趣，索性也起身，披了衣服就往外頭去了。杜二太太才想起身留一留的，看見他那決絕的背影，氣得站起來跺了跺腳，自己掀開被窩睡了。

這一夜到四更天的時候，外面忽然有些小動靜。劉七巧睡得不沈，睜開眼睛，瞧見杜若也從床上探出頭來，往外頭喊了一聲道：「外面什麼事情呢？」

門口值夜的老嬤嬤出去問了，回來道：「回大少奶奶，是宮裡頭派人來找二老爺進宮去，也不知道是什麼事情，二老爺穿著衣服就走了，蘇姨娘正往外送人呢，跑得步子急了點，才鬧出點動靜。」

這四更天就把人喊進去，怕是有人不好了。劉七巧算來算去，也只有四皇子如今病著……

「大郎，怕是宮裡頭有人病得不輕，大半夜的還把二叔請走了。」

杜若這會兒也撐起了身子，一時睡不著了，想了想道：「替我更衣，我也去瞧瞧。」

「你瞧什麼呢？你自己還病著，別進去了，二叔的醫術你還有什麼不放心的，且坐下來等一等消息吧。」

杜若被劉七巧勸住了，點頭應了，這會兒卻是睡不著了。劉七巧知道他平常也是睡到五更天就要醒的，也不強求他繼續睡，送了燈到他床頭，替他取了一本書過去，自己則又倒頭就睡。

這回籠覺睡得甚是舒服，等劉七巧醒來的時候，就聽見窗外的丫鬟們竊竊私語道：「方才跟著二老爺的齊旺回來，說四皇子死了。這回皇上剛添了一對龍鳳胎，卻死了個兒子，真是……」

劉七巧一驚，從炕上爬了起來，問道：「這會兒什麼時辰了？」

杜若從外面進來，見她醒了，便道：「這會兒卯時二刻，沒睡過頭。」

劉七巧從炕上起來，綠柳、紫蘇就去淨房端了水給她洗漱。

杜若神色黯然道：「四皇子沒有救回來，昨夜又發了一回燒，驚厥了幾次，最後沒救回來，夭折了。」

「二叔也盡力了，若是什麼病都可以醫治得好，那世上的人就不會死了。相公，生死有命富貴在天，興許他是享不了這天大的富貴，所以老天爺才把他的命收回去了。」劉七巧知道杜若雖然是個大夫，看遍了生老病死，可內心還是有一顆濟世之心，不能為患者救死扶傷，他一定很心痛。

杜若點了點頭，想了想道：「我一會兒跟著父親一起去寶善堂，然後再去水月庵瞧一瞧那兩個孩子。」

劉七巧寬慰道：「放心吧，那兩個孩子從小就是散養著長大，身子骨肯定比四皇子好，斷然不會出什麼意外的。不過你自己身子也還沒痊癒，早去早回。」

「那妳呢？妳不跟我出去嗎？」杜若問劉七巧道。

「不了，今天要留在家裡看帳本，然後跟著二嬸子學學怎麼整理家務。」

劉七巧跟著杜二太太學了一上午的家務事，才回百草院片刻，誰知杜茵竟來了。

劉七巧也是頭一回在古代遇上這麼關心自己終身大事的姑娘了，忙讓茯苓將人迎了進來，讓丫鬟們上了茶，才坐下來慢慢聊了起來。

「玉竹，妳出去，我有話要和嫂子慢慢說。」杜茵一開口，一應的丫鬟們都退了出去。

劉七巧見杜茵眼眶紅紅的，知道她昨晚定然也是沒睡好，笑著道：「這事情昨天妳大哥哥已經和妳爹提起了，妳爹是願意的，只是妳娘那邊不知道是個什麼意思。」

杜茵就是為這個來的，她皺著小臉道：「昨兒也不知道是為了什麼，我爹原先進了我娘的院子，可最後拎著袍子就往蘼蕪居去了，想來是我娘又哪裡讓我爹不痛快了。」她也很是鬱悶，在自己的心裡，杜二老爺算得上是極好的爹了。雖然有那麼幾個妾室，可是對她們娘倆也確實不錯；況且杜茵從小也是跟著先生開過蒙的，那幾位姨娘她也見過，雖說不能妄自菲薄說自己的娘不好，可畢竟照照鏡子就能看出區別。平常她也是時時勸著杜二太太不要和杜二老爺生氣的，誰知道杜二太太有時候脾氣一上來，容易喪失理智。

「妳別擔心，沒準並不是因為妳這事情，妳把心思放寬了，也許這事情船到橋頭就自然直了。」

「可是……再過兩日就是中秋，過了中秋他便要搬走了，我如何能不著急呢？」杜茵說著，又要落淚了。

劉七巧覺得，但凡是動了感情的癡男怨女，總是特別傷春悲秋。

「妳別著急，等妳大哥哥回來，我讓他悄悄問問妳爹。宮裡出了事情，妳爹到現在還沒回來，一家人都正著急呢。」

「宮裡出了事情？出了什麼事情？」杜茵是真的一心撲在了終身大事上頭，竟然連這麼大的事情都不知道。

劉七巧搖了搖頭道：「早上宮裡傳出消息，說是四皇子夭折了，這會兒妳爹還沒回來，大家都在等著消息。」

杜茵臉上這才顯出焦急的神色，擰著帕子問道：「大嫂，我爹不會有事吧？皇帝的兒子死了，會不會怪罪我爹呢？」

「妳爹昨日輪休，宮裡有別人照看，自然不會怪罪妳爹，妳放心好了，妳快回去吧，這會兒也是時候用午膳了。」

杜茵仍舊是惴惴不安，跟著丫鬟回了自己的閨房。

到了午後，外頭的齊旺才得了確切的消息，杜二老爺去的時候四皇子已經嚥氣了，當時在場幾個太醫院的太醫都被皇帝一怒之下革職了。杜二老爺也被罰了一年的俸祿，在景陽宮跪了幾個時辰，後來還是太后娘娘發話，怕疫病蔓延，讓一群人都散了，景陽宮做大清洗。

劉七巧用過午膳就回了百草院歇中覺，本來打算去蘼蕪居見見杜二老爺的幾個姨娘，可因為出了宮裡這事情，大家的心情都不大好，她決定還是等過幾日，找一個黃道吉日再去也不遲。

直到晚上掌燈時分，杜家兩位老爺和杜若才從外面回來。劉七巧因知道杜大太太擔心，一早就在正門口候著，見他們三人進來，急忙迎了上去。

眾人的神色都很肅然，顯然是心情陰鬱造成的。劉七巧上前福了福身子，開口問道：「爹、二叔、相公，外頭的事情怎麼樣了？」

杜老爺見劉七巧等在門口，以為是杜大太太喊她過來的，又見這會兒天色已經暗了，大門口空曠得很，劉七巧身上穿著夾衣，實在單薄，便道：「以後不用出來等著，我們家沒這個規矩。」

劉七巧笑著道：「爹，我這是擔心你們才過來的。老太太那邊也還沒傳膳，你們一回來就要奔福壽堂去，我不過來問問，一會兒娘問起我來，我豈不是一問三不知，那我拿什麼去討好娘呢？」

杜老爺笑著搖搖頭道：「妳這張嘴，說不過妳。」說著，三人便往內院裡頭走，杜老爺接著說道：「妳二叔沒什麼事情，不過就是被罰了一年的俸祿。但是今天到寶善堂買小兒痲疹藥方的人卻比昨天多了整整一倍，我也已經交代那些人，都去安濟堂買一樣的藥方了，只是……粗略估計一下，這小兒痲疹傳染得已是很快了。」

杜二老爺捋了捋鬍子道：「看來明天要上書朝廷，頒發禁令了。」

「可後天就是中秋節了，燈會年年都有，今年自然也不會少了。」

「頒發禁令我覺得行不通，畢竟這是在京城，不如還是讓順天府發文，讓有病人的家人不要到處亂跑，更不能讓病人到處亂跑。」杜若想了想，提出了自己的意見。

一般的傳染病都有潛伏期，而潛伏期內是看不出病癥的，可偏偏在潛伏期也會傳染，京城這麼多的孩子裡面，還不知道有多少是目前還沒有爆發出來、屬於潛伏期的孩子呢！

「你今天去看水月庵的兩個孩子了嗎？他們恢復得怎麼樣？」劉七巧問杜若道。

「大的現在已經好了很多，疹子都發出來了；小姑娘今日才發疹子，怕還要有幾天才能好。不過兩人的精神狀態不錯，晚上也沒有發燒，應該沒有大礙。」經過四皇子的事情，杜若對這種病症也越發小心了起來。

第一百一十五章

劉七巧點了點頭，將他們三人送到了福壽堂門口，這才轉去了如意居。她把方才問過的問題都跟杜大太太講了，杜大太太才放下了心來，又嘆了口氣道：「每次逢時疫他們幾個就忙裡忙外的，有時候連家都回不來。我最記得的是當初在金陵，那年春天發了大水，很多人逃難去了金陵，把瘟疫也給帶了去，當時真是家家戶戶都有病人，妳爹和妳二叔總有半個月沒回家，每天就讓下人傳話。」

「杜家是杏林之家，救世濟民、救死扶傷，這都是當大夫所要做的事情，其實從爹和二叔的想法來看，他們不過只是盡了一個大夫的本分，娘就放寬心，一會兒爹用了晚膳就該回來了。」劉七巧勸慰道。

杜大太太嫁進杜家二十來年，大抵也習慣了這樣的日子，便點了點頭道：「話是如此，可總是讓人擔心的，願菩薩保佑才好。」

劉七巧服侍杜大太太用過了晚膳，帶著綠柳回百草院，路上又被朱砂請了過去道：「大少奶奶，老爺那邊請妳去書房。」

劉七巧讓綠柳先回去吃晚飯，自己跟著朱砂去了書房。幾個人大抵也是為今天的事情擔憂，在福壽堂沒耽擱多久就又到書房開起了會。

杜老爺擰著眉頭想了半刻，道：「平沙路分號那邊，今兒去抓藥的就有十來個人，且不說是不是還有更多人去安濟堂分號，至少那一片如今病患是少不了的，那邊又是貧民區，只怕蔓延開來就不大好了。」

劉七巧擰眉想了想，問杜二老爺道：「二叔，以前若是遇到這種事情，朝廷都是怎麼做的？」

杜二老爺捋著山羊鬍子道：「京城很少有這樣的病症，我們所經歷過的，也就是十七年前在金陵的那一次。後來是把病人都集中到了一處，救得活的救了、救不活的就地燒了，最後才算控制住了病情。」

「討飯街是出了名的髒亂，平常人去了那邊，沒病也都染出病來了；而且那邊的小孩到處討飯，動不動就整個京城地轉悠，很多病了的孩子不知道自己染了病，繼續乞討，這樣一個傳染兩個、兩個傳染三個，很多家裡都不止有一個孩子，一個得了，一大家子就都染上了。」劉七巧說著，想了想道：「我倒是有個辦法，不如二叔試著上書朝廷試試。」

杜二老爺連忙問道：「姪媳婦妳快說，妳腦子靈活。」

劉七巧這會兒倒是不好意思了。「在討飯街上設粥棚，不讓討飯街的人出去討飯，每日供應他們一日三餐。只要發現街上有人家裡有病患就馬上送出來，不讓病患繼續傳染。」

「設粥棚倒是小事情，一條街的吃用也吃不了戶部幾個銀子，只是把人送出來，倒是送到哪裡去呢？」

劉七巧這會兒也顧不得不好意思，抬眸瞧了瞧杜若，開口道：「我和相公把那兩個病童送到水月庵時就問過大長公主，若是病情氾濫，她是不是肯借了水月庵出來安置病患，大長公主同意了。」

「七巧，妳……」杜老爺聽到這裡，雖然心裡高興，卻還是裝模作樣地數落了她一句。「水月庵是佛門清靜之地，又是大長公主的清修之所，妳怎麼就那麼不懂事呢？」說到這裡，杜老爺忽然話鋒一轉，道：「不過大長公主一心向佛、慈悲為懷，能有這樣的胸襟，真是百姓之福啊！」

劉七巧徹底敗給自己的公公了，低頭偷偷地笑了笑。

那邊杜二老爺點了點頭道：「事不宜遲，我明日一早就上奏朝廷，這會兒就去一趟水月庵，跟大長公主商量一下這事情才好。」

杜二老爺說著，便跟杜老爺拱了拱手，先行離去了。

杜老爺見劉七巧和杜若還站在那邊。「你們兩人也早些休息去吧，這幾日事情多，大家都累了。」

劉七巧跟著杜若一起回了百草院，沒走到一半，茯苓迎了上來道：「大少奶奶，紫蘇似乎是病了，方才連晚飯都沒有吃。奴婢以為她累了，就讓她先回房休息，聽綠柳說這會兒燒了起來，奴婢心裡擔心，就趕來找大少爺和大少奶奶了。」

劉七巧心裡緊了一下，紫蘇可是當天跟著她一起去過那戶人家的，該不會是被傳染了吧？

「相公，我們快回去瞧瞧。」劉七巧說著便提起衣裙往百草院去了。

綠柳這會兒正拿著一盆冷水為紫蘇冷敷，見劉七巧和杜若進來了，稍稍退到了後頭。紫蘇見了劉七巧，正想稍微起來一下，卻是沒什麼力氣，劉七巧連忙上前讓她躺好了，又轉頭對幾個丫鬟道：「妳們之間誰小時候得過麻疹的？留下來照顧紫蘇，沒得過的就先出去吧。」

茯苓一邊為杜若搬了一張凳子，讓他坐下來為紫蘇診脈，一邊開口道：「奴婢小時候得過麻疹，就讓奴婢留下來照顧紫蘇妹妹吧。」

杜若為紫蘇診治了片刻，鬆開脈搏稍稍嘆了一口氣。這小兒麻疹雖然比較容易傳染給孩童，但如果成人沒有得過麻疹，且又在照顧時不慎感染到了，發作起來也是不容小覷。

「這一段日子恐怕紫蘇要靜養了。既然茯苓小時候也得過麻疹，那就由茯苓貼身照顧紫蘇，其他人等就不要進來了。」杜若這話一說，相當於是判定紫蘇得了麻疹。劉七巧方才心中有數，倒是沒有幾分驚訝，只是紫蘇躺在床上嗚咽了起來道：「那怎麼成？大少爺和大少奶奶身邊沒有茯苓姊姊服侍是斷斷不成的，奴婢不要人服侍，一天送兩頓藥進來就好，再不然，把奴婢送出府去也成。」

劉七巧想了想，還是搖頭道：「送妳出去，妳又要去哪裡？妳這個性子斷然不肯回去王府，難道妳要回妳姥姥、姥爺家？妳舅媽家還有幾個孩子，妳去那邊怕也沒有人收留妳，妳一個病著的人，還跟我們說這些做什麼？橫豎好好養病，養好了病，未必沒有用不著妳的地方。」

劉七巧心裡是有計較的，若是這麻疹真的氾濫了起來，大長公主就算肯借了水月庵讓他們安置病人，也斷然不能用水月庵的那些尼姑照應病人。且不說她們原先也是嬌生慣養的主子，若是弄不好感染了幾個，也病了起來，她心裡難安。少不得還是要找幾個得過麻疹卻又靠得住、有醫者之心的人在跟前照顧著。若是紫蘇這回痊癒得快了，沒準到時候還能在那邊幫襯著點。

茯苓見紫蘇雖然躺在床上，卻也顰眉蹙宇的，便上前勸慰道：「紫蘇妹妹不用擔心，雖說麻疹是有死人的，但那多是些體弱多病的，我們這樣皮實的人，不過就幾帖藥下去的工夫，橫豎就是耽誤幾天日子罷了。」

紫蘇見眾人都勸慰她，也點了點頭，稍稍閉上眼睛休息。

杜若已經開下了方子，讓茯苓拿出去找了小丫鬟，直接讓春生去店裡頭抓藥。

還好茯苓在劉七巧跟前待了幾天，又聽綠柳提起了春生和紫蘇的事情，心裡也清楚了幾分，特意交代了那傳話的小丫頭，千萬別說是誰病了，省得春生沈不住氣想進來瞧瞧的話，倒是壞了規矩了。

兩人回了書房，劉七巧便提起了中午杜茵過來的事。

杜若聞言，蹙眉道：「方才在回來路上，二叔說二嬸娘沒同意大姑娘和姜家表弟的婚事，這事情倒是有點難辦了。」

古代結婚講究父母之命，媒妁之言，夫妻意見不統一雖然是小事情，但難免也弄得心情不好。

按照杜若對杜老太太的猜測，大抵這門婚事也是不同意的。杜老太太可以對姜姨奶奶好，也可以讓他們住在杜家打秋風，但是並不代表她願意把杜家唯一的一個嫡女配給姜家。

「這事先緩緩吧，眼前還急不到這事。二叔最近眼看著就要忙了，二嬸娘也不會為了這事去煩二叔，至少還有些日子可以拖延。」劉七巧雖然這麼說，可想起今天杜茵來打探消息時的模樣，心裡還是有些著急的。

「也只能這樣了，眼下痲疹的事情也不知道明日朝廷怎麼說，明兒一早我也要去太醫院應卯了。」

「這麼快？你們婚假是幾天？」劉七巧還是忍不住抱怨了一句。好歹現代婚假加一加還能有個一週，怎麼到了古代連一星期都沒有了？

杜若不明所以地看著劉七巧，疑惑道：「什麼婚假？我這是向二叔請假，總共五天，二叔雖然是院判，也只能准這麼多天的假。」

劉七巧擰眉想了想，五天啊！原來她和杜若已經結婚五天了……

杜若正要和劉七巧寬衣就寢，連翹在門口小聲道：「回大少爺大少奶奶，方才二老爺回來了，又去了老爺的書房。朱砂姊姊來回話道，大長公主那邊的事情解決了，讓大少爺和大少奶奶別記掛著，安心睡覺。」

劉七巧抿嘴一笑。杜若也搖頭笑了，兩人並肩躺下，自是一夜無夢，直到天亮。

這一轉眼便到了中秋，杜家也忙了起來，一早安排好中秋節給下人們發放的東西已經開始發放了。幾個管事在前院搭了檯子，各院各戶派人去領。

劉七巧知道月餅比較重，就喊了連翹帶上幾個小丫鬟一起，去把百草院的分額給領回來。

到了晚上，杜若和兩位老爺卻沒回來用晚膳，派了小廝回來，說朝廷那邊已經開始重視起這病症了，今兒運了幾大車的藥材去水月庵。水月庵那邊已經將所有的空置廂房都理了出來，有病的人家都可以把病人送過去。

劉七巧雖然心裡掛念外面的事情，臉上也只能表現出淡淡的神色，笑著聽小廝把話說完。

因為兩個兒子、孫子都不回來，杜老太太覺得一個人用膳沒什麼意思，便請了兩位兒媳和兩個孫媳去福壽堂用膳。二房那邊，趙氏還有三個孩子要照應，就沒有過來，杜二太太推說今兒事多忙累了，也沒過來。最後只有劉七巧和杜大太太兩個人帶著一群丫鬟們過去了。

杜老太太見劉七巧扶著杜大太太過來，笑著問道：「怎麼樣，府上的管事們都還用得順手嗎？」

劉七巧開口道：「都是得用的人，自然是好的。」

杜老太太原先不喜歡劉七巧，除了因為她是個鄉下丫頭出身不好之外，其實也是擔心她上不了檯面，會丟了杜家的人。不過這幾天聽身邊的賈嬤嬤說了劉七巧的待人接物和言談舉止之後，也對她改觀了不少。

大家吃完了飯，杜老太太又留了她們下來飲茶，外頭的小丫鬟進來回稟道：「老太太，姜姨奶奶過來了。」

「喲，今兒是十四，怎麼倒過來了？我還想著明兒一早派了丫鬟過去請他們一家過來吃團圓飯呢。」杜老太太說著，忙讓丫鬟百合親自出去請了。

姜姨奶奶進來，見劉七巧和杜大太太都在，便相互見了禮，坐在杜老太太左手邊的靠背椅上，蹙眉道：「我今兒過來，主要還是想跟老太太說一件事。我們家從去年八月十六過來，便一直住在府上叨擾至今，足足有一年時間了。如今想一想，也是時候要回去自己家住了。」

「這是怎麼了？住得好好的，怎麼又提起這事情來了呢？」杜老太太難得有個和自己年齡相仿的伴，隨時可以上門和自己聊聊天，哪裡捨得姜姨奶奶就這樣走了呢？

「丞哥兒的病這幾日又好了些，便說想回姜家去住，他今年已經到了弱冠之年了，雖然這次功名失利，但有些事情還是要張羅起來的，不然我也對不住他死去的父親。」姜姨奶奶說到這裡，杜老太太已經有幾分明白了，看來姜家的人是要給姜梓丞找人家了。

「說得是，年紀是到了，不應該為了功名耽誤了。俗語說成家立業，先成家，等心思安定下來了，再好好考功名，說不定還能事半功倍。」杜老太太細細思量，若是姜梓丞要娶親，那客居在杜家確實不合適了，不管是哪家的姑娘，總要娶回自己家裡才是個道理。

「那你們打算什麼時候走？我讓府裡的下人們去幫忙，你們如何能張羅這麼大的事情？那邊房子如今怎麼樣了？還能住嗎？」杜老太太關切問道。

「老宅子那邊，幾個院子都已經租給了來京做生意的生意人，倒是京郊有一處別院，因為離京城路遠所以一直沒有人住，我們打算就搬到那兒去。」姜姨奶奶說著，眉宇間也滿是愁容，若不是姜梓丞一再堅持，她實在也是不願意搬走的。

劉七巧想了想，原來古人和現代人都是一樣的，有錢人住市區、沒錢人住郊區。有錢人不但能住市區，在郊區還能有幾棟別墅啥的……

「搬到京郊去住，那多不方便？偶爾住那麼一、兩個月還說得過去，這長年累月住那邊，還不憋出個病來？」杜老太太想了想，又覺得這事沒法同意了。就算姜家人願意住京郊，姜家新進門的少奶奶願意？除非姜家這回是完全不顧門第，挑一個跟他們家一樣落魄世家的閨女進門？杜老太太想到這裡，又對姜姨奶奶多了幾分同情。

第一百一十六章

一時間，大廳裡的氣氛就有些沈悶了。

劉七巧見姜姨奶奶那副不情願又哀怨的表情，便知道這搬離杜府的主意一定是姜梓丞提出來的，至於那所謂搬出去是為了娶妻生子的說法，估計也是姜梓丞提出來說服自己老娘和祖母的。姜家如今落魄到現在這個樣子，可以說在姜梓丞沒有生病之前，她們所有的希望都寄託在他考上科舉、重振姜家的門楣，所以儘管姜梓丞已經二十了，還是連一個通房也沒有，這恰恰說明姜家姨奶奶和沈氏認為色慾之流會影響心性，從而影響姜梓丞的功課。

「依我看，眼下當務之急是先治好姜家表弟的身子，其他的事情總也要慢慢來，老太太說是不是？」劉七巧想了半天，還是決定以姜梓丞的身子為切入點，說服姜家姨奶奶多住幾天。要走可以，得把杜茵的婚事定下來了才行，不然人一走，可是半點的希望也沒有了。

「丞哥兒的身子如今到底怎麼樣了？上回我問過老二，說是鬱結於心，還是肝氣和肺氣出了問題，所以才會久病不癒，這幾日又是什麼光景？」

「時好時壞的，我也說不出一個所以然，前幾天分明是大好了點，我和他母親才得空去以前的老姊妹家玩了玩，誰知道晚上回來竟又發起了低燒，神思也恍惚得很。」

劉七巧聽在耳中，蹙眉想，這分明就是相思病吧。前幾日好好的，前天見了杜茵立馬就病了，只怕那些話分明傷了杜茵，也傷了他自己。如此看來，這姜梓丞倒確實是一個至情至性的人了。

「這可不好，病症反覆乃是大忌，孩子的身子也熬不住的，等老二忙過這幾日，我再讓他過去瞧瞧。」杜老太太關心道。

「二姪兒說了，他這是有心病呢，如今我和他娘也不拘著他看書，隨便他想玩什麼、想吃什麼、想看什麼，可他偏偏還是不見好。」姜姨奶奶說著，已是要落下淚來了，急忙用帕子壓了壓眼角的淚。

杜大太太見了也是心中不忍，開口道：「七巧說得有道理，什麼事情比不得孩子的身子重要？既然二老爺說了這病並不是什麼頑疾，那總有病癒的一天，不妨還是在這邊住下，等身子好了，到時候丞哥兒定了親，老太太就是想留你們怕也說不出口了吧？」

杜老太太連連點頭道：「就是這個道理，哪有自家人生病了，好大夫就在眼前還要繞著走的道理？說出去杜家的名聲也不好。就算為了這個，你們也是不能走的。」

「那是自然的。」劉七巧轉念一想，急忙開口道：「昨兒百草院裡一個丫鬟病了，我們尚且都不肯送她出去醫治的，如今姜家表弟要是病著，非要從杜家搬走，倒是讓街坊們以為二叔和大郎的醫術都不精，不過空有一個太醫的頭銜罷了。」

姜家姨奶奶一聽，這可不得了，原來其中還有這個道理，倒是自己沒想到的，便笑笑道：「說得也是，怎麼我卻沒想到呢？這定然是要等病好了才能搬出去的，這會兒搬出去，平白落了人話柄。」

眾人見勸住了姜姨奶奶，也都放下心來，劉七巧更是一顆心都落了下來。這時候，外頭的小丫鬟得了小廝傳話，進來稟報道：「兩位老爺和兩位少爺都回來了。」

劉七巧起身想要迎出去，但想想杜若他們定然會先來福壽堂，便和杜大太太一樣坐在那邊等著。姜姨奶奶見他們都回來了，便先起身告辭了。

果然沒過多久，一行四人都進了福壽堂來給杜老太太請安。杜老爺見劉七巧和杜大太太都在，笑著道：「七巧以後有空可以多過來陪陪老太太，若是我們平常太忙，沒趕回來用晚膳，妳們也好陪老太太吃個飯、說說話，這才熱鬧呢。」

杜老太太點了點頭，喊他們四個人坐下，請丫鬟送了茶上來道：「外頭的事情怎麼樣了？怎麼今日回來得這麼晚？」

如今雖然是中秋時節，平常大中午的時候還有些熱，幾人匆匆從外頭趕回來，額頭上還帶著汗珠子。杜蘅喝了一口茶開口道：「今兒太醫院突然要了很多藥材，我這邊跟大伯走了幾家店的倉庫才算配齊了，明兒我打算去南邊再進一批貨來。」

杜老太太聽說杜蘅又要出遠門，蹙眉道：「你路上可小心些，切不可貪小便宜，還是找平常跟寶善堂常合作的那幾家藥莊子進貨，知道不？」

「祖母，我知道了。我這走南闖北也有幾年了，每回出去您都說這幾句話，我聽得耳朵都要生老繭了。」杜蘅笑嘻嘻道。

「渾帳東西，老太太是關心你。你瞧瞧你，都三個孩子的爹了，還這副輕慢模樣。」杜二老爺雖然訓斥了他一句，可看看那神色，分明也沒有多少責怪在裡頭，其實杜二老爺對這個兒子還算是滿意的。

杜若笑著道：「二弟如今越發沈穩了，連我爹都誇他是生意場上的好手，二叔就不要怪罪二弟了。」

杜蘅向杜若投去了感激的眼神，笑著道：「還是大哥說話最公道，三百六十行行行出狀元，我學不進醫術、讀不進書，未必就不會做生意了，大伯你說是不？」

杜老爺捋著山羊鬍子道：「說得是，你如今已是我的一把好幫手了，明兒你還要坐船趕路，今天就早些回去和媳婦團聚去吧。」

杜蘅聽杜老爺這麼說，如蒙大赦一般，給老太太又行了禮，便起身先告辭了。

杜二老爺這會兒才開始說起外頭麻疹的情況。

「今兒中午發了布告開始，已經陸續有人家送了六、七個病人到水月庵了，大概明後天會更多。不過這次發現得早，且又有大長公主慷慨相助，皇上也鬆了一口氣，戶部那邊的銀子已經撥了出來，從明日開始，先招二十個得過麻疹的年輕人去水月庵負責洗掃送藥，這樣也好控制傳染。」

杜老太太聽了，點頭道：「皇上仁厚、大長公主慈悲啊！若是換了十七年前那一次，還不知道要多死多少人呢。」

杜老爺抿了幾口茶，開口道：「時辰不早了，老太太也要就寢了，其他的事情我們去書房裡慢慢研究，不要打擾了老人家。」

杜老太太這會兒也確實覺得有些乏了，而且兒子孫子也都回來請過安了，便道：「你們也別商量得太晚了，早些回去休息。」一邊又吩咐了丫鬟，做了宵夜送到杜老爺的書房裡頭去。

眾人齊聲向杜老太太見禮告退了，劉七巧便也跟著杜若出了福壽堂。丫鬟們上前扶著杜大太太回如意居，劉七巧正要上前扶她，杜大太太道：「妳就不用跟著我過去了。」

劉七巧福了福身子，送走杜大太太，杜若走過來道：「爹讓妳也去書房商量商量事情。」

劉七巧嘴角一勾，高高興興地跟著杜若一起去了書房。

朱砂送過茶就出去門外候著，杜老爺抿了一口茶，開口道：「先一批的草藥已經集結好了，那牛蒡還是讓安濟堂準備的，不過說是明日才能送去水月庵。我冷眼瞧著，他們未必有這個膽子敢在這批藥上面做手腳，可若是他們本家賣的牛蒡就是摻假的東西，倒是看安濟堂明日如何能送上那麼多的牛蒡過來？」

眾人正沈默不語的時候，外頭忽然有小廝進來，說是朱雀大街上寶善堂總號的陳掌櫃來求見。杜老爺奇怪道：「這大半夜的，跑到家裡來倒是什麼個事情呢？」

說話間，朱砂已經引了陳掌櫃進來，又給他添上了一杯茶。那陳掌櫃見了杜老爺，拱了拱手，回稟道：「回東家，今兒下午未時東家您走了之後，寶善堂來了一個朱大爺要三十斤的牛蒡。小的盤了一下庫存，整個寶善堂在京城所有分號的牛蒡加起來也不過才四十來斤，不過對方出價很高，且又是這麼大的數量，小的不敢做主，所以才來問一問東家的意思。」

方才還蹙眉不語的眾人頓時眼睛一亮，互相眼神交流了一下，便大抵知道這三十斤牛蒡是哪家要了。杜二老爺捋了捋鬍子。「三十斤，正好是今兒太醫院要安濟堂籌備的數量，看來這安濟堂果然庫裡沒有好的牛蒡。只是這牛蒡到底要不要賣呢？」杜二老爺眉峰一擰，朝杜老爺看了一眼。

「牛蒡是寶善堂的，自然不能以安濟堂的名義交給太醫院。況且這時候我們正在查安濟堂賣假藥的事情，若是這時安濟堂還能拿出三十斤的牛蒡，到時候他在公堂上辯駁，說為了供給太醫院所以店裡才賣了假的，若是後臺夠硬能上達天聽，只怕是要被他妖言惑眾了。依我看，牛蒡一點兒也不能給他們，且從明天開始，我們還要請人把其他藥鋪的牛蒡也給買下來，要讓安濟堂在京城無牛蒡可買。」

劉七巧說完，想了想，決定也要聽一聽杜老爺的意思。

杜老爺方才也在擰眉苦想，聽見她的話頓時茅塞頓開。「對，就是這個道理。這貨是寶善堂的，安濟堂出價再高，寶善堂也絕不做這個善人。」杜老爺說著，便對陳掌櫃道：「明天若是這位朱大爺再來，你就回了他，告訴他如今寶善堂牛蒡也緊缺，留下為數不多都是配藥要用的，實在沒有更多的了。」

陳掌櫃一聽事關重大，一個勁兒地點頭，心裡默默為自己捏了一把汗。幸好今天沒一時昏了頭腦做成這樣一筆生意，不然的話就算給東家賺了多少錢，回頭也只有死路一條了。

「東家說得是，藥材都是一副一副買的，今兒他一開口只要牛蒡一味藥，小的就覺得奇怪了，原來是這個道理。」陳掌櫃得了指示，拱了手告退。

四人商量好對策，都已經是亥時末刻了，便各自回屋歇息不提。

第二日一早，劉七巧醒來的時候，杜若已經走了。她知道杜若這幾日定然是大忙人，便喊綠柳服侍，按著以前的老規矩去跟杜老太太請安。

誰知道姜姨奶奶今日倒是來得早，劉七巧去的時候，裡頭已經開始說笑了起來。姜姨奶奶道：「我昨天回去把這道理同丞哥兒說了一遍，他也總算答應了下來。」

劉七巧向來不是一個喜歡趕早的人，所以二房的三個姑娘這時候都已經在福壽堂了。劉七巧一進來就瞧見杜茵臉上帶著淺淺的笑容，又刻意低著頭，不敢透露半分。

「本來就應該這樣，有什麼事情比養好身子更重要的呢？」杜老太太說著，便繼續道：「今兒他們爺幾個一早就走了，說是早點出門，可以早點回來吃團圓飯，我也就應了，妳們幾個就留下來陪我一起用早膳吧，大郎媳婦妳也留下來。」

劉七巧見杜老太太招呼她，有些受寵若驚，急忙道：「老太太是喊我嗎？我還是去太太那邊用膳較好。」她瞧了眼杜大太太，還是決定先抱緊自己婆婆的大腿。

「老太太留妳，妳就在這邊吃吧，順便和姊妹們聊聊天也是好的。」杜大太太索性順水推舟了。

杜老太太又道：「二郎媳婦有幾個孩子絆著，不然我也想留她的，不過想著她一個當娘的人，怕孩子不在跟前也吃不安穩，所以還是不留了。」

趙氏聞言，起身福了福身子道：「老太太說得是，平日裡都是我帶著孩子們吃，他們才肯多吃一點的。」

杜老太太嗯了一聲，又問起杜二太太道：「老二媳婦，事情都安排好了沒有？中秋的東西有按時分發下去嗎？今年是輪到哪些人回家團圓、哪些人留下來服侍，妳可都弄清楚了？」

「都弄清楚了，老太太只管放心好了，這些事情我還應付得來。」杜二太太笑著回道。

杜老太太聽了很滿意，便扭頭對坐在自己身邊的姜姨奶奶道：「今兒妳家就別開席了，到我們家來，人多在一起才熱鬧。去年是妳來晚了，今兒說什麼都要在一起的。」杜老太太想了想，繼續道：「今晚的筵席就擺在荷花池邊上的聽香水榭裡頭，這荷花雖說開敗了，好歹葉子還綠著，那邊就這荷塘賞月最是好看的。」

杜二太太點了點頭，又說了幾句，便領著趙氏走了。杜大太太也沒多留，閒聊了幾句，也回了自己的如意居。

劉七巧陪著眾小姑子用完了早膳，去議事廳的路上，就聽見春生從後面跑來，一邊擦著汗水，一邊扯著嗓子喊。「大少奶奶，大少爺喊妳去水月庵一趟，剛剛來了個痲疹病人，是個孕婦，看樣子多半要生了。」

劉七巧凝神一聽，問道：「那孕婦如今怎麼樣了？你怎麼知道快要生了？」

春生被劉七巧問噎了，想了想道：「我就瞧見那孕婦一路喊著被抬了進去，後面還跟著穩婆，但是少爺說這病傳染人，那穩婆膽小就不敢去接生了，少爺這才讓我回來請妳的。」

痲疹的傳染源是透過呼吸，倒是不知道羊水有沒有傳染性？

劉七巧想了想，往裡頭走了幾步，轉身對春生道：「你在外頭等我，我進去換一件衣服就出來。」

第一百一十七章

劉七巧才進門，茯苓和連翹就迎了出來道：「這會兒還早，大少奶奶不如先歇一會兒，等到了時辰再往太太那邊去。」

劉七巧逕自走到房裡，道：「連翹去回了太太，就說大少爺有事喊我出去，我今兒中午不過去吃了。」她說著，翻了翻自己房裡的箱子，可惜以前在王府穿的舊衣服都沒帶過來，翻了半天也沒找到一件接生衣服。無奈之下，她只好翻了當日去討飯街穿的那一套衣服出來。

她換好了衣服，便帶著綠柳匆匆出了門。外頭的春生已經候著，幾個人急匆匆就往門口去了。

劉七巧上了車，春生一邊趕車，一邊問道：「大少奶奶，紫蘇的病怎麼樣了？好些了沒有？」

劉七巧正要回話，綠柳搶先了道：「你怎麼開口閉口紫蘇、紫蘇的，外院的小廝見了我們都是喊姊姊的，你這小子越發沒規矩了起來，在大少奶奶面前怎麼說話呢？」

春生笑著道：「唉喲我的好姊姊，妳就饒了我這一回吧，妳這明知道的事情，還要說我，我心裡正著急著呢！」

劉七巧見綠柳和春生玩笑了起來，便也是笑笑，綠柳才正經開口道：「吃了大少爺開的藥，昨兒晚上就沒有發燒了。不過大少爺說這病是定然要發疹子的，大抵等疹子發過了，也就好了吧。」

「好姊姊，還是妳心疼人，打聽得這麼清楚。」春生說著，便道：「昨兒我和大少爺跑了一天，先進去的幾個病人也有人照看了，大少爺累得中午都沒好好吃東西，還是水月庵的師太請了庵裡的廚娘熬了些米粥，給病人吃的時候，大少爺得空才吃了一點。」

劉七巧一聽，心疼得不行了。杜若身子向來不好，風寒還沒完全痊癒呢，說什麼也要先照顧好自己的身子才行。

她想了想道：「一會兒去了水月庵，我自己進去就好，你就近看看有沒有粥店，給大少爺買一些平素他喜歡吃的粥回去，我讓綠柳在水月庵的廚房給他熱著吃。」

春生高高興興應了，一個勁兒地說：「還是大少奶奶心疼大少爺。」

劉七巧笑著道：「我這算什麼，自己又不會做，改明兒紫蘇過門了，她的手藝可好了，到時候她親手做給你吃，可不是要把我們給羨慕死了？」

綠柳噗哧一笑道：「就是就是，買的如何比得過親手做的？」說著，又轉頭問劉七巧道：「少奶奶，我記得您在王府的時候不是寫了一本什麼食譜嗎？許婆子還說，您把她這些年的手藝都偷學了去，我臨走時，她還說要我好好學，發揚光大，我正要問您要呢！」

劉七巧一拍腦門，最近太忙，果然把這事情忘記了，她揉了揉眉心道：「我想起來了，這些東西都放在了一個箱子裡，一起帶了過來，今兒回去我找找，那些散碎的收稿倒是可以拿過去讓妳學學的。」

綠柳一聽，鬱悶道：「完了，這何苦要跟您提起來，這下好了，還要開始學習廚藝了。」

劉七巧敲了一記她的腦門。「傻子，難道妳不知道，女人征服一個男人的第一步，就要先征服他的胃嗎？」

綠柳聽了，哈哈笑個不停，整個身子都笑得顫了起來。「許婆子真可憐，做了一輩子廚娘也沒征服了王爺，簡直悲慘啊……」

劉七巧聞言，也跟著笑得直不起腰來了。

水月庵是大長公主用先帝賜給自己的別院改的，除了正殿之外，幾個供奉佛祖的大殿是後來建造的，其他尼姑們住的地方，都是以前別院裡單獨的小院子。不過現在除了先帝寵幸過的徐貴妃以及大長公主兩個人有單獨院落，其他人都也過著群居生活。

所有的病人都是從水月庵後門進去的，後面居住的院落和前面供奉的地方有抄手遊廊連著，中間經過幾道小門，平時把這幾道門關起來，前後就隔離開了，劉七巧這一次就是從水月庵的後門進去的。

白日裡，水月庵的尼姑們也有功課要做，所以後面的院子裡人不多。目前進水月庵的病人也不多，大長公主把東北角兩處直排的廂房空了出來，這兩處廂房本來就沒有人住，是當時韃子入境的時候，大長公主收容難民臨時建的房子，後來就一直空置著或者堆放雜物。

大長公主是經歷過事情的人，大抵已經看破了生死，但是對老百姓的惻隱之心卻是與生俱來，單憑這一點，就當得起她如今的身分。

劉七巧從外面進去，就瞧見寶善堂的賀嬤嬤也從外面進來，見了她上前道：「大少奶奶也來了啊？老爺剛派人到鋪裡找了我過來，也不知道是什麼事情。」

劉七巧和賀嬤嬤打了照面，正要領著人進去，杜若從裡頭的廂房出來，見了劉七巧便上前道：「那產婦已經見紅了，身上還燒著，我不敢給她用催產藥，如今剛剛開始陣痛，也不知道還要多久時間。」

劉七巧點了點頭，見杜若額頭上都是汗，便從袖中拿了帕子出來，抬手替他擦了擦。

「今兒來了幾個？我瞧見門口還有幾輛板車呢，是不是還有人要來？」

杜若點頭道：「二叔去討飯街那邊瞧了，如今討飯街已經封了起來，若是有病人就送過來。今兒一早就又來了五個，都安置在裡面。」

劉七巧走進院子瞧了瞧，前後兩排各七、八間廂房，看著很是整潔，靠牆的那一排沿著牆根，順著拐彎還多出三、四間房子，看樣子倒像是臨時搭起來的。

杜若拉著劉七巧過去介紹道：「這裡離庵堂的廚房太遠了，熬藥不大方便，所以我命人在這邊搭了一個臨時的小廚房，這樣方便熬藥用藥。」

劉七巧走過去瞧了一眼，一排七、八個爐子上都熬著藥，火苗撲撲，蓋子裡泛出一股中藥的氣息。一個婆子帶著一個小尼姑正在那邊看火，倒也照應得很周全。

「本來我說了人手由太醫院那邊安排，可是大長公主不肯，說太醫院出幾個人，她這水月庵也出幾個人，所以她昨晚便統計了一下這庵裡出過痲疹的人數，讓她們也過來照顧病人。」杜若說著，又繼續道：「大長公主真是菩薩心腸。」

劉七巧心裡自然是感激的，可是大長公主作為大雍最尊貴的女人之一，可以說大雍所有的百姓都是他們周家的子民，這麼做也無可厚非。

「相公，大長公主固然讓人敬佩，可我心裡更敬佩的人，是相公、爹還有二叔。」劉七巧拉著杜若的手，繼續道：「大長公主仁慈，或許是因為她潛心修佛，對眾生都有慈悲為懷的菩薩心腸；又或者是因為她覺得自己依然是大雍的大長公主，她是周姓的一員，她鍾愛自己的子民。可是相公，你們才是讓我心裡最最敬佩的人。這裡每一個病人，都是你一個個細心診治的；每一個藥方，都是你一筆一畫，斟酌良久開出來的，你不愧對杜家百年醫藥世家的招牌，我以你為榮。」

杜若從來沒有聽過她這樣讚美自己，兩人認識以來，他稱讚過劉七巧無數次，因為她像一塊至寶，散發著璀璨的光輝，每一次都能給他帶來驚喜。可是今天，她站在自己的面前，發自內心地讚美，最真誠也最真摯。

「七巧，妳……妳說得太好了，可我根本就沒有妳說得那麼好。」杜若靦覥一笑，臉上泛起了紅暈。

一旁的廂房裡傳出了產婦痛苦的呻吟，劉七巧扯著杜若的袖子道：「糟了，人家都快生了，我們還在這邊瞎耗。」

「還沒那麼快呢，她這是第一胎，剛開始疼。」

劉七巧進入廂房，仔細為孕婦檢查之後，才發現杜若沒說假話，這喊死喊活地疼到現在，也不過才開了三指而已。她見孕婦身上已經有了痲疹的紅點，詢問道：「妳這會兒覺得怎麼樣？有沒有力氣？妳這是第一胎，沒那麼快，疼的時候別太用力喊，省得生的時候沒力氣。」

那產婦嗚咽地點了點頭，等著陣痛過去了，才緩過來道：「小嫂子，我一個人害怕，我相公和我娘都等在外頭呢，可是看門的人不讓他們進來，我要是生了孩子，是不是就能回去了？」

杜若急忙解釋道：「我們怕病症傳染，所以沒讓家屬進來。」

劉七巧想了想道：「能讓她男人進來嗎？」

「為什麼是男人？」

劉七巧到一旁洗了手，擦乾了道：「你就當我喜好怪癖，我就愛看男人瞧自己老婆生孩子。男人看見了女人的痛才能長心眼啊，不能辜負了女人，不然的話，做女人多可悲啊？」

杜若無奈地搖了搖頭，隨後又一本正經道：「妳要是生孩子，我一定寸步不離守在妳身邊。」

她沒想到杜若竟在人前就說出這樣的話來，瞪了他一眼，嘟囔道：「誰要生孩子了，這兩年沒打算。」

杜若看了一眼她尷尬的樣子，笑著出去吩咐下人把這產婦的男人帶進來。

過了一會兒，產婦又疼了起來，且一陣又比一陣更密集。劉七巧檢查了一下，倒是覺得進展還算挺快的，便又安慰了幾句道：「快了快了，照這樣的速度，不消兩個時辰孩子就能出來了。」

那產婦見自己男人進來了，一下子覺得有了依靠。「大夫，你們倒是說說看，我這病會不會傳染給孩子呢？」

這一點劉七巧還真不知道，就連站在一旁的杜若也搖了搖頭道：「這個我也不能確定，不過妳孩子生下來之後，自然也是要住在這邊觀察幾天的，最好再請一個奶娘過來。妳如今病著，妳的奶只怕孩子也不能吃。」

產婦一聽，紅著眼睛就要哭了，他們這樣的窮苦人家哪裡有什麼閒錢找奶娘啊？能自己養活自己就不錯了。

劉七巧想了想，蹙眉道：「找個能餵奶的還不行，還得找個得過麻疹又能餵奶的。」

杜若點頭稱是，劉七巧轉念一想，搖頭道：「不行，萬一孩子在潛伏期，反倒感染了那奶娘的娃，豈不是更糟了？」每次餵奶就要消毒什麼的，想想就很麻煩……

杜若跟著劉七巧的思路想起那場景，頓時脹紅了臉，不過還是很老實地點頭道：「確實不能請奶娘餵奶，除非那奶娘以後不餵自己的娃了，這也是一個麻煩事情。」

古代沒有奶粉，也沒有奶瓶，做古代的孩子可真夠可憐。可轉念一想，卻又是一件幸福的事情，畢竟可以在母親的懷裡享受最有營養的食物。

「擠吧，小孩子生出來也吃不了多少的，先找個奶娘擠一些奶出來吃，等妳身子好了，再親自餵吧。」劉七巧想來想去，也只有這麼一個可行的辦法了。

那產婦聽了這話，一下子有了信心，握住了自己男人的手道：「他爹，我一定早些好，早些讓孩子吃到自己親娘的奶。」產婦說著，又忍不住痛得哀嚎了起來。

產婦一開始開指很快，可不知為何到後面卻慢了下來，劉七巧又幫她檢查了一下，看來除非到了瓜熟蒂落的時候，否則沒有杜家的催產藥，確實產程進度要慢一點。

劉七巧又安慰了幾句，外頭的綠柳進來說春生已經買了粥回來。古時候沒有打包的工具，春生就連著人家的砂鍋一起買了回來，正好也方便粥冷了可以放爐子上熱一熱。

劉七巧出去瞧了一眼，是熬得軟軟的一鍋綠豆粥，讓綠柳盛了兩碗進去，送給廂房裡的產婦夫婦。杜若見春生買了粥過來，心中雖然很高興，嘴上卻還是客氣道：「我已經讓陳婆子熬了粥，一會兒每個病人都有一碗，我將就著吃就可以，妳怎麼還讓春生去買？我也沒有那麼金貴的。」

劉七巧親手裝了一碗粥，送到杜若的手中。「是呢，你沒有那麼金貴，可你的胃就是那麼金貴，好了傷疤就忘了疼，去年那是怎麼回事啊？」

杜若見劉七巧提起了去年的事情，頓時臉上又紅了幾分，想想自己在口才方面雖然也是不錯的，可比起她來還是遜色幾分，只得安心喝粥了。

粥才吃到一半，產婦的男人跑了出來，萬分焦急道：「大夫、大夫，我媳婦下面流了好多水，你們快去瞧瞧呢！」

劉七巧知道定然是產婦破水了，便放下了手中的粥碗道：「大哥，沒什麼大事，就是羊水破了，你快回去再餵你媳婦吃幾口粥，一會兒可到了使力的時候了。」

男人見劉七巧沒啥緊張的反應，便也懵懵懂懂地點了點頭，又往房裡去照顧產婦了。

劉七巧吃完了粥，淨手完畢，又進去為產婦檢查了一下狀況，伸手摸了摸產婦的肚皮道：「大嫂，是時候了，咱們開始吧。」

第一百一十八章

一下午，水月庵又收治了四、五個病患，大長公主在前院做完早課也匆匆趕了過來，聽說劉七巧方才為一個產婦接生，已經生下了一個小嬰兒，更多唸了幾句阿彌陀佛，讓劉七巧帶她進去，瞧一瞧剛生下來的孩子。

劉七巧領著大長公主進去，見小嬰兒正安安靜靜睡在母親旁邊的一張床上，嘴角嘟嘟的，唇邊還泛著白泡泡。劉七巧一拍腦門，鬱悶道：「糟了，忘了請奶娘了，一會兒孩子哭了要吃奶可怎麼辦呢？」

那產婦聞言，從床榻上直起身子道：「大夫，我的奶真的就不能餵嗎？你瞧著孩子不是好好的嗎？」

杜若搖搖頭道：「確實不能餵，萬一傳染給了孩子，孩子這麼小，也不好醫治。」

產婦這會兒也沒法子再堅持了，鬱鬱地低下頭。大長公主上前逗了一會兒孩子，用手指在小嬰兒的嘴邊點了點，那孩子竟然就張開嘴巴，像是要吃奶的樣子。大長公主覺得心都要融化了，叫了身邊服侍的明慧師父過來道：「妳打發人去宮裡跑一趟，就說我這兒需要一個奶娘，借上十天半個月的。」

明慧見大長公主發話，自然是不好違抗的，可想了想總覺得不妥，邊小聲道：「師太，這宮裡能有奶娘嗎？還要借上十天半個月的……」

「怎麼沒有？梁貴妃剛生了龍鳳胎，怕如今宮裡多的是奶娘候著。皇帝的孩子是孩子，百姓的孩子就不是孩子了嗎？妳只管借去，若是他們不肯，就說一會兒我親自去。」

大長公主都這麼說了，明慧師父也只能從命，硬著頭皮打發人帶著大長公主的腰牌進宮傳話去了。

劉七巧見大長公主這樣喜歡孩子，心裡也多少有些安慰。老人家獨居的時間長了，總是寂寞得很，如今能有事情讓她分散心力，對大長公主的身子也是一件好事。

「師太，大寶和大妹的身子好些了嗎？」劉七巧問道。因那兩個孩子是事先就進來的，如今快到了痊癒的時候，杜若就沒有把他們一起挪過來，仍舊在原來的院子裡醫治。

大長公主點頭笑道：「好多了，平常睡醒了還能下床玩一會兒，吃的東西也比前兩日多，精氣神都上來了。」

杜若也跟著道：「大寶身上的疹子已經消退了，大妹只怕還要兩天，不過如今已經不發燒、不喘氣了，病情都已經控制住了。」

劉七巧聽杜若這麼說，也放心很多，臨走時又關照道：「今兒是中秋，老太太在聽香水榭擺了家宴，你和二叔他們都早一些回來，別讓老人家久等了。」

杜若點了點頭。那邊，太醫院被分配出來的小太監過來找他道：「杜太醫，先前來的藥都按照你的方子配好了，如今就等著安濟堂剩下的藥過來再往下配了。」

杜若皺了皺眉頭。今兒一早安濟堂那邊已經派人送了幾味藥過來，其中沒有牛蒡，太醫院每年所需用的牛蒡也不過五斤重，如今已是下半年，庫裡總共也就剩下兩斤半不到，便拿了兩斤出來配藥，其他也是要勻回去的，可眼下安濟堂的牛蒡不來，這藥就配不下去。

「現在配的藥大概夠幾天的量？」杜若想了想，寶善堂的牛蒡是夠的，可若是全拿出來，下半年的牛蒡就要缺貨。今兒一早杜蘅走的時候，杜老爺也交代了讓杜蘅再物色幾個產牛蒡的莊子，務必保證能在第一時間補到貨。

「若是病人不增加，現在配的藥應該能吃到後天中午。」小太監低下頭，掰著手指數了數，聲音尖尖細細地開口。

杜若稍稍點了點頭道：「知道了，你下去忙吧，每一個進來的病人都要記錄在案，別到時候又撐不到後天中午，這會兒一時也沒多餘的藥給你配。」

小太監點了頭離去。劉七巧把他們的對話全然聽在了耳中，見杜若眉宇緊蹙，便知道他又動了點惻隱之心，開口道：「你別著急，好歹沈住氣，等明日若是安濟堂還是拿不出藥，二叔那邊應該也會有所動作的。」

「嗯，朝廷給安濟堂的期限也是明日午時，到時候寶善堂的藥就可以送進來了，大抵也耽誤不了事情。」

劉七巧辭別了大長公主，回到杜家，先是回百草院洗了一個熱水澡。茯苓上前一邊服侍劉七巧更衣，一邊開口道：「老太太那邊方才打發人來，問少奶奶去了哪兒，奴婢說大少爺那邊急著喊大少奶奶出去，別的也沒有多說什麼。」

劉七巧也知道宅門裡向來多得是耳報神，方才她臨走時讓人去杜大太太那邊知會了一聲，老太太那邊確實沒有去說，也是自己的疏忽了。

「方才大少爺那邊收治了一個產婦，正要臨盆，別的穩婆都沒得過麻疹，怕傳染了不好，所以大少爺喊了我過去，剛生了一個閨女下來，我就急急忙忙趕回來了。」劉七巧說著，臉上也帶著幾分疲累之色。她這幾天月信雖然快要結束，卻也是大放血了，來回地奔波了兩次，身上也乏。

「大少奶奶不如休息一會兒，這會兒還沒到晚膳的時間，估摸著今兒兩位老爺和大少爺沒那麼快就回來，怕還要等上一陣子。」茯苓說著，扶著劉七巧走到隔壁房裡的軟榻上，替她鋪了墊子讓她睡下，接著道：「奴婢讓小丫鬟去廚房弄點點心來，一會兒少奶奶吃一點墊墊肚子。」

劉七巧才睡一小會兒，外頭就傳來丫鬟的聲音，她合眸聽了幾句，原來是杜茵又上百草院來了。

劉七巧過門沒幾日，杜茵已經往百草院跑了三趟，若是沒心眼的也不在意，可若是有心眼的，只怕也要瞧出其中的一些端倪來了。不過好在杜茵平素就和杜若比較親，和新來的嫂子談得來也是有的。

「大姑娘這會兒倒是來得不巧了，大少奶奶才在裡頭睡著了。大少爺也是不懂疼人的，大少奶奶前幾日剛進宮為梁貴妃接生了一對龍鳳胎，才沒兩天呢，又讓少奶奶出去忙去了。」這是茯苓的聲音，她平常在杜若跟前最有臉面，說話的底氣也比其他人足幾分，也只有她敢說幾句數落杜若的話出來。

「怎麼，大哥哥又讓大嫂去接生了嗎？」杜茵好奇地問了一句，不過並沒等茯苓回答，她就繼續道：「我是來給嫂子送月餅的，這是今兒我舅舅家送來的月餅，聽說是南方口味，今兒一早別人家才送的，我舅母便送了一些過來，我娘素來不愛這些，就全交代給我了，如今我已經送了好幾個地方，就差大嫂這邊還沒送來。」

杜茵說明來意，讓玉竹把手中的食盒放了下來。「既然嫂子還沒醒，那我就先走了，晚上要放的花燈還有幾個沒做好，正巧回去趕一趕。」

大雍朝有中秋放花燈的習慣，不管是大家閨秀還是小家碧玉，寫上幾句祝福的心願，放在花燈裡讓它隨著水一路漂流，漂得越遠，那些願望就越容易心想事成。不過杜家的荷花池並不連著外頭的活水，杜家三姊妹怕也不敢在花燈裡寫上什麼出格的話，不然若是不小心被誰撿到瞧了去，也是不好的。

劉七巧正百無聊賴地聽著，忽然心一動，倒是想到一件沒準可以促成杜茵和姜家表少爺婚事的辦法來。只是她想了一下，又覺得這做法委實太冒險，倒是沒必要讓杜茵做這樣的犧牲。

杜茵正起身要走，劉七巧想了想，終究叫住了她。「大姑娘請留步，我這剛醒，妳怎麼就要走了？」

杜茵聽說她醒了，臉上露出一絲驚喜的神色，由茯苓領著自己進去，見劉七巧還歪在榻上，規規矩矩向她行了個禮，坐在對面的紅木圈椅上。茯苓送了茶進來，悄悄退了出去。一時間，房裡有些冷清，劉七巧抬起眸子瞧了一眼杜茵，見她嘴角倒是噙著一抹笑，便問道：「我猜妳也不是為了送月餅來的吧，什麼事情讓妳高興成這樣了？」

杜茵略帶羞澀地低下頭。「哪有高興，不過方才蘇姨娘要帶著二妹妹去紫盧寺小住，母親也答應讓我同去了。」

「我看妳小住是假，去取那狀元泉是真吧？」劉七巧端著手邊的茶盞飲了一口。說起這紫盧寺的狀元泉來，京城沒有人不知道，聽說喝了那泉水的人必然高中，也不知道是哪個人想出的手段，倒是讓紫盧寺的香火越發旺盛了。

劉七巧笑著道：「那泉水若真那麼靈，要麼早已經被那些舉子給喝乾，要麼這世上就沒有落榜的舉人了。」

杜茵卻半點沒有生氣的意思，低頭笑著道：「不過就是個兆頭，有總比沒有好。再說，就算他一輩子考不上進士，我也只嫁他一人的。」她眉梢難得有了幾分堅毅。

劉七巧又想起自己方才想到的那個餿主意，自言自語道：「其實妳非要嫁他，也不是真的沒有辦法，只是不走尋常路，只怕會把妳娘給氣著了。」

杜茵聽劉七巧這麼說，上前拉著她的手臂，倒像是有幾分撒嬌似的晃著她道：「好嫂子，妳快告訴我，到底是什麼辦法呢？若是真成了，我定然好好謝妳。」

「可妳母親要是生氣那怎麼辦？妳不是說前兒她才為了這事情和妳爹拌嘴來著？」劉七巧作為新媳婦，已經得罪過了杜二太太，如今還要給她女兒出餿主意，若是被杜二太太知道了，定然是要拿著鞋底打她這小人的。

「我母親就這個脾氣，我時常勸她，她也不肯聽，反正她隔三差五也要喝父親配的順氣湯，就算再氣一回也算不得什麼了，好嫂子，妳就快告訴我吧。」

劉七巧嘆了一口氣，小心湊到她的耳邊，稍微提點了一下。「姜梓歆是怎麼嫁給妳表哥的？今兒是中秋，老太太請了姜家人進園子一起吃團圓飯，妳不是還要和姊妹們去放蓮花燈嗎？」

劉七巧說到這裡，杜茵恍然大悟，驚喜地笑了一下，站起身來朝她福了福身子道：「好嫂子，妳就是我的親嫂子，我知道怎麼做了！」

杜茵的臉上揚起一抹笑，將她原本算不上出挑的容貌都襯托得光彩照人。

劉七巧見杜茵要走，拉住了她道：「稍稍弄濕了裙角就好，千萬別在下人面前失了儀態，若是傳出去反倒壞了名聲，要是被妳大哥知道了，也不知要如何罵我呢！」

杜茵點了點頭道：「大嫂，我曉得了，姜表哥若是在邊上，定是忍不住要來拉我的，他若不拉我一把，也枉費了我對他的這片心意了。」

劉七巧見杜茵是不撞南牆不回頭的樣子，又擔心起來，杜若說得沒錯，自己總是瞻前不顧後，現在餿主意也出了，倒是拉不住杜茵了。

「不然再等等，如今妳父親都已經同意了，不過就是時間問題，再等幾日罷了。」劉七巧深怕鬧出什麼事情來，又委婉地勸了杜茵一句，杜茵卻斬釘截鐵地道：「不能再等了，這事情若是再不定下來，怕不但他的病好不了，就連我也要憋出病了。倒不如這樣，痛痛快快地解決了，便是我母親怨我，我總是她的親生女兒，她也奈何不了我。」

劉七巧送走杜茵，自己也沒心思再躺著了，便早早去了杜大太太的如意居。杜大太太中午的時候吃多了一些，鬧了半日沒睡著，到了未時才算是睡了一會兒，正剛剛起身，見劉七巧進來，拉著她的手問道：「外頭的事情忙完了？什麼時候回來的？大郎跟妳一起回來了沒有？」

劉七巧一邊接了清荷遞過來的水讓她漱口，一邊回道：「有個產婦得了麻疹，大郎讓我出去走了一趟。我倒是回來有一個多時辰了，大郎那邊還沒回來，怕是要到掌燈時候了，我跟他說了今兒是中秋，讓他和爹他們早點回來，就是不知道他聽沒聽進去。」

杜大太太搖了搖頭，臉上閃過微微的感嘆。「他們三個都是一個性子的人，凡是外頭有事情，就能丟下一家老小，整日就在外頭過活。今年是妳進門的第一個中秋，大郎說什麼也要回來陪妳一起才像話。」

沒過多久，便到了掌燈時分，老太太那邊也派了人來請。雖說杜若和兩位老爺還沒回來，可今兒是中秋，又請了姜姨奶奶他們一家，作為主人家也不應該遲到的。

劉七巧扶著杜大太太出了如意居，又轉身吩咐跟在身邊的綠柳道：「妳先回百草院，讓小丫鬟們備好了熱水，然後去大門口候著，等大少爺回來就讓他先回去沐浴更衣，席上有幾個孩子呢，小心別沾了外面的病氣過來。」

杜大太太也忙吩咐白芷道：「妳也按大少奶奶的吩咐在如意居備好水，讓老爺務必洗過了再來。」

第一百一十九章

兩人到聽香水榭的時候，二太太那邊人都已經到齊了。

聽香水榭被屏風一隔為二，左邊的桌子上坐著杜老太太、姜姨奶奶、姜梓丞和杜二老爺的兩個庶子，右邊則是女眷的席面。杜二太太帶著三個閨女、趙氏帶著嫡子庶女，已經在那邊落坐，見杜大太太來了，都起來福了福身子。

杜大太太在杜二太太的左邊坐了，見沈氏隔著一個位子坐在自己的左側，便招呼沈氏道：「沈夫人這邊坐吧，下面的都是小輩了。」

沈氏也是書香門第出身，家裡兩個兄弟皆有官職在身，無奈都放得遠，大家各過各的，一個老娘跟著大哥走了，如今弄得她一個人在京城孤苦伶仃的。現如今唯一的兒子又病了許久，沈氏作為親娘，早已經絕了要讓他考科舉出仕的念頭，只希望他能平平安安地多活幾年。

沈氏起身謝過了一回，倒也就近坐了，有些歉然地開口道：「老太太可憐我們孤兒寡母的，一家也就三個人，才讓我們過來跟著一起熱鬧熱鬧，太太這麼款待，我倒是不好意思了。」

杜大太太笑著道：「老太太和姨太太是親姊妹，論理我們也能算是姊妹家的，自家姊妹就不用這麼客氣了。」

雖然是客套話，但是杜大太太說的時候，神情語氣都是一等一的認真，讓沈氏感動了一番。杜二太太因為姜梓歆的事情，心裡一直不怎麼待見姜姨奶奶一家，方才她們過來，也就是場面上見了見禮數。

沈氏也知道姜梓歆截了杜茵的夫婿，二太太每次見姜姨奶奶也帶著幾分不屑，對著她越發是不肯用正眼瞧她的，可這事情上頭畢竟姜家人落了下乘，所以她見了杜二太太，難免還有幾分心虛。

說話間有丫鬟來回話，說是兩位老爺和大少爺都回來了。杜大太太臉上露出滿滿的笑意，又瞧了一眼坐在她對面的趙氏，關切道：「辛苦了蘅哥兒，這大過節的又跑出去了。」

趙氏自從為杜蘅又生了一個兒子之後，兩人的感情多少也有些升溫。趙氏如今帶著三個孩子，也不像以前一樣拘著杜蘅，兩人反而比先前更好了。

「昨兒他才說，今兒一早就要走，又吃不到今年的團圓飯了，去年在路上耽擱了就沒趕得回來，今年就差一天，還是等不及。」趙氏雖這麼說，臉上倒也沒有多少埋怨，大抵是昨晚已溫存過了，且她也知道生意上的事情沒法耽擱，這次辦的又是皇差，若不及早將藥材進回來，難不成讓寶善堂斷貨嗎？

杜老太太得知他們都回來了，便讓廚房準備上菜了。這時候，天色已經完全暗了下來，一輪圓月從東邊的荷花池上升起來，倒映在水中，照得整個荷花池一片清亮。

杜老太太想起去年的中秋，原本也是打算賞月的，結果杜若一病，最後大家夥兒連飯都沒吃得痛快。

「今年的月亮，我看著怎麼倒是比往年越發圓了，妳瞧瞧是不是？」杜老太太指著外頭的月亮，對姜姨奶奶道。

姜姨奶奶看了一眼，瞇了瞇眸子，也帶著幾分感嘆道：「去年中秋還是在船上過的，瞧著明晃晃的一輪月亮，也沒管圓不圓的，就想著回到了京城才算是到家了。」

這一句話說得杜老太太也感嘆了幾分，瞧著姜姨奶奶的眼神裡就多了一分心疼，寬慰她道：「妳是福薄了點，不過有丞哥兒在，將來也是能享後福的。」

姜梓丞方才進來，與杜茵擦肩而過，覺得才兩日沒見她就清減了不少，心裡也帶著淡淡的憂傷，雖然入了席，魂卻還沒回來，這會兒聽見杜老太太冷不丁的提起自己來，愣了片刻，朝著杜老太太那邊微微笑了笑，又拱手行了禮數。

杜老太太這會兒才瞧清楚了姜梓丞，去年來的時候分明是芝蘭玉樹一樣的人物，怎麼就病成了這副樣子？連那雙好看的桃花眼都病得凹陷了下去。

外頭的丫鬟們循序地開始上菜，杜老爺、杜二老爺和杜若三人也都從外面進來了。

杜老太太見人都到齊了，也收了方才的心思，開口道：「人都到齊了，就開席吧！今兒難得，姜家姨奶奶跟我們一起過中秋，自從二十年前南遷之後，多少親戚都沒從南邊回來，杜家如今在京城也沒幾家走得近的親戚了，逢年過節的，更是要多親近親近才行。」

「老太太說得對，親戚間是要多親近親近才好。」杜老爺上了席，便打開了話匣子，杜二老爺的兩個庶子連忙起身向幾位行禮，姜梓丞也跟著站了起來，向兩位老爺和杜若行禮。

杜老爺瞧了他一眼，見他雖然表面看著平靜，卻還是眉峰緊鎖，臉上的神色也透著幾分鬱結，便開口問道：「姜家姪兒的身子好些了嗎？平時有空，可以到院子裡走動走動，不要老是窩在家裡。」

姜梓丞拱了拱手，彬彬有禮地回道：「多謝大表舅關心，二表舅妙手回春，晚輩如今已覺得好多了。」

杜老爺點了點頭，意味深長道：「你二表舅怎麼說也是當今國手，大雍的太醫院院判，他的本事不止如此，應當更好一些才是。」

姜梓丞也謙遜的低下頭道：「是晚輩沒好生休養，倒不是二表舅的關係。」

杜二老爺見姜梓丞談吐得宜、禮數俱全，不由又心動了幾分，笑著道：「一會兒吃完了酒，去我的書房坐坐，我再替你診一診脈，沒準吃完這最後一帖藥，病也就好了。」

姜梓丞臉上的神色越發凝重了起來，但還是禮貌地點頭應了。

一時間宴席開了，杜老太太也沒問杜老爺外頭的事情，省得心煩，左右兩桌便都說說笑笑地吃了起來。

宴席撤了之後，又換上了瓜果茶盤。聽香水榭就建在荷花池的邊上，離去年姜梓歆投河的地方不過兩、三丈遠，因為建在了池塘邊，所以朝水裡伸出去有一丈寬，這裡的水是有些深的。

「我們還是去對面那邊放河燈吧，今年水淺，這邊的堤岸倒是顯得有些高了。」杜茵率先站了起來，朝另外兩位姑娘看了一眼，繼續道：「妳們不去嗎？我今兒才讓小丫鬟們把對面的小水橋打掃了一下，站在那邊放河燈正好呢。」

杜苡、杜芊平常都以杜茵馬首是瞻，便起身對自己的丫鬟道：「去房裡把花燈送到對岸的水橋那邊去吧，我們和大姊姊先過去。」

杜苡站起來，眼神稍微撇了撇隔壁桌的眾人，開口道：「莘哥兒和茂哥兒跟不跟大姊一起玩？放花燈可好玩了。」

兩個孩子畢竟年紀小，聽杜苡這麼一說，臉上就浮現了興奮神色，一個躍躍欲試起來。

杜老太太瞧了眼兩個孩子，笑著道：「放花燈都是姑娘家的玩意兒，你們湊什麼熱鬧？再說你們年紀還小，在水邊玩也不安全。」

杜茵見杜老太太這麼說，不依不饒道：「難得一家人吃了團圓飯，才想帶著弟弟妹妹們一道玩一玩，老太太怎麼又來掃我的興致呢？大哥哥，你說是不是？」

杜若雖然不知杜茵葫蘆裡賣什麼藥，卻也不忍心拂了她的興致，正想開口說話，卻瞧見劉七巧不知什麼時候站在自己對面，悄悄朝著姜梓丞的方向努了努嘴。杜若愣了愣，很快反應了過來。「難得今日高興，不如我陪著弟妹們一起去放花燈吧。」

劉七巧聽見他這一句話說出來，差點就急得跳腳，繼續朝他擠眉弄眼的，杜若雲淡風輕地繼續道：「姜表弟不如也一起去吧，聽說放了花燈能讓自己心想事成，姜表弟不想試試嗎？」

劉七巧差點被杜若弄得心肌梗塞，見他終於繞回了正題，忙不迭地裝作恩愛狀。「相公，我也陪著你一起去。」

杜老太太縱使再不樂意，也不好意思掃了他們的興致。

杜家的花園雖然比不得王侯公府，卻也是頗占面積，荷花池上建著九曲廊橋，從聽香水榭一路過去，就能繞到對面聞香亭下的小水橋上。聞香亭是一個六角小亭子，因為杜若和劉七巧剛剛大婚，掛在四面的大紅燈籠還沒有取下來，丫鬟們取了花燈過來放在裡頭，等著姑娘們放花燈。

燈架子是在外頭的花燈師傅那邊買的，上面的花瓣，是姑娘們自己挑選了喜歡的顏色糊上去的。小丫鬟們難得高興，也都捧著花燈過來放，遠遠地正好能瞧見對面水榭裡頭賞月的眾人。

姜梓丞不好意思拂了杜若的意思，也跟著人群過去，看著杜茵款款的身影走在前頭，只覺得有些恍惚。

劉七巧挽著杜若的手走在後面，杜若這才開口道：「七巧，妳這葫蘆裡賣的什麼藥？」

她睜大了眼睛，有些心虛道：「我能賣什麼藥？不過就是讓他們兩人見上一面罷了，反正人多，他們也說不成話。」

杜若抬眸看了一眼走在前頭、有些失魂落魄的姜梓丞，忍不住搖了搖頭。

一群人到了小水橋旁邊，杜茵卻沒有急著去放花燈，而是坐在亭中，看著杜苡、杜芊帶著莘哥兒和茂哥兒玩得高興。她坐了半刻，姜梓丞也終於來到了亭中，杜茵見他來了，才伸手拿了石桌上的一盞花燈遞給了姜梓丞。「丞表哥，這盞花燈是為你做的，你替我放了它可好？」

姜梓丞愣怔了片刻，伸出手接過了杜茵手中的花燈。杜茵微微一笑，拿起石桌上另外一盞花燈款款走在前頭。

其他的姑娘和小丫鬟們都放下了花燈，蹲在小水橋上，用手撈著水讓那點上了蠟燭的花燈快些往前去。

杜茵走過去蹲下，讓丫鬟拿火摺子點燃了花燈中間的蠟燭，抬眸看了一眼跟在身後的姜梓丞。姜梓丞漸漸靠近，小丫鬟也上前為他點燃了蠟燭，一丈寬的水橋上，杜茵蹲在左邊、姜梓丞蹲在右邊，中間隔著幾個小丫鬟。兩人雖然各懷心事，卻還是禮貌地背對著。

杜若走到亭子裡頭，看見石桌上還放著幾盞未放的花燈，便拿了一盞花燈遞給劉七巧道：「七巧，妳要不要也許個願望，放一盞花燈？」

劉七巧接過花燈，抬眸道：「我有很多很多願望，不知道放一盞花燈能不能實現？」

杜若展眉一笑，伸手捏了捏她的下巴，想了想道：「那妳只要許一個願望就可以了。」

「什麼願望？你說說看？」劉七巧好奇地問。

杜若拿起一旁的筆，在許願的紙條上寫了一句話——「保佑我實現所有的願望。」

劉七巧一看，忍不住搖頭笑道：「倒是沒看出來，你也是這麼一個投機取巧的人。好吧，那我們一起去放花燈。」

杜茵將花燈放在了水池中，纖細的臂膀在清涼的水中撈了撈，看著花燈漂向遠處，不遠處，十幾盞花燈湧在了一起，荷花池上連著一小片火光。杜茵咬了咬牙，忽然身子向後一仰，腳下的繡花鞋悄悄滑向一旁，伴隨著一聲驚慌失措的尖叫，她整個人跌在了水中。

劉七巧嚇得花燈都掉在了地上，杜若正想前去看個究竟，她卻已經反應了過來，拽住了他的袖子，搖了搖頭，小聲道：「別急，我們慢慢過去。」

小水橋那邊的水不深，可是杜茵是側身倒下去的，半邊身子早已經濕成了一片。幸好今日中秋，小廝們大多數都放回家去了，留下來服侍的都是丫鬟們，杜茵開口一喊，站在水橋上的丫鬟們也都尖叫了起來。

姜梓丞就在杜茵一丈遠的地方，聽見這一聲尖叫，自然早已反應過來，幾乎是出於本能地轉過身去，跳到水中，將顫抖成一團的杜茵抱上水橋。

中秋之時的水已有些冷，杜茵被凍得不輕，抱著雙臂窩在姜梓丞的懷中，咬著蒼白的唇瓣道：「丞表哥，我冷……」

姜梓丞因為近日病弱，所以今天特意穿得厚實了點，聞言便將自己身上的外袍脫了，緊緊裹在杜茵的身上。杜苡和杜芊原本帶著兩個弟弟在一邊玩，聽見聲音也跑了過來看熱鬧。

杜若上前兩步，見杜茵臉色蒼白地靠在姜梓丞胸口，便知道發生了什麼。

劉七巧面色一紅，更是不知道要說什麼好，想了想才開口道：「玉竹呢？快送妳家姑娘回去洗個熱水澡，把衣服換了，否則這樣下去豈不是要著涼？」

玉竹這會兒也是被嚇壞了，聽了劉七巧的吩咐，才喊了丁香一起把杜茵從姜梓丞的懷中扶了起來，左右架著回了西跨院。

杜老太太在水榭賞月，聽見這邊的動靜，派了丫鬟過來問話，杜若一時也不知道怎麼說好，卻是姜梓丞大義凜然的站了出來，拱手道：「我隨姑娘去向老太太回話。」

杜若看了劉七巧一眼，心裡說不清是喜是怒，搖了搖頭，跟著姜梓丞一起過去了。

夜晚的風很冷，姜梓丞下身濕了，被風一吹，整個人都瑟瑟發抖起來。他走進聽香水榭，見眾人都在裡面，攬了袍子跪下來道：「小姪一時魯莽，冒犯了大姑娘，小姪願娶大姑娘為妻，還請老太太成全。」姜梓丞的聲音雖然有些喑啞，但卻如金石落地，擲地有聲。他說完話，恭恭敬敬地對著杜老太太磕了一個響頭。

杜二太太原本平靜的臉上頓時露出驚濤駭浪般的神色，已是顧不得儀態，拍案而起道：「你……你們姜家人還有沒有廉恥之心？你妹妹用這一招坑了我姪兒，如今你又要用這一招坑我的女兒，你說，是不是你故意推她下水的?!」

杜若難得見杜二太太這樣，上前為姜梓丞解釋道：「二嬸娘，姜表弟離大妹妹一丈來遠，如何去推她？若不是大妹妹不小心失足落水，如何能發生今日這種事情，姜表弟若是見死不救，那一圈的丫鬟們又要怎麼看？」

劉七巧聽杜若說出杜茵是不小心失足落水，心情也總算是放鬆了。不管怎麼樣，杜若還是向著自己的。她上前勸慰道：「當時有丫鬟們和姜家表弟在場，丫鬟們自己都嚇得沒醒過神，姜家表弟也是不得已才出手相救的。二嬸娘先別生氣，姜家表弟看著是個有擔當的人，如今大妹妹出了這樣的事情，終歸是有心結的，不如讓大妹妹自己選，她若是願意嫁給姜家表弟，二嬸娘何不成人之美呢？」

第一百二十章

杜二太太這會兒正喪失理智，聽劉七巧這樣說，脫口而出。「婚姻大事向來都是父母之命，媒妁之言，妳以為人人都跟妳一樣沒規沒矩、不知廉恥嗎？」

這一句話雖然狠毒，可是劉七巧想了半天，竟然無言以對。雖然最後自己嫁給杜若也是名正言順的，可她和杜若畢竟是先有了兒女私情的。

「二弟妹說的這什麼話，七巧和大郎的婚事哪裡不是父母之命，媒妁之言了？大長公主親自保的媒，妳大嫂親自去恭王府提的親！」杜老爺很少管內宅瑣事，可這劉七巧這兒媳婦他也很是看重，當初因為這點瞞著杜老太太，他已經覺得很不孝了，如今人已經進了門，杜老爺委實不想聽見人舊事重提。

杜二老爺也站起身來拉著杜二太太坐下，轉身卻拱了拱手，直截了當地對杜老太太說：「姜家外甥的品性我是看重的，人品一等一，學問又好，將來考上進士不說封侯拜相，做一個安穩的小官也是沒問題的。今兒有這麼一遭，又恰逢中秋佳節，也算茵丫頭和他有緣，與其大動肝火地生氣，不如就成人之美算了。」

杜二老爺平素在杜老太太跟前話並不多，今天能說到這分上也不容易了。杜老太太低下頭，瞧著面前跪著的姜梓丞，默默無語。

誰知道坐在身邊的姜姨奶奶忽然起身，對著杜老太跪了下去道：「大姊，丞哥兒是我從小看著長大的，這麼大還沒許下親事，為的就是要求個功名，如今他功名未成，我也沒臉來求妳。」

姜姨奶奶說著，起身將姜梓丞扶了起來道：「走吧，人家不領你的情，明兒我們就回姜家老宅去吧。」

杜老太太一聽，心裡也就急了。她就這麼一個親妹子在京城，又住在自己家裡，這一年來兩人感情一直很好，若是為了這事情生分了，她也心中難安。

「老太太不如應了吧，姨奶奶都跪下了，她是長輩人家，自然心疼自己的孫子。」杜大太太說著，瞧了一眼姜梓丞身上濕答答的衣服，搖了搖頭道：「孩子還病著呢，穿著濕衣服就來認錯，可見他是真心的，茵丫頭跟著他，也是福氣。」

杜老太太的眉頭鬆了鬆，似乎是要有決斷了，杜二太太的心提在了嗓子眼，還想開口說話，瞥見杜二老爺按在自己肩頭的手掌，身子就先僵了一半，咬著唇低下了頭。

這時候杜茵換過了衣服，由兩個丫鬟扶著往聽香水榭這邊來，見姜梓丞還跪在地上，心裡有著說不出的心疼。

姜梓丞見她過來，換了身上的濕衣服，頭髮也簡單梳理過了，臉上神色並沒有太多的驚悸，便也放下了心來，籠著袖子輕輕咳了幾聲。

杜茵的眉頭又皺了起來，緩緩走上前，跪在杜老太太跟前道：「老太太，孫女願意嫁給姜家表哥。」

杜老太太的神色鬆了下來，舒開眉目問道：「妳當真是自己願意的呢？還是因為今天的事情，不得已才願意的？若是因為後者，今兒的事情只有家裡人瞧見了，沒有人會說出去，妳還是貞靜嫻淑的閨中小姐，不用在意這些。」

杜茵垂著頭，聲音雖然小，卻透著一股堅定的意味。「孫女想清楚了，姜家表哥的人品很好，孫女沒什麼好嫌棄的。」這句話大抵是杜茵斟酌了許久才想出來的，以杜茵杜家嫡長女的身分，她確實可以嫁得更好一些；而姜家雖然是過去的帝師，可如今完全落魄了，姜梓丞若是考不上進士，能配上官家的姑娘也就奇怪了，頂多也只是庶出的閨女罷了。

杜老太太想了想，難得今兒是中秋，出了這樣的小插曲，雖然算不得完美，但比起去年中秋也強了很多，至少若是她肯點這個頭，事情就會朝著更好的方向發展。

劉七巧想了想，這會兒杜老太太還欠一把火，若是添了上去，這事情也就成了。

「我瞧著大姑娘和姜家表弟倒是般配了，先頭母親不是有心想把大姑娘配給齊家表弟的嗎？誰知竟出了意外，如今姜家表弟又補上了這個缺，誰知道是不是命中注定的呢？」一直沒有開口說話的趙氏，卻忽然開口說了這麼一句。

她在杜老太太心中算是看得上眼的規矩人，家世好，人也懂禮數，比起杜二太太，杜老太太對她倒是更看重一些的。

杜老太太聽她這麼說，臉色終是化開了，笑了笑道：「蘅哥兒媳婦說得有道理，誰知道這是不是命中注定的姻緣呢？寧拆十座廟，不毀一門親，既然兩個孩子都有了這心思，當長輩的也就隨緣了吧。」

杜老太太說著，又伸手拉著姜姨奶奶的手道：「好妹子，如今我們又做了親家，妳再不能說出剛才那番生分的話。我方才也是一時沒想明白，怕孩子不樂意，既然茵丫頭自己都同意了，那我還有什麼好說的呢？」杜老太太嘆了一口氣，看了一眼窗外透進來的月光道：「今兒的月亮可真圓吶。」

眾人也都一一附和道：「確實很圓，難得天氣也好。」

話題就這麼被繞了過去，事情也算是定了下來，劉七巧鬆了一口氣，再抬眼看杜若的時候，見他的嘴角也帶著一絲淡淡的笑意。

沈氏帶著姜梓丞回梨香院換衣服，姜姨奶奶陪著杜老太太賞了一會兒月，又開口道：「事情既然定了下來，這搬家的事情，卻也不能不搬了。」

杜老太太心裡想了想，杜茵既然要做姜家的媳婦，難不成就從自己家嫁到自己家的偏院？這委實也太不像話了點。

「這會兒我卻是沒理由留妳了，罷了，以後常過來住就好了，我一個人也冷清得厲害。」杜老太太發了話，也算是允了下來。

眾人又賞了一會兒月，杜二太太便推說身子乏了，自己先回西跨院去了。杜老爺喊了杜二老爺和杜若三人去了書房。老太太年紀大了，也熬不得夜，丫鬟們都上前勸了起來。

杜老太太散了之後，一行人也都各自散了，劉七巧便上前扶著杜大太太回如意居。

杜大太太並不知杜茵和姜梓丞一早就看上眼的事情，在路上還跟劉七巧嘮叨道：「今兒倒是沒想到會有這麼一齣，大姑娘雖然眼下看著是下嫁了，可以後若是姜家姪兒能考上進士，在翰林院待上一、兩年，將來放出去，也是一個正經的官職了，等資歷深了，再回京城，六部裡隨便做個堂官，那茵丫頭也算是熬出來了。」

劉七巧點了點頭，長輩們的心思都是這樣的，杜大太太雖然和杜二太太有點不對盤，可對這三個姪女都是一等一的好。她聽著，嘴裡就忍不住道：「若是做娘的閨女，定然是一件很幸福的事情。」

杜大太太扭頭瞧了一眼她臉上豔羨的神情，心裡也暖融融的，拍了拍她的手背道：「如今妳就是我的親閨女。」

劉七巧倒是真被杜大太太這句話給觸動了，鼻子一酸，眼睛就紅了起來，脫開一隻手拿著帕子壓了壓眼角。杜大太太看在眼裡，心裡也是說不出的寬慰。

劉七巧今兒給杜茵出了餿主意，心裡還是有些慚愧的，所以便沒急著回百草院，反而在如意居坐了半天。

等她回去的時候，連翹正打了水在給杜若泡腳。劉七巧走過去，遣了連翹出去，自己脫了外頭的褂子，把袖子捋得老高，搬了一張杌子坐在杜若的對面，伸手進去為他捏了捏腳底。

杜若正低頭看書，沒注意到劉七巧回來，便以為是連翹做出這樣的舉動，嚇得收回了腳，才想開口，便看見劉七巧也抬頭看了自己一眼，這才放下心來，又把腳放入了木盆裡的熱水中，把書放在一旁，噗哧一笑。

「我還沒說什麼呢，妳這樣是負荊請罪嗎？」

劉七巧拿汗巾包著杜若的腳，擱到自己的膝蓋上，手法不大嫻熟地捏了幾下，嘴硬道：「我哪裡有罪？按了塵師太的說法，我今兒又做了一件天大的功德呢。」

杜若聽她這麼說，小腿就開始在她的膝蓋上動來動去，劉七巧按住了他的腿道：「行了，相公……我錯了還不成嗎？我就是隨口一說，誰知道大姑娘就當真了呢？」她抬起頭，眼含祈求地看了一眼杜若，又接著道：「不過大姑娘也真是吃了秤砣鐵了心了，做事倒有一些女中豪傑的風範，是我小看她了。」

杜若想了想平日裡杜茵的做派，道：「我和二弟都是男的，她雖然是妹妹，卻是家中的嫡長女，從小老太太就疼她，二嬸娘就更不要說了，大妹妹是她唯一的女兒，沒有不疼的道理。她自小做事就是這樣直爽的性格，從不拖泥帶水，我倒是很欣賞的。」

「這一回也著實讓我刮目相看了。」劉七巧說著，又幫杜若把另一隻腳也擦乾淨了，繼續道：「原本我也是想不出這辦法的，不過就是想起一年前姜家表姑娘的事情罷了。有時候要點小心眼，只要不用在做壞事上面，也是無傷大雅的。」

杜若起身，拉著她坐在自己的身邊，笑著道：「妳這腦子裡裝的東西確實不少。」他湊到劉七巧的耳邊道：「七巧，不如妳老實告訴我，妳前世到底活了多少歲？」

劉七巧狠狠瞪了他一眼，咬牙切齒道：「我前世可高壽了，一直活到七老八十的，你這輩子就是娶了一個七、八十的老太太，怎麼？你想退貨不成？」

杜若莞爾一笑，摟著劉七巧躺下來。「若這輩子，我們都能活到七老八十，那就齊全了。」

第二日一早，劉七巧在如意居用過了早膳，照例是陪著杜大太太聊天說話，然後等到了時辰，就去議事廳裡頭跟著杜二太太管理家務。

杜若早了她一步回了百草院，去替紫蘇複診。紫蘇這幾日病著，全賴茯苓一個人照料，雖然說不上十二個時辰無微不至，但至少端茶送水從沒短過什麼，她平常是慣服侍人的，身子骨又好，這回難得被人照顧，心中很是不好意思。

昨天杜若回百草院的時候，偷偷放了春生進來瞧了眼紫蘇，兩人說起了水月庵裡頭的事情，紫蘇便起了這個心思，想讓春生接了自己過去。

「家裡人多，太太又懷著孩子，二太太那邊，大大小小四、五個孩子，我雖然在這小房間躺著，卻也不安心，若是為了這個，讓少奶奶難做就不好了。」

春生聽紫蘇嘴上提了，便就開口應了，拍著胸脯說明兒一早一定來接她。

所以這會兒杜若還沒進來，紫蘇就撐著病體梳妝起身，手裡打了一個小包裹，坐在床沿上等著了。

杜若回了百草院，茯苓引著他往紫蘇的房間裡來，就瞧見紫蘇穿戴整齊地坐著了。她雖然身上發了疹子，臉上倒是乾淨，見了杜若進來便開口道：「大少爺，我尋思著還是跟你去水月庵養病方便。」

杜若在劉七巧跟前打過包票絕對不讓紫蘇出去，可他也知道紫蘇的心思，不想給自己和七巧添麻煩，便開口道：「這事還是跟妳大少奶奶商量一下吧，我既答應了她，自然只有她做得了妳的主。」

紫蘇連連擺手道：「我昨兒和春生都說好了，一會兒我就跟著大少爺的車一起去水月庵裡頭。也不用再問大少奶奶了，這主我自己做了，回頭大少奶奶若是問起，奴婢自然會給她個說法。」

杜若見紫蘇堅持，便也點頭答應了，又命茯苓帶著人將紫蘇的房間裡裡外外清理消毒，熏上了艾葉。說實話，他這幾日都在水月庵裡頭照應病人，紫蘇在杜府待著，確實還不如在那邊來得方便，況且太醫院也在那邊派了人值夜，可以說是一天十二個時辰能隨時觀察病人的情況。

劉七巧在家也沒閒著，備著禮物去杜二老爺的幾位姨太太那邊走了一遭，幾個姨娘雖然出身風月，卻都溫婉有禮，劉七巧被央著打了兩圈麻將，還贏了不少錢，眾人都盡興了，這才散了。

這日到了掌燈時分，杜若才跟著兩位老爺一起回來。劉七巧早就命丫鬟們準備好了熱水，等他回來，先服侍他洗漱。

杜若從外頭進來，身上的衣服上都沾了髒污，綠柳正要過去給他寬衣，劉七巧攔住了道：「妳下去吧，大少爺這幾日去的地方不乾淨，仔細沾了什麼東西回來，倒是不好。」

綠柳應聲出去，劉七巧便上前為他寬衣，脫下了他的外衣。「今兒去瞧了二叔的幾個姨娘，只有阮姨娘在歇息，沒見著。不是我說大話，你若是也有二叔這樣的福氣，能找到這樣的人物，我便也准了你納妾了。」她繼續道：「看著倒是比二嬸娘還氣派，倒不是指穿著打扮方面，就是待人接物也親切和善，今兒我才頭一次去，就拉著我玩麻將，我還贏了好些錢回來。」

「看樣子妳以後在家也不會太寂寞了？」杜若打趣了一句。「別說是四個，就是能遇上千百個那樣的，我也不多看一眼，我只要妳一個。」

劉七巧被杜若這句甜言蜜語打動了，紅著臉，從背後摟緊了杜若。「我……月事剛完了。」

杜若面上一笑，捏了捏劉七巧的鼻頭，轉身抱住了她。

屋子裡又是翻雲覆雨了一番。劉七巧剛剛經過房事，臉上的紅暈還沒有褪去，坐在那邊理了理雲鬢，對一旁正在更衣的杜若道：「你快去福壽堂吧，老太太都派人來請了。」

杜若點了點頭，意猶未盡道：「今兒晚上沒什麼事情，我早點回來。」劉七巧就看著自己的臉在鏡子裡脹得通紅了起來。

杜若沒怎麼注意，整理好衣服就出去了。外頭的小丫鬟來傳，說杜大太太那邊也傳飯了，正讓大少奶奶過去。

劉七巧伸手拍了拍自己的臉頰，對著鏡子擠出一個笑，也起身跟著出去了。

第一百二十一章

用過晚膳，劉七巧便把今兒去蘼蕪居的事情和杜大太太說了，杜大太太笑道：「妳也真是的，怎麼能贏她們的錢呢？」說著，便喊了丫鬟過來道：「清荷，去把上個月舅太太送來的幾支青玉簪子送過去，就說是我給姨太太們帶的，二太太那邊也送個一樣的就好了。」

劉七巧謝過了杜大太太，又道：「我是不想收的，可花姨娘嚇唬我，說若是不收，下次可就贏不了了，我只好乖乖收下了。難得好運氣，還是要留長一些的。」

杜大太太點點頭笑道：「妳現下跟她們不熟，以後等熟了就知道了，花姨娘最會嚇唬人，跟妳一樣有一張巧嘴呢。」杜大太太喝過茶，又嘆了一口氣道：「我沒身子的時候，也是隔三差五要去蘼蕪居坐坐的，她們都是好性子的人，彼此間說說話倒也高興。」

從杜大太太的話中，劉七巧便知道杜大太太對那幾個姨太太也是很和氣的，並沒有生出什麼高低貴賤的看法，不過就是惋惜她們身世可憐而已。

劉七巧回百草院的路上，杜老爺書房的朱砂又跑來請人了。原本杜若吃完了飯是想早些回百草院的，他忍飢挨餓了幾天，今兒總算可以開葷了，自然恨不得早早回去抱媳婦，偏生杜老爺把他喊住了商量事情。

劉七巧去的時候，杜若正在那邊彙報水月庵的情況，道：「今兒又來了七、八個病人，如今下來，一共收治了有二十四個病人。藥已經不夠用了，主要還是缺牛蒡。」

杜二老爺道：「這個你不用著急，明兒一早我就上書皇上，讓他先准了寶善堂的藥進去，以解燃眉之急。」

杜老爺手中捧著一個紫砂壺，表情凝重地點了點頭，開口道：「最好這個時候告安濟堂的狀子也遞上去，這樣皇上龍顏大怒，就有理由徹查了，不然只怕到時候安濟堂的人一個動作又逃過去了。這種事情只有上達天聽，才能給予致命一擊。」

劉七巧進來，向兩位老爺行過禮，又聽杜老爺把話說完了，這才開口道：「老爺說得是，這樣吧，明兒我去一趟討飯街那戶人家家裡，先跟他們說一說這事情。老爺這邊有沒有認識的狀師，介紹一個過來，也不必太熟，免得讓對方看出他們和寶善堂的淵源來。」

杜若想了想。「我倒是認識一個會寫狀子的，一會兒回去我寫了拜帖，明兒一早送去給他，到時候就跟他約了時間，在討飯街那戶人家見面。」

劉七巧心道：討飯街那戶人家家裡是個什麼狀況你也知道，正經人家的公子怕不願意去了，也不知你要介紹個什麼人？

杜老爺見兒子媳婦各自認領了差事，也很滿意，點了點頭，又轉身對杜二老爺道：「討飯街那邊如今還封著，明天你讓手下人行個方便，放他們進去。」

杜二老爺點頭道：「這一點你放心，我一會兒就派人去交代一聲，省得明天早上你們吃了閉門羹。」

事情商量妥當便各自回去休息。劉七巧去淨房洗過了，坐在梳妝檯前解開頭上的那些釵環珠珮，透過鏡子，就看見杜若正目不轉睛地盯著自己看，像極了看一頭獵物。

劉七巧故意放慢了動作，杜若就有些等不及了，幾步上前，伸手為她拆了幾支珠花下來，還開口道：「妳還是打扮清雅一點好看，這些東西也怪重的吧？」

劉七巧忍不住就笑了，嬌嗔道：「你要我動作快點直說嘛，還賴上這些簪子，又拐著彎誇我漂亮，可真是辛苦了。」

杜若哪裡禁得起劉七巧這番撩撥，一伸手就把她抱了起來，丟在床上。

兩人一番雲雨之後，精神還算不錯，劉七巧合眸靠在杜若胸口，杜若還是跟往常一樣，用過了茯苓送進來的宵夜，這才熄了燈睡覺。

第二天一早，杜若早早就走了，劉七巧床榻勞累，杜若囑咐綠柳不要太早喊她，只要不誤了去福壽堂晨省就好了。

劉七巧醒了之後，便趕著去福壽堂晨省了。

杜茵沒過來晨省，大概是那天落水，生了病還沒好。杜芊牽著杜老太太的手在跟前道：「老太太沒瞧見，大姊姊雖然人病著，心情好著呢，我眼裡看著，大姊姊沒準一早就喜歡上了姜家表哥，是她臉皮薄不敢說，這會兒倒是心想事成了。」

杜芊的話才說完，那邊，杜二太太冷著臉從外面進來，嚇得她急忙就噤聲了，規規矩矩地站在老太太身邊，向杜二太太行了行禮。

一家子的女眷在一起說了一會兒話，杜苡見了杜大太太，便開口道：「我姨娘正讓我謝謝大伯母和大嫂子呢，昨兒又讓妳們破費了。」

杜大太太笑著道：「也不是什麼好東西，舊年我兄弟去了雲南就任，就送了這些東西回來，雖說不是頂名貴，但也是讓珍寶坊的師傅雕刻過的，手藝上倒還說得過去。」

杜苡笑著道：「姨娘也說是出自名家之手，玉質均勻，不是等閒就能得到的呢。」

杜大太太聽了更高興了，蘇姨娘終究是個識貨的。杜芊這會兒收了方才的小心，也湊過去對劉七巧道：「我姨娘也讓我謝謝大嫂子的玫瑰清露呢，姨娘說這東西可不好得，怕是大嫂子自己也沒多少，卻給了她，她正不好意思呢。」

玫瑰清露的確不好得，是宮裡頭的東西，先前小梁妃託人帶了幾瓶給王妃，王妃便就給了劉七巧幾瓶，連周蕙和周菁兩個都沒有呢。

「東西再好，也是給人吃的，太太這會兒有了身孕，不能吃這些，不然我鐵定是用來孝敬太太的。」老年人腸胃不好，玫瑰花又是一個滑腸的東西，這個不用說，杜老太太也是懂的。

杜芊就又開開心心地站到了杜老太太跟前，只有杜二太太臉上閃過一絲絲的不屑。話都被她們誇讚了去，自己還有什麼好說的呢？偏生杜茵又不在，不然好歹也給自己說幾句，去去這面上的尷尬。

杜苡畢竟也是聰明人，見了嫡母尷尬，便笑著道：「母親，方才出來的時候遇見了二嫂子房裡的丫鬟，說昨兒傑哥兒鬧夜了，非要二嫂子抱著才肯睡覺，二嫂子抱了他一宿，早上才脫了衣服睡去，所以今兒就不來晨省了，方才我也跟老太太說了。」

杜二太太臉色緩和了一下，點了點頭，那邊杜芊也開口道：「妳大姊姊身子還沒好全，今兒也沒來，讓我替她傳話，今兒不跟著母親回去用早膳了，一會兒讓玉竹備了，送過去隨便吃一些。」

杜二太太臉上緩緩生出了一些笑意來，開口道：「哪能隨便吃呢，一會兒我差人給她送過去吧。」

眾人又說了片刻話，便都起身告辭了，杜老太太只留了兩個孫女一起吃早飯。劉七巧便跟著杜大太太回了如意居。

杜大太太道：「我聽老爺說今兒他託了妳事情，一會兒我讓王嬤嬤幫妳到議事廳告假，妳忙妳的去吧。」

劉七巧這會兒是真心感激杜老爺了，她正愁一會兒要出門，如何跟杜大太太說這件事情。杜大太太似乎不大喜歡她插手外面的事情，可杜老爺的託付自然不能怠慢的。

「那就多謝娘了，是小事情，我忙完了就回來。」

劉七巧跟著杜大太太一起吃過了早飯，便帶著茯苓出門去了。

茯苓倒是興奮得很，她是服侍少爺的，少爺們出門都是帶小廝，像她們這樣的丫鬟，一年也出不了幾次門。

劉七巧見她臉上洋溢輕快的笑容，便笑著道：「以後出門的日子多了，等妳嫁了人，就在我跟前做個管事媳婦，裡裡外外地忙，到時候怕請妳出門妳都不願意了。」

茯苓聽劉七巧這麼說，便低著頭，嬌滴滴地笑了起來。

劉七巧才到了討飯街口，就見小廝齊旺已經在門口等著了。他見了劉七巧來，便迎了上來道：「二老爺怕有什麼差錯，讓奴才先在這邊侯著大少奶奶。」

劉七巧應了一聲，見討飯街口已經設了圍檔，入口處排了一整排的粥攤，另外一邊直接發放米糧。因為四皇子也是死於這病症，朝廷這次非常重視，控制蔓延上還算做得盡力。

劉七巧左右瞧了瞧，問了一句。「你可知道大少爺說要舉薦的狀師是哪一位？」

齊旺摸了摸腦門，想了想道：「大少爺今兒跟我提起過，說是一個叫包大爺的。」

劉七巧點了點頭，心道：姓包的不錯，宋代有個包青天挺靠譜的，這人既然是個狀師，定然也是一個懲強扶弱的人。

齊旺跟守著圍檔的守衛說了劉七巧的來意，又悄悄孝敬過了，那邊便開了一道門，放劉七巧和茯苓進去。兩人正要進去，卻聽見不遠處有人騎著毛驢往這邊趕過來道：「嫂夫人留步、嫂夫人留步。」

劉七巧扭頭看了一眼，見一個穿著棉布長袍的人從小毛驢上翻身下來，朝著她一邊招手一邊道：「嫂夫人，我是杜大夫請來的——」那人話還沒說完，被路邊的亂石頭絆得跌了一跤，狗吃屎一樣地摔在了劉七巧的跟前。

茯苓噗哧一聲用帕子摀著嘴笑了，劉七巧也忍不住臉上的笑意，招呼齊旺道：「快把包大爺扶起來，時候不早了，我們早些進去吧。」

齊旺見姓包的跌了一跤，唉喲了一聲，急忙上前扶著他道：「我的探花爺，你好歹悠著點，這叫什麼事啊！」

劉七巧聽齊旺這麼說，忍不住就睜大了眼，打量了一番這位騎毛驢的探花。

原來這位包探花是今年的殿試第三名，饒是劉七巧這樣深居閨閣的姑娘，對他的軼事也是略知一二的。聽說這位探花取了一個另類不凡的名字，以至於皇帝在看見他的名字之後，把原本的狀元讓給了別人，也不知道包老爺子聽到這樣的事情時作何感想。

這位探花爺姓包，單名一個「中」，讀起來就是「包中」。聽說他爹給他取這個名字的原因，是因為他在家排行老二。

春試發榜過後，中了的舉子大多數都回鄉報喜，等待來年吏部分配崗位。包中家裡有一個老母，上頭的姊姊包大已經出嫁，而包太太生了包中之後就沒生下其他孩子，所以包探花就把家裡的祖屋賣了，派了下人直接去把老太太接了過來，打算在京城安家立戶。這會兒吏部的分配還沒下來，他便幹起了自己的老本行——當狀師。

劉七巧跟他見過禮之後，一行四人就去了阿漢家。

這幾日討飯街被圍得水泄不通，若是想賺幾個工錢就不能在家裡過夜，故而阿漢也沒有出去，就待在家裡頭，拿院子裡堆著的幾根木頭，給剛出生的孩子做小床。

阿漢是認識劉七巧的，見她領著人進來，便放下手中的活計，上前招呼了起來，又轉身對著房裡頭的人喊道：「她娘，寶善堂的少奶奶來了。」

阿漢嫂從房間裡頭走了出來，身上穿著的是紫蘇送給她的幾件半舊衣服，頭上戴著素色的抹額，看著倒是挺精氣神的。

劉七巧急忙走了過去道：「妳怎麼起床了？好好在房裡養著吧。」

阿漢嫂笑了笑，引著劉七巧進去，搬了家裡僅有的兩張小杌子讓她和茯苓坐下。也不怪阿漢嫂沒眼色，包中身上穿著的衣服比齊旺還不如，她只當他是寶善堂的小廝而已。

劉七巧落了坐，茯苓搬了凳子到包中的面前，低著頭笑盈盈道：「包探花請坐。」包中謙讓了一回，還是坐了下來，劉七巧讓茯苓又去把阿漢請了進來，兩人見了這陣仗，便有些侷促了起來。

劉七巧開門見山道：「大妹和大寶在水月庵過得挺好的，你們是從外地來的，大概不知道這水月庵的來頭，裡頭的師太是當今皇帝的親姑母，除了太后娘娘，便是全大雍最尊貴的女人。大妹在裡頭，她還細心照料過。」

兩人聽了這話，眼珠子都要直了，哆嗦道：「這……大妹這是天大的福氣啊！」

劉七巧便笑了笑，繼續道：「如今大妹都喊大長公主為奶奶，這稱呼便是我也從來都沒這麼喊過，可見大長公主有多喜歡大妹。」

阿漢嫂已經完全不會說話了。

劉七巧之所以一開始跟他們說這些，無非就是讓他們知道，寶善堂的後臺硬得很，大長公主也會給他們撐腰。

「有一件事，想請你們幫忙。說起來，原本應該是寶善堂親自出馬的，只是怕到時候外面人風言風語太多，說我們寶善堂店大欺生，幾百年的招牌若是蒙黑了就不好了。」劉七巧說著，從茯苓手中接過了原本安濟堂配的那副藥，遞給阿漢嫂道：「這一副藥當初是在妳家廚房的窗邊拿的，回去之後我讓相公檢查了一下，裡面有一味藥材是假的。」

阿漢和阿漢嫂的視線便落到劉七巧手中的藥材上，聽她繼續道：「中醫講究辨證療法，藥方配料繁多，有時候一、兩味藥的變化，並不一定會影響到療效，所以很多不法商販會把藥方中比較名貴的藥材用次品或是假貨替代。抓藥的老百姓不懂藥理，也吃不出來，頂多就是覺得這方子吃了沒用，再換一個而已。」

第一百二十二章

阿漢聽到這裡，忽然激動了起來，大聲道：「我知道了，當時大寶吃了安濟堂買回來的藥，沒有效果，我還埋怨過是杜太醫的藥方不對，原來是因為安濟堂賣的是假藥！」

劉七巧點了點頭，繼續道：「藥材的成本都在這裡，寶善堂是百年老店，自然不會欺騙百姓，賣的也都是正經途徑收來的藥材。安濟堂的藥材雖然便宜，可裡頭的真假確實分不清楚，假藥害人，耽誤性命，這樣的行為卻是天理不容。」說到這裡，她轉身介紹起了身邊的包中。「這位是包探花，以前是個狀師，他一向懲強扶弱、濟世愛民，要為老百姓伸張正義，所以想給安濟堂一點顏色，若是兩位肯替他做個原告，寶善堂這裡也是感激不盡的。」

阿漢嫂聽到這裡，站起來道：「少奶奶要我們怎麼做，只管吩咐就是。」

阿漢卻是蹙了蹙眉頭，心裡有些擔憂，開口道：「萬一告不贏怎麼辦？」

包中一拍身邊的茶几，站起來道：「告不贏我名字倒著寫！這樣的奸商，簡直草菅人命！」

劉七巧扭頭看了一眼，心道：果然真的是一個直性子的人。

阿漢嫂拉著阿漢的袖子道：「要不是少奶奶，你哪裡能有兒子？大寶和大妹哪裡能治好病？就是告不贏，我也去告去！」

阿漢看了看自己的媳婦，擰著眉頭還在猶豫。包中站起來，上前拍了拍他的肩膀道：「哥們，別怕，我包中做狀師到現在，還沒輸過官司呢！我倒是也想瞧瞧這安濟堂背後是個什麼來頭，敢公然在京城裡賣假藥！」

阿漢怔了怔，劉七巧給茯苓使了一個眼色，茯苓便把手中抱著的一個匣子送到了阿漢嫂的手中。阿漢嫂當著大夥兒的面打開，裡面是排得整整齊齊的幾排銀子。

「這事情若是成了之後，自然還有更多。如今阿漢哥養著三個孩子，也是不容易的，阿漢哥自然也不忍心阿漢嫂這麼勞累，大著肚子還要給人洗衣服。」

阿漢聽了這話，垂下了腦袋。

匣子裡的銀子是誘人的，世上沒幾個人能抗拒得了。阿漢點了點頭，答應了下來。

接下來就沒有劉七巧什麼事情了。包中拿著筆墨記錄下事情的始末，然後就著當日阿漢嫂生娃的石板，在上面洋洋灑灑寫了一大篇慷慨陳詞的狀書。

事情總算是辦妥了，一會兒包中會去順天府尹投狀書，若順天府尹不是一個懶散的官員，大抵不出幾日，這案子就能上達天聽。

告狀的狀師是今科探花，朝廷自然也會跟著重視幾分，且最近麻疹高發，連大長公主都能開了水月庵讓百姓們去那邊養病，四皇子又是因為這病夭折了，皇帝就算不想重視只怕也沒轍了。

劉七巧揉了揉腦袋，挽了簾子瞧了瞧路上的風景，除了討飯街以外，外頭的老百姓還是同往常一樣，吃飯上工、逛街走店。劉七巧便轉道去了朱雀大街，在杏花樓訂了五十個素月餅，帶了去水月庵。

昨晚是中秋，那些在水月庵的病患，誰跟他們一起過中秋呢？

水月庵的小門外頭，幾個小廝正在用水清洗推了病人來的板車，劉七巧帶著茯苓一起進去。才進院子裡，便聞到一股濃濃的中藥味道，原先一排的藥爐子已經排成了三排，兩個婆子和兩個尼姑還在那邊泡藥看火。

幾個小尼姑用白紗蒙著半邊臉，端著熬好的藥送進去給病人。杜若矮著身子從裡頭出來，臉上還帶著淡淡的愁容。

劉七巧去瞧了一眼昨天生產的那個產婦，見孩子並沒有在房裡，便問起杜若道：「那小孩子呢？到哪裡去了？」

杜若的表情稍微鬆泛了點。「大長公主喜歡孩子，把所有染病的孩子都接到一處去養了，還從宮裡請了奶娘過來，專門餵昨天那孩子。」

劉七巧笑著道：「喜歡孩子的老人家都是心善的，大長公主原本也是過得太清靜了，如今倒好，讓孩子們陪著她。」

杜若擰眉道：「以後孩子們若是好了，還是要回到自己父母身邊的，大長公主一個人，還是寂寞的。」

劉七巧咬著唇瓣，挑眉道：「那要不然我們努力努力，等以後生了小孩，多帶過來給大長公主玩玩。」

杜若笑著道：「妳想通了？打算生了？」

「有就生，沒就不生唄！」這事情還是一切隨緣好了。

杜若激動地點了點頭，道：「那敢情好，晚上回去繼續奮鬥。」

劉七巧瞪了他一眼，紅著臉轉頭不去看他。

到了晚上，杜若回到家中，果然又和劉七巧奮鬥了一回，兩人雲雨漸歇，這才開始說起今天的事情來。

「包兄託人來傳了話，順天府尹已經接下了他的狀書，就等著過幾日開堂會審了，只是不知道這次會牽連出些什麼人來。」杜若說著，眉宇間稍稍皺了皺。這事情雖然不是寶善堂直接出面的，畢竟也算是寶善堂布的局，如今最讓人不放心的，還是安濟堂背後的人物。

「你行你的醫、當你的大夫就好了，何必管這些事情呢？天塌下來，還有爹和二叔呢。」劉七巧仰頭看著他，伸手揉了揉他的眉心，繼續道：「安濟堂背後的人再厲害，也大不過皇上。這次四皇子因為痲疹夭折，皇上若是知道安濟堂賣假藥，難道還不懲處了？我瞧著背後那人，沒準這會兒已經想著怎麼脫身了。」

杜若沈默了片刻才點了點頭，扭頭吹熄了蠟燭，摟著劉七巧睡了。

接下去幾日，日子倒也算過得平靜，杜若照例還是日日往水月庵跑，因為這次痲疹及早發現，所以控制得當，沒有蔓延開來，水月庵每日收治的病人也越來越少了。紫蘇的病已經痊癒，如今就在水月庵幫忙照看病人。

順天府尹那邊安濟堂的案子也開審了。安濟堂在兩、三年之間在京城開了七、八家的分店，比寶善堂的數量還多，因為賣假藥被告事出突然，幾家店裡的假藥來不及清理，被順天府前去查證的捕快抓了個現行，幾位掌櫃和當家的老闆都被關進了順天府的大獄裡頭。

誰知沒過兩天，順天府那邊就傳出了安濟堂老闆畏罪自殺的消息，一時間鬧得沸沸揚揚的賣假藥事件就這樣給揭了過去。

老闆死了，安濟堂一下子樹倒猢猻散，幾家分店都陸陸續續地關門歇業了，倒是讓寶善堂的生意又增加了一成。

這日下午，劉七巧剛歇過了午覺，拿著銀製小花灑在百草院侍弄杜若種的那幾盆菊花，外頭的小丫鬟就領著百合進來道：「回大少奶奶話，富安侯夫人來了，老太太那邊正請大少奶奶過去說話呢。」

她急忙應了，進屋換了一身衣服前去見客。

才進福壽堂的大門，就聽見裡頭傳出笑聲，顯然是兩個老人正在聊天呢。只聽杜老太太說道：「我那妹子這幾日就要搬家，忙不開來，不然我一早就喊了她過來陪妳聊幾句了。」

富安侯夫人笑著道：「妳瞧瞧妳這福氣，親妹子這下又成了親家，多好的姻緣吶！我們那時候一群小姊妹中，也就妳有這樣的好福氣了，比安靖侯家那個，真真一個天上一個地下了。」

杜老太太不解問道：「他家又出什麼事情了？她不是四處化緣，從不在家裡住嗎？怎麼又被兒媳婦給氣了？」

「妳還不知道吧，那真是一個不消停，吹枕邊風讓侯爺立自己的兒子當世子，竟是要把前頭原配夫人生的都繞過去，妳說氣不氣人？」富安侯夫人一邊說，一邊搖頭道：「前頭原配夫人娘家是沈尚書家，原先敏妃娘娘在宮裡有個四皇子倚靠，她不敢怎麼樣。這回四皇子死了，敏妃看著就要失勢，沈家又沒有什麼爵位，以後沈尚書致仕了，還能倚靠誰？偏偏他那幾個兒子也沒有一個是上進的，這樣一說，侯爺的耳根又軟，竟是被說動了，要寫了摺子去給聖上批呢，也不知道老太太怎麼就知道了，才攔了下來，指著侯爺罵了一頓，把自己也給氣病了。」

富安侯夫人說著，又搖了搖頭，嘆了幾聲。

劉七巧聽在耳中，也不知道是個什麼滋味，說起來不過就是死了一個三、四歲的小孩子，可對於倚靠著他的那些人家，卻是天崩地裂一樣的事情。

「那這次重陽宴，妳還預備著請她嗎？」杜老太太問道。

「我去瞧過她了，她說不來，我也就不下帖子去請了。老恭王妃那邊，我也親自去了。」富安侯府說起恭王府，臉上的表情又與剛才不同了，笑著道：「恭王府倒是烈火烹油的繁榮，恭王世子在雲南又立了大功，皇帝親封了他一個什麼鎮南將軍的，這會兒正領著大軍班師回朝呢，聽說下個月也就能到了。老王妃是笑得嘴都合不攏了，說恭王世子如今也成才了。二房那邊，聽說二少奶奶也懷上了孩子，也算是好事成雙了。」

劉七巧這幾日沒有回恭王府，這些消息聽來也算是新鮮。她不大懂古時候回娘家的講究，雖然杜家和恭王府離得不是太遠，可她最近事情忙，倒是真的有小半個月沒有回去過了。

富安侯夫人見劉七巧進來，臉上更是溢出了慈愛的笑容，拉著她的手道：「六個月後我可是先預定了，千萬別讓人捷足先登了。」

劉七巧眉梢一挑，杜老太太笑著道：「富安侯家的少奶奶有了，已經三個月了，原先怕不是，所以一直藏著不敢說，這會兒讓妳二叔又去診治了一回，確認是有了。」

「那可真是要恭喜了！」劉七巧站起來，滿臉堆笑地向富安侯夫人福了福身子道：「我就說嘛，看少奶奶不是福薄的，能有侯夫人這樣的婆婆，就知道是個頂頂好命的。」

富安侯夫人眉開眼笑道：「瞧瞧，嫁了人這嘴巴還是這麼甜，跟抹了蜜糖似的，什麼時候妳也預備一個，那就齊全了。」

劉七巧連連擺手道：「那可不行，總不能讓我大著肚子給人接生去，再說家裡又不是沒人添丁，老太太也不至於急在一時吧？」

杜老太太聽劉七巧這麼說，戳了一下她的腦門道：「皮猴，妳婆婆也是妳可以瞎編排的？」

劉七巧急忙賠小心道：「我錯了還不成嗎？老太太疼我，可千萬別告訴娘才好。」

杜老太太被逗得哈哈笑了起來，覺得窩心舒暢，開口道：「我喊妳過來呢，一來是富安侯夫人說要親自謝謝妳。二來呢，重陽節的時候，妳跟著我還有妳兩個妹妹去她們家玩一玩。妳大妹妹如今要繡嫁妝了，就不用去了；妳二弟妹喜歡在家帶孩子，我也不請她了，到時候就我們幾個人出去玩一趟，也算是透透風吧。」

「知道了。」劉七巧笑著福了福身子，規規矩矩坐到一旁，繼續陪著兩位老人閒聊。

又坐了半晌，富安侯夫人便起身告辭了。劉七巧親自送了她出門後才回百草院。

連翹拿了帖子上前，遞給劉七巧道：「大少奶奶，方才門房上有人送了這個進來，說是給妳的。」

古代人一般正式的會面都是要送拜帖的，就算今天富安侯老夫人親自來請，身上也多半是備好了拜帖的。不過劉七巧向來和這些京城的閨秀們玩不到一起，所以也沒有人單獨給過拜帖。便是在王府的時候，梁家請王府的姑娘們去玩，也是順便說一聲把七巧也帶上，那也就完了。這麼正式的拜帖，劉七巧還是頭一次收到。

她打開帖子，上面是一手秀氣的簪花小楷，寫得工工整整，瞧著應該是出自一個姑娘家之手。劉七巧並沒看上面的內容，先看了一下落款，落款寫的是：安濟堂朱墨琴　敬上。

再順著落款往上看，才知道原來是安濟堂老闆的長女約了自己去朱雀大街附近的雅香齋品香。

劉七巧並不認識什麼朱墨琴，可她的帖子卻已經明明白白地遞了過來，算算日子，明天正好是安濟堂老闆朱大官人的頭七。

「送帖子的人走了嗎？」劉七巧看完了拜帖，問連翹道。

「這我倒是不知道了，不然請小丫鬟出去瞧一瞧？」連翹說著，正要招呼小丫鬟進來，劉七巧擺了擺手道：「罷了，也沒什麼大事，妳下去忙吧。」

這次狀告安濟堂賣假藥事件，明眼看著是百姓們自個兒去的，可內行的人順藤摸瓜，就能猜到定然有幕後高人指使。單單那包探花如何認識阿漢嫂一家就是一個疑點，何況後來陸續有證人出來指證安濟堂賣假藥，大家都帶著安濟堂買來的假藥，可謂是人證物證齊全。

劉七巧拿著拜帖又瞧了半天，見茯苓進來換茶，便喊了她問道：「二門上的小廝除了常跟著大少爺的春生之外，還有誰是得用的？我這裡有件事，得讓個嘴緊的人去。」

茯苓一邊將茶盞遞給劉七巧，一邊想了想道：「連翹的哥哥連生倒是得用的，原本也是要重用的，前幾年他身子不好，回家休養了一陣子，如今進來還是跟以前一樣，在二門上候著呢。」

第一百二十三章

連翹領著連生進來，一邊走一邊說：「大少奶奶你也見過幾回，很和氣，原本當她並不是個重規矩的，如今瞧著畢竟是王府出來的，一點不能怠慢，不過大少爺對大少奶奶言聽計從，你若是服侍好了大少奶奶，日後自然有跟著大少爺的時候。」

連生一邊唯唯諾諾跟著，一邊又問道：「妳說這是什麼差事，請到外院的小廝了，還不讓二太太知道，萬一一會兒管事的問起來，我怎麼說？」

連翹眉毛一揚道：「說奉了大少奶奶之命，出門辦事去了。你不說，他們還能把你怎麼著了？府上主子們用小廝跑腿的事情也不是一樁、兩樁的，哪裡就關心你一人了？」

兩人進了百草院，劉七巧已在正廳等著，綠柳正恭恭敬敬站在一旁。劉七巧見連翹帶著連生來了，隨手招呼他坐，連生如何敢坐下，急忙跪下來給劉七巧行了一個大禮道：「給大少奶奶請安。」

劉七巧放下手中的茶盞，給連翹使了一個眼色，笑道：「還不快把妳哥哥扶起來。」說著，又忍不住笑道：「就是你妹子也沒有這樣拜我的。」

連翹扶了連生起來，自己便恭恭敬敬去了外頭，她和茯苓這會兒畢竟還不能算得上是劉七巧的心腹，有些事情自然要知道進退分寸。

劉七巧雙手交疊在膝頭，學著當家太太的架勢，慢悠悠地說：「你出去幫我打聽一件事情。去打聽一下安濟堂的老闆在京城住哪兒、家裡有幾口人、如今都是怎麼安置的，我給你半天的時間，你明兒一早過來回話。記住了，別讓人知道你是寶善堂杜家的人。」

連生一直低頭聽著，心道：這事可就湊巧了，他家有一個老鄰居老趙，以前是寶善堂的掌櫃，由於手腳不乾淨，後來被杜老爺給辭退了，之後就進了安濟堂做掌櫃。他這幾天回家，隔著牆有時候還能聽見隔壁的嘮叨，這幾日安濟堂歇業，後面也不知道能不能再開張，只怕這老趙是擔心以後沒地方去了。

「二少奶奶放心，這事就包在我身上了，明兒一早一定把安濟堂的事情都打聽得清清楚楚的。」連生又跪下來磕了頭，劉七巧這才點了點頭，轉身對綠柳道：「給他吧。」

劉七巧從袖中拿了一個荷包出來，遞到連生面前，他急忙奉了雙手接住，又偷偷瞧了一眼綠柳，見她眼神中帶著幾分凌厲，嚇得急忙就垂下了腦袋。

「這些銀子給你辦差用，有多下來的，你就自己留著吧。」劉七巧吩咐完話，便起身由綠柳扶著往裡屋去了。

那邊連生拿著銀子出門。連翹見了他手中的荷包，本想開口問兩句，連生卻先開口道：「大少奶奶交代的事情，誰都不能說的，妳快回去吧。」

連翹撇嘴瞪了他一眼，心裡頭倒是高興了起來。自己哥哥這脾氣，應該多半能得大少奶奶喜歡的。

到了晚上，劉七巧又把今兒收到拜帖的事情對杜若說了。杜若拿著那拜帖看了一遍，開口道：「這字倒是寫得不錯，頗有衛夫人之風。」

劉七巧將那拜帖從杜若的手中抽了出來，摺好了放在一旁。「都說字如其人，怕這位朱姑娘還是一位美人呢，相公要不要同我一起去見一見？」

杜若聽這話中酸溜溜的氣息，笑道：「妳又不是不知道，我本就不喜歡什麼美女，我房裡這幾個站出來，哪一個不是出彩的？」

劉七巧撇撇嘴，故作生氣道：「你這話說的，你不喜歡美女，那豈不是說我是一個標準的醜女，所以你才看上我？」

杜若連連搖頭，急忙一巴掌拍在自己的臉上道：「打我這張臭嘴，狗嘴裡吐不出象牙來。七巧自然是這世上最美的女子，我本就是一個好色之徒……」他說著，聲音越來越低，劉七巧索性將身子一軟，任他擺布了起來。

第二日一早，劉七巧跟著杜二太太處理完了家務事，便回了百草院小憩。

連生一早就在裡頭候著，見她回來了，恭恭敬敬在門外等著，直到劉七巧抬腿進了正廳，他才從身後跟了進來道：「回大少奶奶，奴才回話來了。」

劉七巧轉身坐了，先接了茯苓的茶潤了潤喉嚨，便直接道：「說吧。」

那連生把昨天從老趙那邊打聽來的事情又順了順，不緊不慢地開口道：「那安濟堂的老闆是安徽宣城人，是當地的大財主、大地主，家裡除了藥鋪，還兼做絲綢、茶葉、糧鋪生意，在當地也是極有名望的。不過這老闆快四十的人，膝下只有一兒一女，女兒今年十八歲，還沒許配人家；兒子才兩歲，是進了京城才新得的，據說還是在長樂巷的寶善堂裡頭找胡大夫瞧過才得了一個兒子。家裡還有一個兄弟，兄弟家倒是有好幾個兒子。聽說朱老闆沒進京之前，他二弟一直琢磨著讓自己兒子過繼給朱老闆，朱老闆不肯，想著自己空有萬貫家財，居然連個繼承的人都沒有，並不甘心，誰知後來到了京城，兒子倒是有了。」

連生說到這裡，又頓了頓道：「朱老闆是個不折不扣的生意人，進了京城才發現京城的藥鋪不多，價格也比他們當地貴，他在安徽有好幾個莊子是專門種藥材的，不過一般都賣給南方人，北方這邊來貨很少，所以就打算在京城開一家藥鋪。後來朱二爺也不知從哪裡找的關係，打通了太醫院的門路，安濟堂就在京城站穩了腳跟。他們買的大多數藥材都是自產自銷的，價格自然便宜，有一些他家種不出的藥材，才是自己找了下家買的。」

劉七巧聽到這裡倒也開始有些理解，為什麼安濟堂大多數的藥材這樣便宜，能夠做到自產自銷，自然是控制了成本，便宜點也不足為奇。她一邊抿茶，一邊點了點頭道：「你繼續說。」

連生嚥了嚥口水，正打算繼續說，劉七巧掩嘴笑了笑，轉身對茯苓道：「賞他一口水喝。」

茯苓福了福身子，轉身進茶房，不一會兒端著一盞茶進來，用的是平常下人們喝茶用的薄胎白瓷碗，遞上去對連生道：「你倒是好福氣，春生跟著大少爺跑前跑後的，也從沒見大少奶奶賞過茶喝。」

連生謝過了劉七巧，雙手接過水，一口飲盡了，抬起胳膊用袖子擦了擦嘴，繼續道：「去年安濟堂不是出了人命官司嗎？說是有一種藥給產婦吃了，會死人，原來這藥方就是朱二爺找一個江湖郎中買的。朱家也算財大氣粗，銀子使得大方，那些人家又偏偏都是些窮苦人家，拿了銀子就沒再往下告，只判了安濟堂不能再賣那個方子。朱大爺為了這事情和朱二爺生了嫌隙，所以就把朱二爺給趕回了安徽老家，讓他負責藥材的收集。我聽人說，寶善堂的這些假藥都是朱二爺收回來的，當時進宮的藥材和自家賣的是分批來的，朱大爺不細心，查了送進宮的藥材，自家的藥材沒查，等後來掌櫃們接貨的時候才知道這事情。偏生朱二爺是個闊氣的主，京城總共就六、七家店，他都打點好了，眾人以為就是朱大爺的意思，就都當不知道了。」

劉七巧聽到這裡，也覺得安濟堂內部有些複雜，想了想又抬手示意連生停了下來，又問道：「那位朱大小姐的事情，你打聽到多少？」

連生眉飛色舞道：「奴才聽他們家的下人說，朱大小姐那叫一個國色天香，據說長得跟畫像上的人一樣，可惜命不好，小時候定過娃娃親的公子哥兒死了。朱家進京不過兩、三年光景，也算是初來乍到的，大家夥兒不知根知底，便沒多少人上門提親，如今還待字閨中。朱大爺一心想給大姑娘找個官家，以後在京城也好有個仰仗。但朱二爺是個眼皮淺的，便出了主意，讓朱大爺把大姑娘送到那些公侯府邸去當偏房去，說是雖然當了偏房，也算攀上了一門富貴親戚，把朱大爺氣得半死。人人都知道偏房的家裡壓根兒就不算什麼正經親戚，也虧朱二老爺想得出來。」

劉七巧越聽越覺得這朱二老爺的問題很大，隨口問道：「如今這位朱二老人在哪兒？」

連生擰眉道：「聽說是接到了朱大爺被抓的消息，在老家擔心得病了，派了一個下人過來照應京城的事情。朱家如今就住在廣濟路的朱府裡頭，總共就兩個婦人帶著兩個孩子，還有一眾家奴。如今樹倒猢猻散，奴才都跑得差不多了，說起來也怪可憐的。」

廣濟路上，離杜府住的安泰街算不得很遠，這一帶本就多是商賈之人住的地方，能在這兒置得起宅子的人家，大多也是家底豐厚的。

劉七巧聽到這裡，對這安濟堂有了瞭解，點了點頭道：「行了，難為你打探得這麼清楚。你下去吧，下回有什麼事情再找你。」

連生磕頭要下去，那邊劉七巧又讓茯苓遞了賞銀，連生連忙推拒了道：「昨兒奶奶給的還有沒用完的，實在不敢再貪要賞銀了。」

茯苓笑著道：「奶奶給你，你就拿著，奶奶也不是對誰都這麼闊氣的。」

連生聞言，只好笑嘻嘻地接過了賞銀，又給劉七巧磕了一個頭，才躬身退了出去。

劉七巧靠在紅木靠背椅上，重重嘆了一口氣。安濟堂雖然是賣了假藥，可最怕的就是下人背地裡搞鬼，連累了主人家。況且這朱老闆死得實在是蹊蹺，賣假藥這種事情，就算是在現代也不過就是罰幾個錢，然後蹲幾年牢飯而已，在古代還不健全的法律體制下，劉七巧覺得若能封了安濟堂的店，讓老闆賠了賣假藥賺的銀子，發配個幾千里吃幾年苦頭，大抵也不差了。況且朱家是有錢人家，自然知道怎麼使銀子，就算造成重創，也頂多是銀子上折損一些，斷不會因此就出了人命……

「大少奶奶在心煩些什麼呢？」茯苓見劉七巧顰眉蹙宇的，又為她換了一盞茶，開口問道。

「最近安濟堂的事情妳也聽說了？我原本覺得這案子結得快了一些，如今聽連生說了這麼多，越發就覺得裡頭蹊蹺了起來。出了這麼大的事情，親兄弟也不來看一眼，喊個奴才過來如何能鎮得住？怕是壓根兒就沒想為這事出力吧！」

劉七巧說著，從椅子上站了起來，心裡越發想見一見那被連生說是國色天香的朱大小姐，只是如今她剛剛喪父，又找到自己，到底是為了什麼事呢？

劉七巧在如意居用過了午膳，下午又有蘼蕪居的丫鬟菡萏來請她去打麻將，劉七巧讓連翹送了一盤彩頭，並幾盒上好的茶葉過去，自己著帶著茯苓和綠柳去雅香齋赴約。

雅香齋在朱雀大街隔壁的文昌巷裡，這條巷子做的都是風雅生意，什麼品茗、聞香、治玉等高雅的生意都在這邊了。劉七巧在這邊路過了幾次，倒是很少親自出來，一來，她本身就不愛這種高雅的東西，覺得自己是俗人。二來，她也確實覺得自己欣賞不來這些，免得在行家面前貽笑大方了。
雅香齋的門口很小，進了裡面卻別有洞天，店家準備了雅室，供客人們試用各種新款的香料。劉七巧才進去，便有掌櫃的過來招呼，她說明了來意，掌櫃的從簾子後頭喊了一個小丫鬟出來，轉身道：「妳把這位少奶奶帶去後面吉香閣裡頭見朱姑娘。」
劉七巧謝過了掌櫃的，跟著小丫鬟從後門進去。迎面是一處狹長的抄手遊廊，裡頭居然有一個不小的庭院，一汪小湖上還建造著亭臺樓閣，在一處高出地面一丈遠的地方建著一座圓形的繡閣，獨立在中央，可瞧見四面的景致。
小丫鬟領著劉七巧走到繡閣的臺階下，門口擋著一道珠簾，隱隱有著飄渺的香氣。小丫鬟在門外恭恭敬敬地福了福身子，道：「朱大姑娘，有位少奶奶找妳。」
劉七巧聽見一道略帶沙啞的聲音開口。「妳下去吧，替我謝謝掌櫃的。」小丫鬟應聲，又向劉七巧福了個身，這才告退了。
這時候，劉七巧才瞧見裡頭的簾子動了動，一道白色的身影在眼前晃了一下，等她回過神的時候，簾子裡面已經出來一個身姿窈窕的白衣少女，膚如凝脂、鼻膩鵝脂，只是那雙杏眼許是最近落了太多的淚，泛著乾澀的紅血絲，讓人覺得有些蕭索。
朱墨琴看見劉七巧，臉上強自忍住的淡然一瞬間幾乎崩潰，紅著眼睛上前福了福身子，道：「墨琴拜見大少奶奶。」
劉七巧急忙伸手將她扶了起來，還了禮數，才細細打量起她的穿著來。一身素白的衣裳，鬢邊戴著幾朵白花，耳朵上的耳墜也換成了水滴狀的白珍珠，誰都能看出這一身熱孝的打扮。

朱墨琴轉身，吩咐身邊的丫鬟去備茶，自己則挽了簾子引劉七巧進去，劉七巧斂了衣裙入內，命茯苓和綠柳兩人在門口守著。

「我在京城舉目無親，又是一個姑娘家，我爹受了這麼大的冤屈，二叔連一個得用的人也不派來，當真是上天天無路，入地地無門。」朱墨琴說著，伸手撥了撥束腰紅木圓桌上的香爐，淡淡的幽香便嫋嫋傳了出來。

丫鬟送了茶上來，她親自接了一盞遞給劉七巧。「後來好不容易聽說少奶奶妳是難得厲害的人物，便尋思著，能不能幫我們一把？」

劉七巧聽朱墨琴這麼說，自是嚇了一跳，心想她怎麼就尋上了自己？該不會知道這次的事情，寶善堂才是幕後之人？

「朱大姑娘這話，我倒是有些聽不懂了，別說我們萍水相逢的，就算我們沾親帶故，妳又如何確定我願意幫妳呢？」

——未完，待續，請看文創風433《巧手回春》5

2016年5月出版

成親好難

文創風 406～407

他俊美無儔，群芳爭睹，炙手可熱的程度直比衛玠，
偏偏他長情得很，打小就對她情根深種，只喜愛她一人，
除卻她，誰都無法令他動情，若能娶她為妻，此生無憾矣……

所謂伊人，在水一方／夏語墨

沈珍珍雖是個姨娘生的庶女，可卻自小就被養在嫡母身邊，
嫡母養她跟養眼珠似的，那是打心裡寵著、溺著，就差捧在手裡了，
說真的，從小到大，她的小日子過得實在是極其愜意無比啊！
可突然間，那高高在上的皇帝老兒卻下了道配婚令——
女子滿十二歲，男子滿十五歲，須於一年內訂婚，一年半內行嫁娶之禮！
這配婚令一出，立即引起了軒然大波，家家戶戶是雞飛狗跳、忙著說親，
眼看著她的婚事是迫在眉睫了，可問題是，這新郎倌連個影子都沒啊！
就在此時，長興侯的庶長子兼她大哥的同窗摯友陳益和居然求娶她來了！
這個人沈珍珍是知道的，為人聰慧內斂又知進取，日後定有一番大作為，
不過，在建功立業而立身揚名之前，他卻先因顏值爆表成了談資，
全因他堂堂一個大男人，卻生了張傾國傾城、比她還美的臉，
甚至，他還登上了西京美郎君畫冊，成為城裡眾女眼中的香餑餑，
就連皇帝的愛女安城公主都為他著迷不已，求著皇帝招他當駙馬，
嘖嘖嘖，他這麼做，豈不是為她招妒恨來著嗎？
可眼下看來，他是最佳人選了，要不……她就湊合著嫁吧？

暖心小閨女

文創風 398～400

「五哥，我只恨不是男兒身，不能回報你一二。」

唉，幸好妳不是男兒身呢！

這傻丫頭，究竟啥時才能開竅啊？

兒女情長 豪情壯闊／醺風微醉

從鬼門關前走了一遭，姚姒重新回到九歲那一年，
這一年母親遭人陷害葬身火窟，她因而被祖母幽禁長達數年，
唯一的姊姊抑鬱寡歡以終，最終她也心如死灰，遁入空門……
所幸重生一回，而今禍事尚未發生，母親仍然活著，
偏偏府裡各懷鬼胎的親戚、包藏禍心的下人依舊存在，
唯有提前布局，才能護著母親、姊姊一世平安，
豈料當她揭開層層謎團後，這才發現——
原來前世母親的死，竟牽扯上龐大的朝堂陰謀，
憑她一個閨閣女兒想要力挽狂瀾，無疑是螳臂擋車！
然而都死過一回了，她還有什麼好害怕的？
只要能帶著母親逃出生天，哪怕墜入地獄也在所不惜！

為流浪貓狗加油 和貓寶貝 狗寶貝 廝守終生(一定要終生喔！)的幸福機會

對人來說，貓寶貝狗寶貝只是生活的一部分，但妳(你)對牠們來說，卻是生活的全部，領養前請一定要考慮清楚——

▲ 擁有溫柔哥哥魂的 阿默

性　　別：男生
品　　種：米克斯
年　　紀：1歲半
個　　性：親貓，但對人的警戒心較高
健康狀況：已結紮、已完成第一計預防針，
　　　　　無愛滋白血
目前住所：新北市新店區

本期資料來源：責編的朋友

第269期 推薦寵物情人

『阿默』的故事：

去年年初，在台大PTT的貓版看見需要中途的訊息，那時，阿默的媽媽帶著阿默以及弟弟們在外頭討生活，可是當地的鄰居非常不歡迎牠們，經常對愛心媽媽表達抗議，不得已之下只好將阿默一家誘捕並尋求中途家庭幫忙，看到這個訊息後，我決定將阿默以及牠的弟弟之一阿飛接到家中照顧。

阿默跟阿飛的感情相當地好，阿默非常照顧疼愛牠的弟弟，牠會幫阿飛蓋排泄物、會讓阿飛隨意踩踏，也會讓弟弟先吃美味的食物，甚至新的玩具也是先讓弟弟玩。但是阿默對人就不是那麼溫柔了，剛接到家中時，我還沒靠近阿默，牠就會躲開並且哈氣，甚至會出拳打人；阿飛則是對人沒那麼警戒，所以幾個月之後就送養成功了。

阿默因為個性不親人一直送養不出去，不過牠很親貓，遇到年紀比牠小的，阿默會很照顧人家；遇到年紀比牠大的，牠也跟對方相處得很好，阿默和我家的兩隻大貓就相處得不錯，牠們會一起玩逗貓棒，也會互相分享玩具。

中途到現在一年了，阿默雖然還是會怕人和哈氣，可是已經不會直接出拳打人了，不高興人家碰牠時牠也會先出聲警告；心情好的時候，阿默會翻肚討摸，現在比較會主動靠近人。如果你／妳正在找尋可以陪伴家中貓咪的小夥伴，相信阿默絕對是你／妳最佳的選擇！歡迎來信 pipi031717@gmail.com (陳喜喜)，主旨註明「我想認養阿默」。

認養資格：

1. 認養者須年滿20歲，有獨立經濟能力，並獲得家人、同住室友或房東的同意；若未滿20歲則須由家長出面。
2. 須同意簽認養寵物切結書(含定期健檢)。
3. 同意送養人日後之追蹤探訪，對待阿默不離不棄。
4. 希望認養者有養貓經驗，甚至家裡已有貓咪可陪伴阿默；若無經驗者，必須事前了解養貓注意事項。

來信請說明：

a. 個人基本資料：姓名、性別、年齡、家庭狀況、職業與經濟來源等。
b. 想認養阿默的理由。
c. 過去養寵物的經驗，及簡介一下您的飼養環境。
d. 若未來有當兵、結婚、懷孕、畢業、出國或搬家等計劃，將如何安置阿默？

巧手回春 4

國家圖書館出版品預行編目資料

巧手回春 / 芳菲著. --
初版. -- 臺北市 : 狗屋, 2016.07-
冊 ; 公分. --(文創風)
ISBN 978-986-328-617-2(第4冊:平裝). --

857.7　　105008043

著作者	芳菲
編輯	張蕙芸
校對	黃亭蓁　許雯婷
發行所	狗屋出版社有限公司
地址	台北市104中山區龍江路71巷15號1樓
電話	02-2776-5889～0
發行字號	局版台業字845號
法律顧問	蕭雄淋律師
總經銷	知遠文化事業有限公司
電話	02-2664-8800
初版	2016年7月
國際書碼	ISBN-13　978-986-328-617-2
原著書名	**《回到古代开产科》**，由北京晉江原創網絡科技有限公司授權出版

定價250元
狗屋劃撥帳號：19001626
網址：love.doghouse.com.tw　E-mail：love@doghouse.com.tw